戦後思想の「巨人」たち

「未来の他者」はどこにいるか

高澤秀次
Takazawa Shuji

筑摩選書

戦後思想の「巨人」たち　目次

第五章 大澤真幸と上野千鶴子——「未来の他者」と「おひとりさま」

戦後思想の「巨人」たち——「未来の他者」はどこにいるか

まえがきに代えて

戦後七十年の節目を迎えた二〇一五年、私の個人的な感慨は、「戦争」と「革命」という二十世紀的な主題（テーマ）の拡散とともに浮上してきた、新たな「戦争」（テロリズム）と「革命」（グローバリズムへの対抗運動）の不可避性と連動して立ち上がってきた。

私の身近には、「戦争」と「革命」という大きな物語から否応なく解放された新世代がいる。ここ二十年ばかり、何らかの形で若い学生たちに接してきたが、その世代更新の巡り合わせに愕然としたのはつい最近のことだ。戦後七十年を云々する以前に私は、日本の敗戦から彼らの誕生までをざっと五十年とすると、その時間がほぼ日露戦争から私の生まれるまでの時間に等しいことに思い当たったのである。

私は本書をそうした歴史感覚を踏まえ、むしろこれらのヤンガージェネレーションに向けて書こうとした。「戦争」と「革命」の主題からの最終的な解放とは、高度大衆消費社会が可能にした脱―政治化の時代風潮であって、それは決して彼らの時代的な拘束からの自己解放を意味しない。したがって、テロリズムとグローバリズムへの対抗運動という、「戦争」と「革命」の再―政治化のための喫緊の課題を、彼らは世代的な特権によって担えるわけではないのだ。

むしろ彼らはあらかじめ、その条件を歴史的に剝奪されていると言ってもよいだろう。ネット右翼の出現は、その歪（いびつ）なリアクションの一つである。戦後七十年の現時点で、私が彼らを強く意識せざるを得ないのは、こうした気弱な「国家主義」の台頭を、安倍政権の暴走の背後に想定せざるを得ないからだ。

彼らに直接何かを訴えかける魔術的「語り」のテクニックなど持ち合わせていない以上、私にできることは、できる限り緻密にそして普遍的に語るということに尽きる。私にとって彼らは、私の死後の世界を生きる、最も身近な「未来の他者」[1]（柄谷行人）であり、「子」の世代に属する後継世代なのである。

とりあえず本書前半では、「戦争」と「革命」という二十世紀的なテーマを担った戦後日本の「巨人」たちについて論じてみた。「巨人」とは、規格外のグロテスクさの異名でもある。例えば最も過激な戦中派であった思想詩人・吉本隆明は、「革命の否定神学」によって、あらゆる戦後的な「政治と文学」の「前衛」を駆逐した後、消費社会の「マス・イメージ」なる表象の虜（とりこ）になった挙げ句、オウム・サリン事件と原発問題で墓穴を掘った。それでもなお、言論界に瀰漫（びまん）する〝吉本神話〟（＝依存症候群）の息の根を止めるために、私は一章を費やすことにした。

吉本のカウンター・パート（思想的「五十五年体制」の右舷）、江藤淳はどうであったか。『女の記号学』や『荷風散策――紅茶のあとさき』といった後半生の著作に明らかなように、意外にも彼は「構造主義」や「記号学」といった、ポスト・モダン的な意匠に深々とコミットしていた。

だが、歴史「小説」の方法さえ自家薬籠中のものとしていた文芸評論家・江藤は、「昭和」、「近代」といった歴史的な表象を、勝海舟や西郷南洲、山本権兵衛や「昭和の宰相」たちに即して語ってきた作家でもあった。まさにそれは、日本国憲法と戦後民主主義に支えられた、「平和」思想への最も強力な保守的な抵抗者であった江藤淳の真骨頂であったはずだ。

だが彼は、西郷南洲という異形の「革命者」の歴史的な奪還を急ぐ余り、批評的方法の武器でもあった「散文の論理」を放棄し、「白鳥の歌」に引き込まれるように、無惨な自己解体を遂げるのである。西郷を歴史的な「他者」となし得ないままに。そこで第二章では、日本近代の黎明期を物語化した江藤の歴史記述の余白に、幻の「東北王朝」という偽史(フェイク・ヒストリー)を私なりに重ね描(が)きし、その非‐物語化を試みてみた。

次に小説家である。なぜそれが、埴谷雄高であり大西巨人でなければならなかったのか。率直に言えば、『死霊』や『神聖喜劇』を避けて通る限り、「戦争」と「革命」の主題の再‐政治化などおぼつかないことは自明であるからだ。両作品はいずれも、「戦後文学」の規範を逸脱する大作である。むろんそうした基準は、大岡昇平の『レイテ戦記』にも、あるいは野間宏の『青年の環』にも当てはまるだろう。しかしそれらの作品は、そして彼らの存在は、「戦後文学」の規範に程よく収まるものであって、魁偉なる「巨人」というイメージからは遠い。

私見では、「戦後文学」の理念から最も遠い最大の作品(金石範(キムソクボム)の『火山島』は、精確には日本の「戦後文学」の外部にある)は、橋本治の『窯変源氏物語』(全十四巻)である。これは、単なる『源氏物語』の現代語訳ではない。だが、『江戸にフランス革命を！』の著者の今日に至る文学的な営為は、『桃尻娘』の昔から、二十世紀的な主題から最も遠い所でなされてきたのである。だがしかし、紫式部の本篇にはない次のような一節（「存在を奪われた」紫式部の「虚無」についての）が、橋本流の「物語」の「窯変」の最たるものとしてそこに上書きされているのだから、必ずや後世に属する「未来の他者」は、この作品が「虚体」の創出をめぐる埴谷雄高の『死霊』と同時代の文学であったことを疑問なく受け入れるだろう。

「虚から生み出された虚は、実在であろうとして、遂に忌まわしいその出自を捨てることが出来ない。／実になろうとすることを拒む虚という、忌まわしさ」（「雲隠」、『窯変 源氏物語11』より）(2)

翻って埴谷雄高と大西巨人は、戦前、戦後の日本の革命運動に一身を挺した文学者であった。その記念碑的大作が埴谷の『死霊』（未完）であり、大西の『神聖喜劇』である。前者は小説的な極限としての「革命」の形而上学であり、後者は「聖戦」のパロディとして徹底して形而下を志向するという対照的な作品だった。それらを俯瞰しつつ、一方で厖大な批評文を残した彼らの文学理念とそれを象徴するキーワード（「戦後文学の党派性」、「永久革命者」＝埴谷、「俗情との結託」＝大西）に沿って、彼らにとっての「政治と文学」の主題論的な可能性とその限界を炙り出すことを、ここでは試みた。

さて次に、後半の柄谷行人についてである。一九六九年に夏目漱石論（「〈意識〉と〈自然〉――漱石試論」）でデビューした彼は、戦後啓蒙的な「問題機構（プロブレマティック）」の呪縛からいち早く自己解放を遂げた真のポスト戦後派だった。前世代の吉本隆明や埴谷雄高の柄谷への隠微とも言える「反感」の背景には、おそらくその批評的なフットワークへの嫉視があったと考えられる（他に考えようがない）。

重要なのはそこで柄谷行人が、脱‐政治化ではなく戦後思想・文学の基軸変換による再‐政治化を担った最初の批評家であったという事実だ。『マルクスその可能性の中心』以前、連合赤軍事件（一九七二年）に触発された七〇年代の「マクベス論――意味に憑かれた人間」の時点で、すでに彼は脱‐政治、脱‐イデオロギー化の時代風潮とは逆に、「政治と文学」というパラダイムの超克（＝無化）へと向かっていたのだ。

とりわけ、「世界共和国」（カント）の構想を語る新世紀に入ってからの柄谷行人にとって、「可能なるコミュニズム」（マルクス）は、かつて「革命政治」の保守化に抗って「永久革命」の課題を主体的に担った「巨人」たちの時代の終焉＝「近代文学の終り」を自明の前提としていた。つまりそれは、ポスト冷戦時代の資本―国家体制への対抗運動の実践的契機のことであり、再‐政治化のためのプロジェクトだったのである。

最終章で召喚した大澤真幸、上野千鶴子については、ここでは多くを語る必要を認めない。言うまでもなく彼らは、バブル経済崩壊後、にわかに有卦に入った「社会学」の今日における最強の論客である。

大澤の今日的思考は、まっとうに3・11以後を射程に組み込んだ優れて状況的なものである。一方、上野の『ケアの社会学』は、『家父長制と資本制――マルクス主義フェミニズムの地平』で「不払い労働」の理論を精密に焦点化したその延長で、ケアの受け手と与え手の非対称性を前提に、「当事者主権」の福祉社会論を立ち上げて見せた、文化的デフレ状況下にあっての最も実践的な試みである。

つまり私は、〝古きものと新しきもの〟の象徴をここに召喚し、「未来の他者」へ向けてそれらを、更新された二十世紀的主題への同時代的な試金石として、本書で提示してみたのである。なお、序章で取りあげた坂口安吾と山本七平には、いわば起動プログラムの動作条件を与える初期情報（パラメータ）として、過去からやって来る「未来の他者」という特別の使命を与えた。テキスト的機能としては戦後思想を裁ち直すための媒介者である他ない彼らは、過ぎ去った大きな物語の時代にとっては、さながら「忍者」のような機動性において際立った、日本的な知性にとっての真の「他者」ではなかったか。

本稿を執筆中、私が読んだ短篇小説「冬至まで」で古井由吉は、敗戦直後の子供の目に焼き付いた、新宿から八王子へ向かう鈍行列車の中での、「一面の闇の野の末の、遠い灯」について語っている。戦後七十年、日本近代文学の血脈を保つ最後の作家の八歳の年の記憶は、風化することなく反復強迫のように間歇的に甦って来るのだ。

序章

新・堕落論——3・11後の「人間復興」へ向けて

1 甦る敗戦国の歴史的記憶

戦後七十年を前に、昨年から改めて日本の戦後を総括する議論が様々な場所で立ち上がっている。言うまでもなくそれらの議論には、二〇一一年の東日本大震災と東京電力福島第一原発事故の惨劇が、何らかの形で作用している。

例えば今から二十年前、戦後五十年の節目に当たって『敗戦後論』を著した加藤典洋は、ここへ来て「戦後」を基軸とした従来の思想の枠組みの無効性を改めて確認し、「これからは未来との関係で考えないといけない」と考えるようになったと語っている（「吉本隆明――戦後を受け取り、未来から考えるために」）。

当時話題を呼んだ『敗戦後論』の中心的なメッセージの一つが、「戦争で死んだ人間との関係をどのように戦争を知らない人間がつくりだせるか」にあったと語る加藤は、そこから再度、一九九一年のソ連崩壊、湾岸戦争、二〇〇一年のイスラム過激派による9・11対米自爆テロ事件、二〇一一年の3・11という「三つの節目」を喚起しつつ、私たちの「戦後」と、さらなる「未来との関係」を洗い直そうとする。その際彼は、いくつかの補助線を引いて「戦後」を基軸とした思想の枠組みの限界を照らし出している。加藤がここで参照しているものの一つは、ドイツの社会学者ウルリヒ・ベックの「リスク社会」（『危険社会』）という概念である。

因みに、ウルリヒ・ベックからアンソニー・ギデンズ、ニクラス・ルーマンへと引き継がれた「リスク社会」の概念は、端的に後期近代に特化された概念である。とりわけルーマンにおいては、自然災害や暴政など外部的な要因による「危険」（danger）は、内的な「選択」・「決定」に伴う不確実性を前提とするリスク（risk）と区別されなければならない（大澤真幸『不可能性の時代』参照）。

具体的に、「産業近代」から「リスク近代」というベックの近代論には、現代資本主義経済システムにあって産業規模が巨大化し、高度化することによって、ひとたび大規模な産業事故が起こった場合、資本がもはやそのリスクをカバーできなくなるという「リスク社会論」が基軸になっている。福島第一原発事故を経て、再確認しなければならないのは、すでに私たちが「保険」を設定できないような、「リスク社会」に生きているという時代認識だろう。

右論考で加藤は、冷戦終結後のフランシス・フクヤマの『歴史の終り』やエマニュエル・トッドの『帝国以後』には、すでに「未来構想の基軸が消えたという問題」が立ち現れていたと語る。彼らに共通の思想的なアポリアは、地球の人口、資源、環境など「外的な有限性」はもとより、資本制システム、国家体制がもつ「内的な有限性」への顧慮が余り見られないことであったと彼は指摘する。

そこで参照されるのが、情報化／消費化社会と現代資本主義との関係を、「地球と世界の有限性」という面から問題提起した社会学者・見田宗介の『現代社会の理論』である。

加藤典洋が注目するのは、この書が「国家」と「資本制システム」の本来もつ正当性をあえて否定しないという構えを前面に出した、はじめての「現状批判」（同書の刊行は一九九六年で3・11を思想的な射程に組み込んでいたわけではないが）であり、「戦後」枠から離脱し、「有限性」という考え方を摑んでいたからだった。もっとも加藤はここで、単純に「戦後」軸を放棄して、短兵急に「世界」枠での「未来から」の考察に就いているわけではない。

一方で彼は、「戦後」から「ポスト・モダン」へと飛び移っていった人々に抵抗した「最初の思想家」として、「戦後」の枠が現実性を失いはじめたときに、いかにその場を動かずに新しい「世界」のできごとを捉え得るかという思想課題を担った吉本隆明を再評価するのである。『ハイ・イメージ論』を経て、『母型論』、『アフリカ的段階について』へと連なる吉本後期の仕事について加藤典洋はこう語る。

「それらの仕事は、明らかに、先のモダンからポストモダンという流れとは違っています。むしろ、ベックの「リスク近代」、見田の「有限性」につらなる試みだったろうと思う。

いま、僕は、こういう観点から、吉本さんの思想的な営為を、一九四〇年代半ばから二〇一二年のその死まで、辿ること、「戦後」から「リスク近代」をへて「有限性」へと、いま自分に見えているプロセスを、吉本の見方で、トレースし直すことが、自分に必要な作業だと考えています。そこで「戦後」がこの現在の自分の見方を揺るがす、どういう契機として浮上するかを、もう一度確かめなければならないと思っているのです」(「吉本隆明――戦後を受け取り、未来から考えるために」)

しかし私には、二〇〇七年の「戦後から遠く離れて」で、すでに「戦後」を基軸にした思想を禁じ手にしていたはずの加藤典洋が、今さらどうして、八〇年代のポスト・モダン思想への雪崩落ちのストッパーとして吉本を評価するのか釈然としない。あくまで「戦後」というフィルターを通して見える新「世界」の課題を担い続けたという吉本を、なぜこの時点で召喚しなければならないのか、その真意が分からないのである(同様に中沢新一が「資本主義の先を透視する!」『吉本隆明の経済学』を編集した真意も分からない)。

加藤典洋に関しては、そもそも戦後五十年問題と連動した二十年前の『敗戦後論』の問題提起そのものが、私には疑問であった。つまり、戦争体験者と非体験者を世代論的に区別した上で、戦争の犠牲者(日本および全アジアの戦争犠牲者)について再考するという問題の立て方自体に大きな違和感があったのだ。果たしてそれは、加藤のいわゆる「未来からの考察」を促すパースペクティヴとして有効だったと言えるのだろうか。

飛躍した言い方になるが、例えば現在、靖国神社に参拝して著しく「国益」を損なっている日本の政府首脳が、戦争を知らない世代であるか否かなど、同じ戦後世代に属する習近平やパク・クネにとって全く意味をもたないことは自明であろう。加藤のドメスティックな思考枠は、そして〝戦後思想の巨人〟吉本隆明の戦中派ならではの「戦争」や「国家」についての言説もまた、こうした焦眉の「現実」を忘れさせる装置として機能してきたのではなかったか。

「戦後を受け取り、未来から考えるために」(加藤)、私たちは別の立ち位置を確保する必要がある。[1] 見田宗介の弟子筋に当たる大澤真幸は、このところそれを「未来の他者」という一語に象徴させ、その想像力に耐えうる思考を、3・11後の試金石として指し示している(『夢よりも深い覚醒へ』以後の理論作業のキーワード)。

ところで、「未来の他者」は必ずしも歴史的な「未来」からやって来るわけではないし、時間的な「未来」に属している必要もないというのが私の立場だ。重要なのはそれ以前に、あの戦争の死者たちにとって、私たちこそが「未来の他者」であったことを議論の前提にすることではないだろうか。その自覚の上で、戦死者たちは現在の私たちが、「未来の他者」に向き合おうとする際に避けられない「他者」として甦るだろう。因みに柄谷行人は『トランスクリティーク』で、それが「過去の他者(死者)を含意する」と語っている。「なぜなら、未来の他者から見て、われわれは死者であるから」。

靖国問題に立ち返って確認しなければならないのは、一九七八年のA級戦犯合祀以降、そこが日本で唯一、天皇が行くことの出来ない場所になっているという厳然たる事実であろう。しかしなお私は、戦死者との「靖国で会おう」という約束を果たすために、八月十五日に参拝する元兵士が現在もこの国に存在することを知っている。

戦後七十年を前に私が言えるのは、天皇が行けない場所に祀られた「英霊」という名の孤独な戦死者との絆は、彼らの霊を私たちにとって過去からやって来る「未来の他者」に置き直したときに、辛うじて結ばれるのではないかということだ。そのために、私は彼らにこう呼び掛けるだろう。あなたたちの霊は、こんな場所にあるはずはないのだと。

3・11はそのような意味で、私に敗戦国としての日本問題を考え直す大きなきっかけを与えてくれた。3・11と七十年前の敗戦を同時に論じ得る複眼的思考を養うために、私が個人的に呼び寄せたいと考えるのは、思想家や哲学者としては登録されていない過去の人間である。

とりあえずここに、坂口安吾（一九〇六〜一九五五年）と山本七平（一九二一〜一九九一年）という、全く別種の思索者を呼び出してみることにしよう。彼らは歴史的な「現在」にとって不在の他者であることによって、「未来の他者」とのコミュニケーションの産婆役にうってつけの異形の思索者なのである。その異形性についてはおいおい語るとして、あらかじめ断っておくと、これから試みようとするのは、モダンからポスト・モダンへのパラダイム・チェンジを、「戦後」という今や極めて希薄な歴史概念（「近代」や「昭和」という枠組みも今や普遍性は希薄であるが）を媒介に思考することではない。

そうした枠組みを無化するのは、現前しないことで「絶対的な他者」としての資格を持つ「未来の他者」である。彼らに対する「責任」という観点を導入すること。そして、改めて問おう。無気味な沈黙を湛えた畏怖すべき「未来の他者」によって切り開かれる、思想的な地平は果たしであり得るのかと。

そのような動機によって、「戦後」を括弧に入れ、かつそれを何とか「未来」の方から今ここへ、3・11後の世界に呼び戻してみよう。その前にまず私たちは、かの出来事を再確認しておくべきだろう。

東日本大震災は、福島第一原子力発電所の事故の惨状が明らかになった時点で、戦後史上最悪の悲劇となった。その狂暴な爪痕は、おそらく日本の戦後史総体にまで及んだ。ダメージの甚大さは、戦後的な価値観全般の問い直しとともに、復興のプログラムが被災地の現状に即したものであると同時に、より普遍的な「人間復興」へ向けたものでなければならないことを告知していた。

「敗戦」を棚上げした私たちの「戦後」は、手痛い復讐を喫したのだ。そこで3・11ショックが、不可避的に「未来の他者」という視点を引き寄せたとするなら、復興は一九四五年の敗戦以来の全的な「人間復興」へ向けたものでなければならないだろう。

私たちの長すぎた戦後は、二〇一一年三月十一日を決定的な節目に敗戦直後の振り出しに引き戻されたのである。その前兆は、随所に見られた。日本の国債ランクの格下げ、「失われた十年」などは序の口と言うべきで、3・11のかなり以前から、この国の国際的な凋落は始まっていたのだ。経済問題に特化することのできない崩壊の予感である。戦後レジームからの脱却どころの話ではない。戦後の遺産を食い尽くした日本は、坂口安吾が敗戦直後の国民に告知したように、堕ちきるところまで堕ちる覚悟を迫られていたのである。

経済成長の余韻に浸って惰眠をむさぼっていた日本は、バブル崩壊によっても、そしておそらく3・11福島原発事故によってさえ、「成長と繁栄」の幻影から覚めきれず（そこで空白を先延ばしした「失われた二十年」が問題になる）、時代錯誤的に近代経済システムの「普遍性」にしがみつき、苦しまぎれの弥縫策以外の手だてを講じられないまま、「国家」―「資本制システム」の機能不全ぶりに途方に暮れるだけだった。

その根底にあったのは、「敗戦」という厳然たる過去を隠蔽し、敗戦後（＝「平和な戦後」）にこそ無垢なる近代日本の「夢と欲望」の達成があるという非歴史的な自己合理化である。「象徴天皇」と「アメリカ」という隠蔽装置によって可能になったこの敗戦を直視しない国民的「幻想」（＝歴史的記憶喪失）の累積が、戦後七十年を前にした昨年の白井聡による神話剝がし（『永続敗戦論――戦後日本の核心』というパフォーマンス）を成り立たせたのだ。

翻って私たちは現在、一時しのぎの景気浮揚策などではなく、まず徹底した「堕落」を経験すべき極限状況に立たされている。ここで、戦後史の始まりに立ち返り、この国の戦後を決定づけた日本人の特性が何であったかを確かめておこう。端的にそれは、アメリカの占領政策に同化する変わり身の速さだった。

「一億玉砕」から「一億総懺悔」へのなり振り構わぬ転身、世界史上最も成功したと言われる占領政策への順応。この破廉恥なほどの過剰適応能力は、幕末の尊皇攘夷から開国への旋回を可能にした民族的心性でもあった。それを後押ししたのが、後述する前近代から戦後をも貫く、私欲なき経済的合理性の追求という強迫観念である。その狂暴な「夢と欲望」は、明治初期の議会開設の時点で、おそらく幕末期の遊動的な「処士横議」（横断的な開かれた議論）という民活の根を断ち切っていたのだ。

戦後日本の「繁栄」を起動させた、朝鮮戦争（一九五〇年）による特需という棚ぼた経済復興、そこで勢いづいた後には、「国民所得倍増計画」（一九六〇年）などという極彩色の夢物語が用意されていた。この公約を、ブラウン管を通じて国民に刷り込んだ首相・池田勇人は、吉田茂内閣の大蔵相時代には、「貧乏人は麦を食え」という問題発言をした人物でもある。日本的「労働価値説」には、常に「贅沢は敵だ」という実践倫理が伴っていた。そして、日米安保条約改定後の「黄金の六〇年代」、敗戦に打ちひしがれた民族の記憶は、「餓えと貧困」からの解放とともにかき消されていった。

東京オリンピック（一九六四年）、大阪万博（一九七〇年）を経て、復興期の精神は、首尾よく高度成長神話に吸収されることになる。すでにその頃、「堕落論」の読者層は、「戦争を知らない子供たち」（北山修）に様変わりしていた。

六〇年代末には、これら戦後のベビーブーマー、団塊の世代による学園紛争の嵐が全国に吹き荒れる。その象徴的な二極が、登録医制度の導入に反対する医学部の無期限ストに始まる「東大紛争」と、二十億円の使途不明金の発覚に端を発した「日大紛争」であった。ここから全国に波及する全共闘運動は、大学という聖域に守られたアカデミズムの権威を否定、「戦後民主主義」神話は、堕ちるべくして地に堕ちた。

一九七二年の連合赤軍事件（浅間山荘での赤軍派と警官隊の銃撃戦後に、同志十二名のリンチ殺人発覚）を機に、大衆的基盤を失い、セクト間の内ゲバが激化する以前の六〇年代新左翼の特徴は、ソ連を「堕落」せる社会主義国家とする「革命の否定神学」を共有していたことだろう。それが個々の主体に内面化されたとき、「堕落」は「自己否定」（全共闘の紋切り型のスローガン）の精神を呼び覚ますことになる。

ベトナム反戦やパリ五月革命（一九六八年）とも連動した反体制運動は、同時多発的に戦後社会の諸矛盾を暴露、近代文明の「堕落」を告発しつつ、今日のエコロジー運動をはじめとする、様々なNPOの立ち上げに少なからぬ影響を及ぼしている。問題はその反抗の身振りが、資本の論理への対抗運動として、どの程度に有効であったかだ。

一九五〇年生まれの団塊世代・佐藤良明（アメリカ文学・ポピュラー音楽研究者）は、社会文化史的な観点から、六〇年代末に「反文明の装いで登場したカウンターカルチャーの、あのうっとりするような混沌は、新しいステージに飛び上がった資本主義の武者ぶるいのようなものではなかったのか」と嫌味たっぷりに語っている（『ラバーソウルの弾みかた――ビートルズと60年代文化のゆくえ』）。

いずれにせよ、反システム運動としての「一九六八年革命」（I・ウォーラーステイン）など、資本の論理にとっては、何程のものでもなかったのは事実だろう。そして現在、相補う形で日本の戦後体制を担ってきた左右両陣営は、等しく破産した戦後を前に呆然自失に等しい虚脱状態の中にある（その自己認識に欠ける反知性主義のうねりは、安倍内閣の反動政策から、「ヘイトスピーチ」に見られる劣悪な愛国主義までをも包み込んでいる）。冷戦の終結後、にわかに鼻息の荒くなったネオリベラリズムの旗振り役もその例外ではなく、饒舌から一転重苦しい沈黙を強いられているようだ。

ただ明らかなのは、この非常事態が経済「成長と繁栄」の夢を最終的に放棄して再生する以外にない、戦後日本の軌道修正の方向性を示唆していることだ。その根底的な問い直しは、「国家」と「資本制システム」の「本来もつ正当性を否定しない」（加藤典洋）どころか、それを疑うことによってしか始まりはしないだろう。

2 戦後日本の原点——坂口安吾を再導入する

さて、振り出しに戻された日本の戦後（私は被災地の「復興」を、局所的なレベルで捉えるなら事実上不可能であると考えるものであり、「東北」問題を意図的に「日本」問題にすり替えているわけではない）に、再度の復興の初期条件として与えられているものは何か。そこに新奇な要素は何もない。あらゆる理念の虚飾を剝ぎ取って、残るものはおそらく二つしかないのだ。何あろうすでに散々議論が尽くされているはずの、しかしその実いっこうに鍛え上げられて来なかった、「憲法」と「天皇」についての国民の自己認識がそれである。

戦後日本を陰に陽に支えた二本の柱は、疑いもなく「平和憲法」と「象徴天皇制」であった。好むと好まざるとにかかわらず、日本の戦後は、これを切り離せない両輪として今日に及んでいる。ところが立党の精神からして、紛れもない改憲政党である自民党は、今日まで「憲法改正」に正攻法で着手することが出来なかったのだし、天皇を廃した「民主主義」（共和制）の実現のプロセスを具体的に示したリベラルないし戦後左翼も、実は存在しなかったのである。

それだけにこの両輪は、日本国民の無意識に下降して屈折し、敗戦を意識せずにすむ「平和と繁栄」の隠されたシンボルであると同時に、その「疚しい良心」の疼きによって顕在化する、いまだ対象化されざる国民的「超自我」の謂いだったのである。

反原理主義的な国民である日本人は、それらを無くてはならないものではなく、実はあっても困らないものとして、かくも長期にわたって保持し続けてきたのだ。ここに戦後日本の「堕落」の原点があった。それは全国民的な思考停止の元凶であるとともに、外部から見ると不気味なほど勤勉な、「エコノミック・アニマル」の起動装置としても静かに機能し続けてきたのである。

周知のように「象徴天皇」とは、敗戦によって「人間宣言」を発した「現人神」の「堕落」した姿だった。坂口安吾の『堕落論』は、もとよりこの現実（GHQの教導による「神格」化された天皇の自己否定）を踏まえて、敗戦の翌年に執筆されたのである。

「天皇もただ幻影であるにすぎず、ただの人間になるところから真実の天皇の歴史が始まるのかも知れない」、と安吾はそこで語った。ＧＨＱに後押しされた天皇の「現人神」からの自己解放は、「国民」の誕生（「臣民」の退場）の必須の条件でもあったのだ。重要なのは、この「堕落という真実の母胎によって始めて人間が誕生した」という、戦後日本にあっての「人間復興」の屈折した原点である。

戦後憲法もまた、米軍占領下に発布されたという意味で、紛れもなく敗戦国の屈辱を歴史的に引きずっていた。そして憲法第九条が、交戦権を放棄した「堕落」せる主権国家の象徴であったことも事実だった。改憲派の隠された願望とは、このアメリカによって政治的に去勢された戦後日本の自己回復という「物語」への「夢と欲望」以外のものではなかった。

ただ、この「物語」があらかじめ挫折を運命づけられた虚構の「物語」でしかないのは、サンフランシスコ体制（単独講和と日米安保体制）を冷戦構造の極東アジア的な象徴として、アメリカだろうと中国だろうと南北朝鮮であろうと、地勢的に利害関係のある国々が、憲法改正による「永続敗戦」からの日本（人）の目覚めを全く望んでいないことが自明だからである。否、彼らはそうした日本の目覚めを放置しておくはずがない。改憲派の非現実性は、こうしたリアル・ポリティクスから遊離しているところにある。だからそれはどこまでも、ドメスティックな夢「物語」でしかない。

しかも日本の「安全」は、在日米軍によってのみ守られているのではない。今や日本は、憲法

第九条を持ちながら、歴然とした世界有数の軍事大国である（世界的に「平和憲法」の内容は、ほとんど知られてさえいない）。自衛隊の海外「派兵」も、なし崩し的に既成事実となり、さらに踏み込んだ集団的自衛権をめぐる解釈改憲に突き進んでいる。

だがこの第九条は、平和の「幻影」をかたどる無用の長物などではない。それは戦後の経済復興を可能にした、「堕落」の歴史的記念碑として日本（人）が手放してはならないものなのだ。戦後の日本は、そこに謳われた戦争放棄の理念よりもましな普遍思想を、何一つ生み出しては来なかったと言ってもよい。

今や私たちは、人間的な、あまりに人間的な天皇一家の家庭の内情（内紛？）に、スキャンダラスに介入してはばからないし、画餅に等しい「平和憲法」を持て余しつつある。にもかかわらず、否、だからこそ「象徴天皇」制をとりあえず担保とする「平和憲法」を、今改めて再起動させなければならない。核兵器のみならず、原発を含む反・核エネルギーへの政策転換に向けた国民的合意、さらには世界へ向けた震災後の国家ビジョンの切り札としてである。

さらに一歩踏み込んで言うと、日本人は天皇および象徴天皇制のために一滴の血も流すべきではないし（とりあえずこの制度を「担保」するのはそのためである）、皇室予算（年間二百億円）は「聖域なき構造改革」の理念に沿って削減すべきである。その結果、天皇一族（ロイヤル・ファミリー）は離散的かつ漸進的に、非-国民から首尾よく一般「国民」に「堕落」するだろう。

福島原発事故は、まぎれもなく「敗戦・被曝国」で生起した「国家」――「資本制システム」の絡んだ人災であり、「リスク近代」（ウルリヒ・ベック）のリミット（極限・限界）を告知する産業事故だった。したがって、「平和憲法」の理念に基づく「反核」を、世界に発信するチャンスは今を措いてない。それは原発を不問に付した、一九八〇年代市民運動としての「反核運動」とは、根本的に別の基軸によって再提起されなければならないだろう。

ここで戦後の原点に立ち返って、改めて「堕落」の意味を再確認しよう。坂口安吾は、「現人神」神話の呪縛から解放され、ミリタリズムの幻影から解放された日本人の正気の回復への回路を鮮やかに示した。「堕落」とは「聖なる死」に換わる「俗なる生」の肯定、市民的理性を回復するための精神の軌道修正に他ならなかった。

「半年のうちに世相は変った。醜の御楯といでたつ我は。大君のへにこそ死なめかへりみはせじ。若者達は花と散ったが、同じ彼等が生き残って闇屋となる。ももとせの命ねがはじいつの日か御楯とゆかん君とちぎりて。けなげな心情で男を送った女達も半年の月日のうちに夫君の位牌にぬかずくことも事務的になるばかりであろうし、やがて新たな面影を胸に宿すのも遠い日のことではない。人間が変ったのではない。人間は元来そういうものであり、変ったのは世相の上皮だけのことだ」（『堕落論』）

占領下にもたらされた「日本国憲法」も、確かに明治の「帝国憲法」からの「堕落」には違いなかった。だが新憲法は同時に、「正しく堕ちる道を堕ちきる」ための、戦後日本の復興の指標でもあったのだ。私たちが歴史的にその外に出るとは、「革命」か「戦争」によって、「戦後」を終わらせること以外ではない。戦後七十年に当たって確認しなければならないのは、戦後この国に「革命」が起こらなかったのは、「敗戦」を「終戦」として捉え返した国民的な合意の賜物だったという事実だ。

象徴天皇制と憲法に手をつけることは、したがって戦後の原点にあった「堕落」の放棄に等しく、再び崇高なる幻影の餌食になる危険を意味する。そのリスクが計り知れない以上、とりあえず私たちは再度この戦後憲法（天皇条項を含めた）の精神に則り、震災後の「人間復興」に歩み出すしかない。

「堕ちる道を堕ちきることによって、自分自身を発見し、救わなければならない」（『堕落論』）。国債のランクが引き下げられたり、GDP世界第二位の地位を中国に譲ったとて、日本はなお堕ちきるところまで至ってはいなかった。だが、今回の震災被害と原発事故は、私たちに堕ちきることの恐ろしさを味わわせた。ここから再び、「自分自身を発見し、救わなければならない」「人間復興」への道が、容易ではないことは誰もが知っている。

「堕落」を忘れて経済成長神話にのぼせ上がり、バブルに酔いしれた日本国民は、長期化するデフレ不況の悪夢から覚めやらぬうちに、3・11という大惨事に遭遇したのである。では具体的に、いま何をなすべきか。「堕落」の実践として、私たちはこれ以上どこへ堕ちてゆけばいいというのか。

3 山本七平が語る日本資本主義の精神

戦後の歴史的経験を踏まえ、真の人間復興・再生への見通しを探ってみよう。その際、とりあえず言っておかなければならないのは、もはや私たちは、『坂の上の雲』のような本質的に幼稚な小説に熱狂している場合ではないという現状認識についてである。明治国家を物語的に礼讃する司馬遼太郎に全ての責任があるわけではない。問題はこの期に及んでなお、日本を取り巻くネガティヴな諸条件から目を塞ぎ、創生期の近代国家の成長物語に、無垢なる夢を投影し続ける日本人の歴史感覚（＝無感覚）である。それは容易ならざる歴史的「現在」からの遁走であり、歴史的「過去」への無為の没入以外の何ものでもない。

そもそも、現在の日本に緊急に召喚すべき歴史的知性は、司馬遼太郎などではないはずだ。せめて日本の伝統を、社会構造と精神構造の双方から浮き彫りにした、山本七平の『日本資本主義の精神』（『山本七平ライブラリー⑨』）をリサイクルしてみてはどうだろう。それは、「国家」と「資本制システム」の本来もつ正当性を回復するためにではない。そこには非常時（「幕末」と「戦後」）に共通する初期条件）を直視する歴史的な自己認識、「資本の論理」と「資本主義の倫理」の生成をめぐる、「この国のかたち」の精確な透視図があるからだ。

これは『坂の上の雲』を今読むことが、バブル経済崩壊後の〝国難〟から目を塞ぐに等しい時代錯誤的な読書であることと好対照だ。例えば徳川幕藩体制の「藩」が、経済的合理性（「資本の論理」）に基づく、「機能集団」に転じねばならなかった歴史的必然を解き明かす山本のロジックである。彼はここで、「資本」―「ネーション」（民族共同体）―「国家」の歴史的な前哨について語っていたのだ。山本七平によると、「藩」は「機能集団」としては経営体だが、同時に一つの「共同体」であった。それが明確になるのが、他ならぬ「危機の時」である。

「徳川時代とは、上は諸侯から下は庶民にまで、否応なく経済を教え、「資本の論理」にしたがわない者は破滅することを、実地に教育した時代であった。と同時に、この「資本の論理」の上に「資本の倫理」を樹立しなければ、その「資本の論理」自体が崩壊することを教えた時代なのである」（同）

そこでは、かつてピューリタンが持っていた「資本の論理」（日本的には「藩資本主義」）を厳格に実施しつつ、個々の人間は無私、無欲であらねばならぬという「倫理」が有効に機能していた。山本は「藩株式会社」という「機能集団」＝「共同体」の上に、近代国家が誕生し、またそれが戦後の日本を築いた原型であったと語る。幕末維新の経験の上に、戦後という「最悪の状態」を乗り切れたのは、ひとえに「私欲なき経済的合理性の追求とそれに基づく労働」が、「善」であるという価値観に支えられてのことであったと。

「破産状態」にあった敗戦直後の政府・国民は、同じこの価値観を支えに、「飢えの瀬戸際政策」を実施する。山本はだがその復興は、「奇跡」などではなかったと語る。明治と戦後の復興の同位性は、「技術の一時的遅れで危機に瀕した企業が、さらにそのうえ戦災を受けたような状態であり、新しい高能率の機械を導入し、それに対応しうるよう機構を改革すれば、即座に業績が回復できるといった状態」（同）にあったことだ。後述するように、山本は薩長を中心とする明治新政府が、薩英戦争と馬関戦争の「敗戦経験藩」だったことを歴史的に喚起する。

こうした歴史認識は、日本の戦後が行き着いた、経済大国への道とそこからの転落（敗北の認識の欠如した制度機構改革の不毛！）の軌跡を、構造的に解明する手がかりになるだろう。しかも、バブル経済の崩壊で破綻した、成長戦略を自明とする経済大国路線は、「私欲なき経済合理性」とその価値観の基盤となる共同体という社会的ユニットを、刻々と掘り崩していた。山本は戦後日本の復興をもたらしたものとして、集団の一員として機能することが、そのままそれと裏腹の関係にある共同体への奉仕に結びつき、精神的充足が得られるという関係に注目した。

それが共同体である限り、日本の企業にとって、「終身雇用」と「年功序列」は保証された前提であり、雇用は契約にはよらないという暗黙のルールが定着する。同時に、「自制」とその表れである「倹約」が秩序の基本になっていた。高度成長から第一次石油ショック後の省エネ政策の徹底による戦後日本の束の間の勝利（「ジャパン・アズ・ナンバーワン」）は、この非契約社会における国民の「社会的義務」というエートスによってもたらされたのである。これは、現在の派遣社員という名の「非契約社会」の孤児たちの存在を考える上で、苦い参照となるだろう。

一方で山本は、機能集団が同時に藩や企業といった共同体であることのデメリットについても言及する。一歩誤ればそれは本来の機能を喪失し、共同体の維持自体を自己目的化する危険と背中合わせだからだ。機能集団であるはずの軍隊が、「軍部」という特殊な共同体に転化し、その要請がすべてに優先し、これを維持するために国民の生命財産を勝手に使うという戦時期の逆説――山本七平は、それが「日本を破滅に追い込んだ」、機能集団が同時に共同体という状態の最大の問題であると述べる。『一下級将校の見た帝国陸軍』ではより明快に、アメリカによる占領以前に、戦時期の日本国民は、「天皇の軍隊による長い長い〝被占領期間〟」を体験していたとまで述べられている。

その功罪の歴史的評価は別に、金融自由化から郵政民営化まで、アメリカの世界戦略として押し寄せてきた規制緩和、グローバリゼーションの波は、明らかにこの機能集団＝共同体の伝統的な絆がもたらす機動性を根底から断ち切った。資本―ネーション（民族共同体）―国家の有機的結合の寸断である。「日本資本主義」は、こうして長期的な停滞の周期に入った。因みに新自由主義者とは、こうした歴史的なからくりに本質的に無関心な人々（主観的には愛国的ではあっても非歴史的な知性の所有者）のことなのである。

企業という機能集団、官僚という機能集団、あるいは労組という機能集団（「昔陸軍、今総評」

というキャッチフレーズもあった）が、共同体的な裏打ちをなくした機能不全の「個人―集団」として、バブル崩壊後の長期デフレ社会に解体浮遊しはじめたのだ。

日本的企業社会の暗黙のルールとなっていた、終身雇用制が崩れた後に、登録制の「契約派遣社員」なるものが出現したのもむべなるかな。バブル崩壊後の日本社会には、大企業という共同体から、あるいはその下請けという小共同体から追放された、社会的みなし児たち（正規雇用から見放された大量の大卒者を含む）が溢れることになった。

4 「安全神話」の崩壊と世代意識

こうした日本経済の下部構造の融解に伴う、世代意識のギャップも見逃せない。「終身雇用」と「年功序列」に象徴される企業共同体が解体するとき、アトム化した個人は、機能集団への帰属意識の希薄な非社会的な存在、社会的諸関係の網の目からこぼれ堕ちたマイナーな主体に転落するしかない。そうした社会的みなし児たちが、各々の「自己責任」（それは「国家」と「資本制システム」が本来もつ非正当性から来る個人への責任転嫁である）において、企業内の「危機管理」を担う自覚に乏しくなるのは当然である。

その意味でも福島原発事故に関し、日本原子力研究所（現・原子力開発機構）の研究室長を務めた笠井篤のコメントほど印象深いものはなかった。笠井は「原子力の技術は我々の世代から次の世代に引き継げたと思うが、負の部分への思考を引き継げなかったのではないか」（『朝日新聞』二〇一一年三月二十五日付朝刊）と語っている。

まさにこの「負の部分」こそが、原子力関係の技術者に、安全神話の「想定外」にある最悪の事態への想像力を要請するのである。ところが若い世代と話すと、「日本の技術は世界一」で、「原発事故は起こらないという神話を、本当に信じている」ように思えたというのだから、事態は深刻である。

この世代間の危機意識の落差は、研究機関や企業共同体という機能集団への帰属意識の強い旧世代と、それが希薄な若い世代の科学技術観のギャップにも起因していよう。後者にとっての原発とは、極端に俗化した唯物的装置（タダモノ）にすぎず、もはや〝聖なるエネルギー装置〟の狂暴な潜勢力を畏怖する旧世代が保持していた、「負の部分への思考」は、引き継ぎようがなかったのである。間違いなくそれは、社会的みなし児を本質とする新エリート層の原発オタク化を意味していよう。自衛隊幹部の世代交代に伴う、制服組の軍事オタク化傾向なども、あるいは水面下で着々と進行しているのだろう（ちなみに日本の防衛問題をゲーム能的なセンスで処理する石破茂は、カラオケでキャンディーズのヒットナンバーを歌う純戦無派だ）。いずれにせよ、山本七平の言う「共同体の要請」から解き放たれた世代に漠然と拡がった原発をめぐる「安全神話」には、科学的根拠など何もなかったのである。それが福島原発事故の最大の教訓であろう。

しかも、その「安全神話」の背後には、これとは別種の社会的みなし児の存在があることを忘れてはならない。被曝を覚悟の最も危険な作業に当たる、「原発ジプシー」（堀江邦夫）と呼ばれる派遣労働者の存在である。福島原発事故後のネット上では、平井憲夫という、複数の原発施設で配管や現場監督を経験した人（被曝により発癌、一九九七年死去）の「原発がどんなものか知ってほしい」（http://www.iam-t.jp/HIRAI/pageall.html）が話題になった。「遺書」にも等しいその告発から、恐るべき現場の実態が明らかにされる。原発の立地条件についても、これまで多くの問題が指摘されてきた。

『部落問題・人権事典』（部落解放・人権研究所編）によると、福井県内には数多くの原子力発電所があるが、「ほとんどの原発立地市町に部落が所在している」。それに加えて、「零細な農業と不安定な仕事しか持たなかった部落の住民は、いきおい仕事や雇用を原発関係に大きく依存」しているというのが実情なのだ。原発はこうした日本の産業・社会構造とエネルギー政策の偏向が合体した、禍々しいプロジェクトだったのである。

事故を契機に、日本のエネルギー政策は抜本的な見直しが迫られることになったが、民主党政権から自民党政権への揺り戻しによって、事故の記憶は早くも「過去」へと押しやられ、今や安倍首相が率先して原発輸出のミッションとなり営業外交を展開する始末である。致命的なのは、この問題に限らず彼には七十年前であろうと四年前であろうと、都合の悪い「過去」と正対する政治家としての覚悟がないことである。それだけに、ここで改めて日本の戦後思想には、理論物理学者・武谷三男（一九一一〜二〇〇〇）など敗戦直後の段階から核エネルギー問題の専門家による（科学）技術論の唯物弁証法的な蓄積があったことを想起しておくことは無駄ではあるまい。反安部的な歴史意識を呼び覚ますために。

こうした戦後左翼的な系譜とは別に、反原発派のイデオローグとして核化学の専門家・高木仁三郎（原子力資料情報室初代代表）とともに脚光を浴びた、戦後派第一世代の物理学者に槌田敦（反核・反原発を主唱し、エネルギー問題、廃棄物・リサイクル問題にも取り組む）がいる。

彼は原子力が、石油文明の範囲を一歩も出るものではないこと、その平和利用によって、石油の代替エネルギーになるという通説の間違いをつとに指摘してきた。ウラン鉱の採鉱から、精錬、濃縮、原子力発電所の建設、運転、放射能の処理の全工程で石油が大量に消費される以上、「原子力は石油の二次製品」であり、「石油の缶詰」にすぎないというのである（『石油と原子力に未来はあるか』）。

「原子力は、石油製品なのである。ウラン鉱を掘るのに石油を使う。これを加工するのに石油を使う。原子力発電所の建設にも石油を使う。そして、放射性毒物の管理にも石油を使う。つまり、原子力発電というのは、石油を消費して原子力にし、その原子力から電力をつくるという発電方式なのである。火力発電は石油を燃して電力にすることをいうが、原子力発電もやはり石油発電なのである。ただ、石油の燃やしかたが違うというだけのことにすぎない。／原子力が石油製品であるということは、決定的な意味をもっている。つまり、石油が枯渇したら、原子力もほどなく発電を止めることを意味している。つまり、原子力は石油文明の範囲を一歩も出ていない。原子力は石油の代替ではないのである」(槌田敦『エネルギー　未来への透視図』)

自給率百パーセントと言われる「米」でさえ、「石油製品そのもの」(『石油文明の次は何か』)だと語る彼は、そこで「文明を放棄」し、「土にへばりついて生きる」ことを提唱する(同)。「石油文明の次の社会では、資源としての水の能力の範囲で生活する技術を身につけなければならない」と。

このユートピア的なエコロジー思想を、私は直ちに実現可能な実践的指針だとは思わない。水資源の確保といっても、工業地周辺の森林はすでに酸性雨によって着実に枯死しつつあり、川や湖の生態系も破壊されているのが現状である。河宮信郎(科学技術の環境負荷をテーマとする経済学研究の先駆者)は以前それを、「水の砂漠」の拡大として警告した(『エントロピーと工業社会の選択』)。私たちの地球環境は、堕ちきるところまで堕ちたと言わねばならないのだ。

「文明を放棄」することが不可能ならば、せめて低成長型の社会への転換を前提に、産業構造を全面的に見直すしかない。「成長なき繁栄」＝「堕落」の具体的なヴィジョンも、そこから描き直すしかあるまい。その必須の前提こそ、「平和と繁栄」神話からの覚醒であり、そこからの頽落の覚悟であろう。日本の没落を阻止する手だては、この徹底した頽落(＝「堕落」)による「正気」の回復以外にはないのである。しかも、八〇年代にポストモダン旋風を通過した私たちには、二十世紀的な「大きな物語」から、その解体後の「小さな物語」への御都合主義的な退却も許されてはいない。

槌田にも影響を与えたエコロジー思想のエッセンスは、イギリスの経済思想家E・F・シューマッハーの唱えた、「小さいことは美しい（スモール・イズ・ビューティフル）」（『人間復興の経済学』）に象徴される。ただ石油ショック後の日本では、シューマッハーの思想はいち早く大手広告代理店のマーケティング理論として取り込まれ、TVコマーシャルのキャッチ・コピーや市場調査理論に利用されるに至った。「モーレツからビューティフルへ」（富士ゼロックスのCM）、「重厚長大」から「軽薄短小」（『日経ビジネス』が八〇年代初頭に生んだ時代キーワード）へ。だがそれでもなお日本は、経済成長の残夢に浸っていたのだ。

バブルの前夜、加熱する消費社会に踊らされ、浮き足立った国民は多幸症的狂騒の中にあった。ジャパン・アズ・ナンバー・ワンという甘言、その後のバブル経済の賑わい、土地転がしの果ての不良債権の累積、国家財政の危機という連鎖は、この間の国民精神の急激な変容と軌を一にしていた。その挙げ句に私たちは、真っ当に堕ちきるという復興期の精神を忘却したまま、3・11の大惨事に遭遇することになったのである。

歴史は国民的な記憶を呼び覚ますように回帰する。震災後の荒涼たる風景の前に突き放された国民は、初心に返って「堕落」という精神の営みを反復するしかない。真の「人間復興」も、その覚悟を措いて始まりはしないのだ。

「人間は変りはしない。ただ人間へ戻ってきたのだ。人間は堕落する。義士も聖女も堕落する。それを防ぐことはできないし、防ぐことによって人を救うことはできない。人間は生き、人間は堕ちる。そのこと以外の中に人間を救う便利な近道はない」（坂口安吾『堕落論』）。

この一節が、なお現代の日本人にとっての箴言であるとするなら、それは私たちが置かれている3・11後の状況、心象風景が、戦争という「偉大な破壊」（同）の後のそれに酷似しているからに他ならない。確かに敗戦直後の焼け跡の風景を私たち戦後世代は、実際に見たわけではない。にもかかわらず「堕落」という精神の永久運動を持続させつつ、「永続敗戦」を単なる「戦後」の先送りではなく、人間復興のための「永続革命」へと転化させる必要があるのだ。私たちは坂口安吾の語った「偉大な破壊」の跡にフクシマを重ね合わせ、「未来の他者」をも呼び寄せながら、「敗戦」の原風景に投げ出され、遺棄された状態にあった七十年前の現実を歴史的に想起しつつ、今ある「復興期」の現実を直視するしかないのである。

5 震災・原発事故は第二の「敗戦」

とりあえず高度経済成長から一転、石油ショックに見舞われた七〇年代初頭に立ち返ってみよう。日本の戦後は飽和状態に達していた。別の言い方をすると、「日本資本主義の精神」は、すでにその頃には底をついていたのだ。資本―ネーション（民族共同体）―国家の有機的結合は崩れ、安吾流の「堕落」の精神は更新されることなく朽ち果てつつあった。

それでも日本経済は、省エネ政策の徹底によって、先進国中最もうまく石油危機を乗り切ることができた。エコノミスト水野和夫によれば、一九七四年は近代のピークだったということになる。[2] しかし、そこで露呈した危機は、実は省エネ政策などの小手先によって乗り切れるほど、生易しいものではなかったのだ。それを明らかにしたのが、二〇〇六年末のサブプライム・ショックに端を発する世界金融危機だったと水野は語る（「ケインズの予言と利子率革命」）。

遡って一九七〇年代前半、「日本資本主義の精神」が底をついていたというのは、瀬戸際に立たされた敗戦の記憶の忘却という一事にかかっていた。「政府・国民ともに破産状態」（山本七平）で、引揚者、帰還兵の大群を抱え、一千万人の餓死者が出ても不思議ではなかった敗戦直後の状況で、日本は幕末以来の「餓えの瀬戸際政策」（『日本資本主義の精神』）を実施する。そこに見られる歴史的な共通性は、危機を担ったのがともに、「敗戦後の戦後政府」だったことだと山本七平は語った。

「薩長二藩は敗戦経験藩である。薩英戦争と馬関戦争で、この両者はヨーロッパ人の実力を知り、敗戦という冷厳な事実を経験している。イギリス艦隊の砲撃で鹿児島は、B29にやられた

東京のように焼かれ、馬関戦争では敵が上陸して進駐している。その意味ではこれまた敗戦後の戦後政府なのである」（同）

近現代にわたる、この「敗戦後の戦後政府」による瀬戸際作戦の国民的記憶は、中曾根（康弘）政権から竹下（登）政権に交替する一九八〇年代後半には、歴史的に忘却の淵に追いやられていた。バブルという甘い蜜を吸い尽くした後には、「資本が国民経済という枠組みから完全に解放される」（水野和夫・萱野稔人『超マクロ展望 世界経済の真実』での水野発言）という、アナーキーな金融資本の暴走に直面する。

民間企業から官僚組織まで、共同体という下支えを失った「日本資本主義の精神」は、こうして雲散霧消するしかなかったのである。その奢りと歴史離れが、物づくりを基本とする実体経済を離れたアメリカの経済戦略への屈服を招き、グローバリゼーションの名によって仕掛けられた「経済戦争」における完膚無きまでの敗北を引き寄せたのである。

そして今、私たちはかつて開国に当たり、また戦後の復興に当たって保持していた、敗者の記憶を失ったまま、大震災後の難題に手ぶらで立ち尽くしている。アベノミクスという虚妄を遠望しつつ。

だが一九八〇年代に、欧米に十年先行してバブルが起きた日本は、その崩壊の辛酸を他の先進国より早く舐め尽くした「経済先進国」であり、低成長社会への適応を真っ先に迫られるという貴重な経験を有している。この「資本主義の歴史におけるある種の先行性」（水野・萱野、同）を逆手にとって、3・11以後の現実に対処することが出来るなら、世界に先駆けて経済成長神話を克服する新世紀のモデルを示すことも不可能ではない。

そのためにも私たちは、改めて3・11を、惨憺たる産業事故を招いた経済大国の第二の「敗戦」として受け止め直す必要がある。過去からやって来る「未来の他者」・坂口安吾に倣って、堕ちる道を正しく堕ちきるとは、堕落した敗戦国・日本に課せられた再生（＝「人間復興」）への試練の第一歩なのである。

第一章

吉本隆明と「革命の否定神学」——八〇年代から3・11以後へ

1 オウム・サリン事件と「造悪論」

日本の敗戦から間もない一九五〇年代に、「文学者の戦争責任論」で一躍名を馳せた吉本隆明に対して、私は彼の晩年に「吉本隆明と「文学者の原発責任」――八〇年代から3・11以降へ」(『atプラス09』二〇一一年八月)を書き、一貫して脱原発運動を批判し続けてきた彼の思想家としての「責任」を問題にした。

ただそれ以前、二〇〇七年の時点での拙著『吉本隆明1945―2007』(インスクリプト)では、原発問題に関する吉本の一連の発言について、また彼がオウム・サリン事件(一九九五年に東京の営団地下鉄でサリンを撒布、死者十三人、負傷者六千三百人を出す)に際して、宗教家としてのみならず「思想家」としての麻原彰晃を最大限に評価すると語った言論人としての致命的失態についてもあえて不問に付していた。これらの吉本思想の最低の鞍部(あんぶ)からは、彼の主著に現れた可能性の中心と、思想詩人としての特異な資質には触れ得ないと判断したためである。

後者に関して、親鸞の「悪人正機説」についての吉本の解釈(「造悪論」)を検証しつつ本格的な批判を試みたのは、『吉本隆明『共同幻想論』を解体する』(明石書店、二〇一二年七月)の和田司である。

著者はまず、麻原逮捕の三カ月前に行われたインタビューでの吉本の発言を捉える。そこでの、オウム真理教の「超越的な（現世の倫理を超えた）部分を否定すること」などできないという件を引き合いに、「思想家麻原」が、「市民社会の倫理を超える普遍的な倫理、「大衆の原像」の彼岸にある超越的な世界観を啓示してくれることを、（吉本が）大真面目で、切に望んでいた」とするのだ。ここから和田は、親鸞の「悪人正機説」こそ市民社会の倫理を超える「超越的な」価値観だとする吉本に鋭い批判の矢を放つ。

周知のように、「善人なをもて往生をとぐ、いはんや悪人をや」（『歎異抄』）は、親鸞の「悪人正機説」の中核をなす『歎異抄』第三条冒頭の一節である。和田は吉本隆明が、この逆説的なレトリックを、「兇悪犯罪を正当化する論理」にすり替えたとし、またそのようにして麻原を、「造悪論」の窮極の実践者として、「現存する仏教系の修行者の中で世界有数の人」に祭り上げたことを批判する。吉本「造悪論」の破綻に切り込む和田の思考は、優れて弁証法的である。

すなわち、「善であれ悪であれ、所詮は《行》の秩序の中に位置付けられた世俗的審級にすぎず、その地平から《信》の側へと自らを投棄しないかぎり、絶対他力を頼むことなど覚束ない」（傍点、引用者）。したがって、「やっぱりいいんだ。悪いことをしてもいいんだ。極悪なヤツのほうが往生しやすいんだ」（吉本）などという「悪人正機説」は、およそ親鸞の宗教思想とは無縁な邪説珍説の類にすぎないというのである。

和田によれば、そもそも親鸞の「悪人」とは、「世俗的な意味での悪人」などではない。親鸞が、「現世における人間存在のあり方を、まず悪という否定態として捉える」のは、「その対極に、否定の否定としての救済を置くことによって、否定そのものに意味を与える弁証法的な把握方法」なのだ。一切の衆生が救済されるために、「他力」は絶対的なものでなければならず、そうであるためには、「自力」は無でなければならない。「悪人」をめぐる親鸞のロジックでは、必然的にそこから、「人間はすべからく悪人でなければならない」という結論が導かれることになるのだ。

ところで、吉本の無惨としか言いようのない麻原擁護（というよりも礼讃に近いが）と、宗教思想の破綻には、そこに至る戦後思想家としての道筋があったことを忘れるべきではない。おそらく彼は、「秩序への反逆」の世紀末的な現象形態を、麻原を教祖とするオウム真理教の狂騒に投影していたのではなかったか。一九六〇年代から七〇年代にかけて、新左翼系学生の「教祖」でもあった吉本は、一九六〇年の安保闘争での逮捕経験後、一切の政治・社会運動に直接コミットすることはなかった。

しかし、商業左翼として東大教授・丸山眞男の研究室を荒らした六〇年代末の全共闘学生を間接的に擁護さえした彼は、これらヤンガー・ジェネレーションに一定の思想的影響力を保ちながら、現存する社会主義国家や前衛政党を根底から批判する「革命の否定神学」を唱え続けていたのである。

具体的には、ソヴィエト・ロシアも中国も真正「社会主義国家」として認めようとしない吉本は、黒田寛一（前革マル派議長）のような新左翼のイデオローグから、向坂逸郎などの講壇マルクス主義者まで、さらに論壇左翼からエコロジー系の社会運動家までをも、次々にスターリニストや毛沢東主義者のレッテルを貼っては排撃していった。その左翼狩りの連続キャンペーンは、転向を通過した日本の「擬制左翼」を武装解除する「革命の否定神学」によってこそ可能だったのである。

だが、無敵を誇った彼の言説を支えていたものは、内にあっては五十五年体制という戦後レジームであり、外にあってはソ連という冷戦下にアメリカと対峙した絶対的否定態としての「社会主義国家」の存在だった。九〇年代以前にも、「革命の否定神学」のみならず、吉本の言説、状況認識は資本主義の新段階に対応すべくしばしば無様な空転を露呈していた。それが決定的になったのが、冷戦終結後の九〇年代である。

吉本隆明が宗教家・麻原彰晃を、「秩序への反逆者」として過大評価するのは、その「革命の否定神学」が完全に無効になったとき（吉本の「否定神学」は、ソ連型の一国社会主義の教条を確立したスターリニズムへの「否定神学」でしかなかった）だったのである。一九五〇年代初頭に、ユダヤ教の「秩序への反逆者」イエスの宗教思想を、「関係の絶対性」という「否定神学」によって見事にすくい上げた（「マチウ書試論」[1]）吉本は、九〇年代半ばには、オウム・サリン事件を引き起こした宗教者に、現代における「悪人正機説」の実践者の姿を重ねるという倒錯を真顔で演じるようになる。それを許したジャーナリズムの〝吉本依存症候群〟もまた、この段階で救い難い頽廃の色を濃くしていた。

もう一つ、彼がイエス・キリストから麻原彰晃まで、「秩序への反逆者」の系譜に並々ならぬ思い入れをしていることには別の要因があった。それは宗教者に特化されるわけではない。むしろ「社会的な孤児」性をまとった者たちへの彼の「疎外論」的な発想を起源とした「否定神学」から導き出されたものだった。こうした吉本の感受性の基層には、「親（父）にうとまれているという自虐をいだき、年上の女性に慰藉をみつけだし、流離をつづけて悲劇的に途上で死ぬ」（「折口信夫の詩」）ヤマトタケル型の神話に絡みつく「母型」的なるものへの止みがたい思慕が無意識に加担していた。

具体的にそれは、「母胎の温もりを求めて泣き叫ぶ嬰児」（『西行論』）のイメージに結晶する。それがなお「否定神学」であるのは、『母型論』のハイライト「太陽論」に見られる母－子関係の至福状態への夢が、ただそれだけでは完結せず、乳幼児期の母親との関係が、無意識の核を形成する「性格形成の地獄」（＝「地獄の母型」、『心的現象論』所収「了解論105」参照）という分裂した否定態によって担保されていたからであった。

『源氏物語論』の第一部はずばり「母型論」であり、そこでは、「この世界のむこう岸に「前の世」という母型があり、人びとはこの母型からやってくる声に幼児みたいに暗示されて振舞うのだ」と語られている。こうして光源氏から西行まで、あるいはイエス・キリストから麻原彰晃まで、吉本的な「否定神学」によって回収された孤児的な「貴種」たちは、何らかの形で「秩序」から疎外され、悲劇的な「流離」を反復するのである。

2「戦後思想」の終焉まで

二〇一二年に吉本隆明が逝って明確になったことの一つは、戦後啓蒙期を過ぎた一九七〇年代以降、徐々に取り崩された「戦後思想」の遺産が、反日共ラディカルズのカリスマでもあった彼自身の思想的営為によって、あらかた蚕食し尽くされていたという事実である。「戦後思想」の起点が、敗戦の翌年に新興の総合誌『世界』に発表された丸山眞男の「超国家主義の論理と心理」(『現代政治の思想と行動』)にあることは、大方の認めるところだろう。「八・一五革命説」(宮沢俊義)とも連動したそのエッセンスは、掉尾を飾る「日本軍国主義に終止符が打たれた八・一五の日はまた同時に、超国家主義の全体系の基盤たる国体がその絶対性を喪失し今や始めて自由なる主体となつた日本国民にその運命を委ねた日でもあつたのである」の一節にあった。

これは天皇の「人間宣言」として知られる、GHQによる天皇制軍国主義の脱神話化のための一九四六年の「年頭詔書」を受けて執筆されたもので、実質的に丸山はここで、昭和天皇の戦争責任を免責するとともに、一夜にして「自由なる主体」となった「国民」の帝国「臣民」としての戦争責任も不問に付したのである。

「戦後思想」の射程と振幅を考えると、丸山の「超国家主義の心理と論理」を左舷とするなら、その右舷としてGHQによって起草された「日本国憲法」の生成過程が、周到な検閲によって隠蔽され、それが戦後日本の思想空間の歪みをもたらしたとする江藤淳の『一九四六年憲法――その拘束』（一九八〇年）を参照する必要がある。第二章で論ずる江藤は、反日共商業左翼・吉本のカウンター・パートであるとともに、世代的なずれはあるものの、戦後啓蒙を代表する丸山眞男のカウンター・パートでもあったのだ（江藤の丸山批判は、六〇年安保闘争の最中に発表された「〝戦後〟知識人の破産」を嚆矢とする）。

ところで、一九六〇年の安保闘争期になされた在野の思想家・吉本隆明の丸山への最初のアタック（「丸山真男論」、『模写と鏡』所収）は、「死の世代」に属する戦中派吉本の本論考に見られる「戦後民主主義神話」の欺瞞性、アカデミック・リベラルへの〝素人の乱〟の意味作用を有していた。

「大衆は天皇の「終戦」宣言をうなだれて、あるいは嬉しそうにきき、兵士たちは、米軍から無抵抗に武装を解除されて、三三五五、あるいは集団で、あれはてた郷土へかえっていった。よほどふて腐されたものでないかぎりは、背中にありったけの軍食糧や衣料をつめこんだ荷作りをかついで！

丸山的にいわせれば、解放された「御殿女中」はこういうものであろうか？

日本の大衆は、ここにどんな本質をしめしたのだろうか？

わたしたちは、このとき絶望的な大衆のイメージをみたのであり、そのイメージをどう理解するかは、戦後のすべてにかかわりをもったはずである。残念なことに丸山真男の戦後の思想からはそれをきくことができない」(「丸山真男論」)

だがしかし、「大衆の原像」を楯にした吉本自身の「革命の否定神学」は、八〇年代以降なし崩し的に高度大衆消費社会への「肯定神学」にすり替えられてゆく。致命的だったのは、吉本の言説に現代資本主義批判の視点がなく、専らその社会的現象形態を「マス・イメージ」として回収する方法しか持ち合わせていなかったことであった。

それ以前の一九六〇年代の時点で、彼の「否定神学」がよりパフォーマティブに機能したのは、五〇年代の「転向論」、「文学者の戦争責任論」の延長でなされた一連の言説だった。六〇年安保闘争直後、共産党系旧左翼を全否定したマニフェストが「擬制の終焉」であり、そこで吉本は日本共産党の無謬「前衛党」神話を批判、それと密着した花田清輝流の非暴力「平和革命」、芸術の大衆化路線を完膚無きまでに粉砕した。

「政治と文学」というパラダイムが、なお一定の価値基準になり得た最後の時代に、生粋の商業左翼吉本は、花田による「大衆のエネルギー」への着目、演劇やミュージカルへの批評的アプローチを、あたかも非芸術的かつ反革命的「俗情との結託」(大西巨人)であるかのように拒絶して見せたのである。

その後、八〇年代に至って吉本が「マス・イメージ」の虜になるに及び忘却されたのは、現代メディア論の先駆者・マーシャル・マクルーハン（一九一一〜八〇）の同時代人・花田清輝（一九〇九〜七四）が、「近代の超克」のプログラムに組み入れた、活版印刷技術による活字文化以前、以後の視聴覚文化・メディアの可能性、すなわち大衆消費社会に呑み込まれる以前のサブカルチャー・ジャンルへの注目の先見性であった。

「戦後思想」の勝利者・吉本隆明が、『「反核」異論』（一九八三年）を経て、「反原発」異論へとシフトしたのも同じ八〇年代のことである。そして彼は、チェルノブイリ原発事故後も、さらには死の直前の3・11以降にあっても、反ないしは「脱原発」派を思想的・政治的に決して容認しようとしなかった。

「戦後思想」の論敵を一掃した後の、吉本の迷走が痛ましいのは、かつて彼自身が口を極めて批判した「俗流唯物論」そのままに、科学技術の解放と原子力発電の安全神話を短絡する誤謬に陥ったからである。しかも彼は、戦時期左翼の二重転向（左翼陣営からの転向・脱落、天皇制軍国主義体制翼賛への旋回を経て、戦後には左翼陣営に復帰）を可能にした「生産力理論」（資本主義の高度な発展、生産力の向上がプロレタリア革命の前提となるという理論的陥穽）と同じ水準に退行したところで、居直りに近い「反原発」異論を唱えるに至ったのだ。

その意味からも姜尚中（カンサンジュン）が、「吉本隆明を悼む」文章で、あえて丸山眞男に言及しつつ次のように書き記したことは注目に値しよう。

「時あたかも、大衆とのずるずるべったりの結託に根源的な懐疑の目を向け、「精神の貴族主義」を貫いた丸山は、昭和の終焉、冷戦の崩壊とともにひとつの時代の終わりを告げるように静かに息をひきとった。／あれから十余年、空前の原発事故を目撃しても、科学によって科学の限界を超えられると嘯(うそぶ)いた吉本に、かつての教祖の面影はどこにもなかった。ヒロシマでの被爆体験をもち、被爆者手帳の交付を拒み続けた丸山が生きていたならば、断腸の思いで原発の廃止を訴えたはずだ。どちらが、無限の進歩と科学万能を信じて疑わない「近代主義者」なのか、瞭然ではないか。この意味でも教祖の思想的な命脈は尽きていたのである」（『朝日新聞』二〇一二年三月二十七日夕刊「文芸／批評」欄より）

因みに姜尚中は、往年の教祖・吉本の変貌を、「転向」ではなく大衆の実感に寄り添い続けたための「俗情との結託」（大西巨人）と見なしている。

それに対する評価はさて措き、驚きを禁じ得ないのは、かつてこの言葉を『真空地帯』の作家・野間宏の軍隊組織への自己認識に対して差し向けた大西巨人その人が、3・11後に、「これまで私は、原子力発電に反対するものであったが、このたびの天変を経験することによって、賛成の立場に転じた。即ち現在の私は、たとえば吉本隆明が従来原子力発電に対して賛成であったのと同じく――あるいはより強く――原子力発電に対して賛意を抱いているのである」（第三章参照）と語ったことである。

とりあえず姜尚中の顰みに倣って、大西の論敵・野間宏が生きていたならば、断腸の思いで原発の廃止を訴えたはずだと言っておこう。フクシマ後の〝最後の吉本隆明〟の醜態、大西巨人の耄碌ぶりは、「戦後思想」および「戦後文学」が「永久革命」のエージェントとしての意味を失って久しい現状を改めて浮き彫りにした。

発表媒体の制約もあり、さしたる話題にもならなかった大西の発言に比して、死せる吉本の原発問題への発言は『「反原発」異論』に集大成された。また、この問題に特化されることなく、吉本追悼の文章や諸論考も圧倒的な量に達している。かつて日本のポスト・モダンをリードした『現代思想』の編集者として、ある時は山口昌男を用い、ある時は柄谷行人を用いて「戦後思想」の終焉をジャーナリスティックに演出した三浦雅士は、縁浅からぬ関係にあった吉本に関して、看過できない言葉を残している。一方で彼は、次のように吉本思想を最大限に評価するのだ。

「『共同幻想論』に比べれば『想像の共同体』（「ナショナリズムの起源と流行」をサブタイトルにしたベネディクト・アンダーソンの一九八三年の著書――引用者）など物の数ではない。そんなものは東南アジア史の一節をヨーロッパ近世史に当て嵌めたにすぎない。『共同幻想論』が存在論の核心に迫ろうとしているとすれば、『想像の共同体』はたかだか認識論の地平をかすめているにすぎない。また、『共同幻想論』の根幹にある対幻想という概念に比べれば、間主観性など物の数ではない。間主観性はなお主観性の幻想のなかにあるが、対幻想は最初から性と言語すなわち他者と死の問題を孕んでいるのである。（略）吉本の対幻想に比べるべきはたとえばレヴィナスの他者である。他者とは、サルトルにとっては地獄、レヴィナス（フッサールやハイデッガーの現象学、実存哲学についての批判的研究で知られるフランスの哲学者――引用者）にとっては神だが、吉本にとっては異性なのだ」（『群像』二〇一一年五月号）

三浦はそうした偉大なる吉本思想を、学問の世界を覆いつくした「英語帝国主義」の土俵に引きずり出す学者が一人もいなかったことを、「現代日本の悲哀」と評している。だが私見によると、どんな学者が出て来ようと、その可能性は金輪際ゼロに近いと言うべきである。その理由は『共同幻想論』が、翻訳を本質的に拒否する吉本自身の身振りによって書かれた甚だエキセントリックに閉ざされた書物だからだ。彼の「教祖」的資質の秘密とは、限定された読者を、選ばれた「秩序への反逆者」として他者排除的にこの密閉空間に引き込む異能にあった。『共同幻想論』を精確に翻訳することなど、およそ不可能なことなのである。

「わが初期国家の専制的首長たちは、大規模な灌漑工事や、運河の開削工事をやる代りに、共同観念に属するすべてのものに、大規模で複合された〈観念の運河〉を掘りすすめざるを得なかった。その〈観念の運河〉は、錯綜していて、〈法〉的国家へゆく通路と、〈政治〉的国家へゆく通路と、〈宗教〉的イデオロギーへゆく通路と、〈経済〉的な収奪への通路とは、よほど巧くたどらなければ、つながらなかった。〈名目〉や〈象徴〉としての権力と、じっさいの政治権力と、〈宗教〉的なイデオロギーの強制力とは、別個のものであるかのように装置されていて、よほど、秘された通路に精通しないかぎり、迷路に陥こむように構成された。そこには現実の〈アジア〉的特性は存在しないかのようにみえるが、共同幻想の〈アジア〉的特性は存在したのだ、と」(「全著作集のための序」、『共同幻想論』所収)

吉本の語り口自体が、普遍性とはおよそ異質な、「迷路に陥こむように構成された」秘教的なものであることが分かる。さらに言うと、本書は精確な「日本語」に「翻訳」することさえ不可能な、意味不明で難解な比喩に満ちた「吉本語」による、日本の一九六八年を象徴する時代の書だったのである。『古事記』や『遠野物語』の解読にせよ、フロイトの理解にせよ、確かに六〇年代末の時点において、それらはユニークな試みではあっただろう。

しかし、如何せんそれは現時点において普遍的な意味を持ち得ない。『言語にとって美とは何か』におけるソシュールの『一般言語学講義』理解の水準、『心的現象論序説』および本論における精神医学等の専門知への対応の時代的限界を云々する以前に、吉本の「戦後思想」とは、思想的な「鎖国」(六〇年代の「自立の思想的拠点」で吉本は、自らを〝井の外に虚像を持たない井の中の蛙〟になぞらえている)の産物であり、三浦の述べる「英語帝国主義」の土俵に上がることを、あらかじめ拒否した「固有思想」だったのである。それによって国内的には無敵であり得た吉本隆明は、思想家として世界に打って出る資格を持たなかった。

ところで三浦雅士は、別の場所でこんなことも述べている。それは、若松孝二監督作品『11・25自決の日　三島由紀夫と若者たち』（二〇一二年）の完成に寄せた一文である。

「遺作『豊饒の海』を引くまでもなく、三島由紀夫は基本的にニヒリストである。世界と人間の無意味など知り尽くしている。世界に意味を与えるのは人間だが、その人間そのものが無意味なのだ。日本という観念、天皇という観念にしても無意味。『美しい星』は、どんな馬鹿げた観念でも信じ込まれれば力を持つという事実を、悲哀を込めて描き出した小説だが、それはただ日本という観念、天皇という観念を相対化するために描かれたようなものなのだ。ほぼ同じ頃に、武田泰淳は『富士』を書き、安部公房は『榎本武揚』を書き、丸谷才一は『エホバの貌を避けて』を書く。みなＳＦのような小説であり、同じ主題を扱っている。観念の振る舞いを描くにはＳＦが有利なのだ」（『キネマ旬報』二〇一二年六月下旬号）

ここから三浦は、それらと比較した『共同幻想論』の価値について以下のような意想外な結論を引き出す。

「一九六〇年代は学生運動の時代であり、同伴知識人の時代だったが、その裏面に、運動を統べる観念の空しさ、馬鹿馬鹿しさを描く作品が、鏡の錫箔のように貼り付いていることに注意すべきだ。これら全体を総括するように吉本隆明の『共同幻想論』が登場するわけだが、精緻さと、こめられた悲哀の総量において、小説には一歩も二歩も譲ると言わなければならない」（同）

ベネディクト・アンダーソンを凌駕し、エマニュエル・レヴィナスにも比肩し得る吉本の『共同幻想論』が、三島、武田、安部、丸谷らの小説、SF仕立ての「観念の振る舞い」に比べて見劣りがするというのである。一体これはどういうことだろう。

ひとまずここでは、三浦によって概括された三島由紀夫の「戦後思想」の再検討から始めてみよう。三島のニヒリズムを体現した作品は、文壇的評価を得られず結果的に彼に過激化のきっかけを与えることになった『鏡子の家』（一九五九年）に止めを刺す。

「無秩序な焼け跡」にあった、「特有の精力とお先真暗な生命力の暗い輝き」が、果てしもなく続く退屈な日常（「みんな欠伸をしていた」）の回復とともにかき消されようとしていた戦後、「鏡子」は「一つの時代が終った」ことに覚醒する。三島にとってこの作品は、「いわゆる戦後文学ではなく、「戦後は終った」と信じた時代」（『鏡子の家』広告リーフレットより）の記念碑だった。つまりこの作品は、「戦後」の終焉の後には何もないことを証すために書かれた、優れてポスト・ヒストリカルな小説だったのである。

あらゆる冒険を禁じられた若者達のニヒリズムの背後に、三島がその不可能を規定する〝アメリカの影〟を見ていたことは間違いない。であればこそ、そのアパシーを「鏡子」という鏡に映し出された男たちは、徹底的に表層的に描き出さなければならなかった。当時その意図を見抜いていたのは、おそらく江藤淳のみであっただろう。

「つまり、「鏡子の家」には、巨大な「空白」が描かれている。いかに惨憺たる失敗であろうか。

だが、話はここからはじまる。作者は、実は最初から「空白」を描こうと意図していたのではなかった。長篇小説などというものがもともと三島氏にはどうでもいいものであって、小説とはいつも氏にとっては生きるための手段といったものではなかったであろうか。そして、氏が描こうとした時代とは、もののかたちもなければ色彩もないひとつの巨大な「空白」の時代、あたかも「鏡」に映じた碧い夏空のような時代ではなかったか。このような時代の壁画は、「鏡」以外のものではありえない。そこには「空白」以外のものがあってはならないのである。このように考えれば、「鏡子の家」はいかにも燦然たる成功ではないか」(「三島由紀夫の家」)

そして三島由紀夫にとって、戦後的な「果てしなき日常」の持続は悪夢に等しかった。結局彼は、敗戦後の焼け跡という束の間のハレの時間に狂い咲いた、短命を宿命付けられた華だったのだ。『鏡子の家』から『憂国』(一九六一年)を経て、『英霊の聲』(一九六六年)への転回は急であった。

一九六三年、三十七歳の夏に、「芥川龍之介より長生きをしたと思えば、いい気持だが、もうこうなったら、しゃにむに長生きをしなければならない」（「「純文学とは？」その他」）と語った彼は、三年後の林房雄との対談では、「ただ近代的自我の模造品のようなものを書いていたのでは、大衆社会に、なんにも対抗するものは出てこない」とし、「純文学」的な「質という観念のなかに、なにか衰弱を思わせるものがあるということに気がつきだした」（『対話・日本人論』）と語っている。何やらこれは、川端康成の「末期の眼」(3)を思わせはしないか。

同時に重要なのは、この時三島由紀夫があらゆる「戦後思想」、「戦後文学」に先駆けて、サブカルチャー的なものの、「大衆社会」への浸透に「対抗」する何かを真剣に模索し始めていたことである。ならば彼は、ＵＦＯなどという陳腐な表象に飛びつく（『美しい星』）のではなく、あるいは「天皇」という空虚な表象と真摯に戯れる（『英霊の聲』、「文化防衛論」）のではなく、ストレートに日本を屈服させた「原爆」という物自体（「核」への想像力）の方へと赴くべきではなかったのか。

もちろん三島由紀夫は、それに無関心だったわけではない。『美しい星』連載の同時期に当たる一九六二年のエッセイ「終末観と文学」では、「少なくとも世界の終わりは、水爆の発明以来、科学的可能性として存在するようになった」とし、「科学が世界終末を保証するにいたった」、「稀有の時代に生きている」ことを強調、「水爆戦争をそのカタストローフとする終末観は、あの概括的概観的なメカニックな世界認識を前提としており、もし文学がこのような世界認識を受け入れたら、その瞬間に文学は崩壊してしまう」という、いたってネガティブな認識を示している。閑話休題、三浦雅士が語る吉本隆明の『共同幻想論』（同時代的にその対極には、三島由紀夫の『文化防衛論』があった）が、「精緻さと、こめられた悲哀の総量において、小説には一歩も二歩も譲る」の真意は改めて何だったのか。三浦は何かと言えば「悲哀」を持ち出すが、「悲哀の総量」など測定不可能だとするならば、考えるべきはその「精緻さ」についてである。

一九六八年に刊行された『共同幻想論』について、後に中上健次は角川文庫版（改訂新版）の「解説」で次のように述べている。

「一九六八年、丁度六〇年代末、この『共同幻想論』は街頭での一群の人々による暴力の噴出と共に共同幻想としての国家を露出させ、来たるべき事態を予告し、何にも増して国家とは性なのだと、国家は白昼に突発する幻想化された性なのだと予言した。性が対幻想として読まれ共同幻想に転移していくという見ようによっては十全にアジア的（農耕的）なこの書物の出現は歴史的に言えばほどなく起る三島由紀夫の割腹自決と共に六〇年代から七〇年代初めにかけて最も大きな事件である」（「性としての国家」）

パトス溢れるこの「解説」は、『共同幻想論』という、神話的な書物の出現の事件性とその臨場感を伝えて余りある。あえてこれを三浦雅士の文脈に繫げると、「精緻さ」の欠如こそが、「国家」の本質を性として歴史的に「露出」させる吉本の力技の秘密だったのだ。言い換えるなら吉本隆明とは、何より三島的な（あるいはまた丸山眞男的な）「精緻さ」を粉砕する過激なアマチュアリズムによって、戦争を跨いで戦前から戦後に繫がった思想と文学の持続に時代的切断をもたらした在野の異能者だったのである。

プロをも凌ぐ素人将棋のチャンピオン、阪田三吉を彷彿とさせるその職人的アマチュアリズムは、時に「チェルノブイリ級の原発事故は、確率論的にもうあと半世紀はありえない」（『「情況への発言」全集成3　1984〜1997』）といったノーガードの放言を引き出しもしようし、3・11以後もその舌禍を全く顧みることなく、「動物にない人間だけの特性は前へ前へと発達すること。技術や頭脳は高度になることはあっても、元に戻ったり、退歩することはあり得ない」（「科学技術に退歩はない」、『「反原発」異論』所収）、「原発を完全に放棄する」と、「恐怖感は消えるでしょうが、文明を発展させてきた長年の努力は水泡に帰してしまう。人類が培ってきた核開発の技術もすべて意味がなくなってしまう。それは人間が猿から別れて発達し、今日まで行ってきた営みを否定することと同じなんです」（「「反原発」で猿になる」、同）といった強弁にも表れていた。「東京にいると、暗いんです」（同）では、「発達した科学技術を、もとへ戻すっていうこと自体が、人類をやめろ、っていうことと同じだ」と言い放ち、さらに「危険なところまで科学を発達させたことを、人類の知恵が生み出した原罪と考えて、危険を覚悟の上で、防御の仕方を発達させていくしかない」とも語っている。

いずれも、書き言葉による表現に耐えない最晩年の言説で、二〇一五年一月に刊行された『「反原発」異論』には、吉本が東日本大震災、福島原発事故について語った十一篇のインタビューが収録（第Ⅰ部「3・11／以後」）されている（「吉本主義者」を自称する副島隆彦の跋文「悲劇の革命家吉本隆明の最期の闘い」を巻頭に配して）。

往年には、向かうところ敵無しの詩人思想家による〝皆殺しのバラード〟の様相を呈した荒事は見る影もなく、夢遊病者の彷徨のような果てしないおしゃべりが最悪のサポーターたちによって回収される。「戦後思想」のラストシーンを、私はそのようなものとして記憶するしかなかった。

ところで、吉本の逝った同じ二〇一二年に、東浩紀らは戦後「日本」のサバイバルを賭けて「新日本国憲法ゲンロン草案」（『日本2・0』、ゲンロン憲法委員会「楠正憲・境真良・白田秀彰・西田亮介・東浩紀」）を公表する。

注目の天皇条項（第一条）は、「天皇は日本国の象徴元首であり、伝統と文化の統合の象徴である」とあり、その地位は「国民の総意に基づく」ものとされ、「世襲」が謳われている。凡庸という他はないが、印象的なのは、その生成過程で久野収の『憲法の論理』や福田恆存の「當用憲法論」[4]など、「戦後思想」の遺産を参照した痕跡が全く見当たらなかったことだ。これも五十五年体制下の「戦後思想」の系譜が、歴史的使命を終えた一つの例証であろう。

であればこそ、ここで「戦後思想」の「二つの外部」として「憲法」と「天皇」の二項があったことを改めて想起することも、あながち無駄ではあるまい。脱「戦後思想」のコンテクストで「平和憲法」、とりわけその第九条の重要性が喚起されたのは、周知のように柄谷行人らによる「湾岸戦争」(および今後ありうべき一切の戦争に加担すること)に反対する文学者の署名運動(一九九一年)においてであった。

それまで「護憲思想」が、純粋に「戦後思想」の外部にあったわけではない。『憲法の論理』の哲学者・久野収から大江健三郎まで、新旧市民派の思想的拠り所は、究極的に「平和憲法」以外にはなかったのである。

だがしかし、柄谷行人から吉本隆明(湾岸戦争反対署名には反対)まで、「戦争」への防波堤として、俄に冷戦終結に対応するこの時期に「憲法」を持ち出してきたことについては、懐疑と困惑を招いたことは否定できない。何故なら、「戦後思想」の外縁をなす非市民主義的なラディカリズムの系譜は従来、新左翼諸党派に至るまで、こぞって「憲法」を実践的思想課題から外してきたからである。

だから急進的思想から排除された、穏健な社会民主主義思想のシンボルを湾岸戦争に際して、さながら打ち出の小槌のように、脱「戦後思想」の装いで裁ち直した感は否めなかったのである。因みに、その後に起こった対イラク「戦争」に際して、自衛隊派遣への違憲申し立て裁判を起こし、派兵は「憲法違反」の歴史的判決を勝ち取ったのは、湾岸署名の文学者たちでなく、サブカルチャーおよびオタク文化の最良の伴走者・大塚英志であった（『「自衛隊のイラク派兵差止訴訟」判決文を読む』参照）。

二〇〇九年に本書に接するまで、私はその事実経過を知らず不明を恥じざるを得なかった。もとより、冷戦時代の「護憲思想」から最も遠くにあったのは、かの六八年世代である。彼らのうち概ね吉本隆明の徒であった有象無象の反日共ラディカルズたちが、「憲法」に無関心を装いつつ、反体制的なポーズを取っていたのは、あの時代特有のモードとして銘記されてよい。では「天皇」についてはどうか？　丸山眞男学派の異端・藤田省三には、『天皇制国家の支配原理』（一九六六年）という名著がある。

吉本隆明が自身の「天皇および天皇制について」を巻頭に配した『国家の思想』（戦後日本思想大系5、筑摩書房）を編集・解説したのが六九年。このアンソロジーは、右著作所収の藤田論文（「天皇制」）から、神山茂夫『天皇制に関する理論的諸問題』、三島由紀夫「文化防衛論」、上山春平「大東亜戦争の思想史的意味」までを抄録するなど、左右のバランスをとったアンソロジーで、「国家の思想」の中心に「天皇（制）」が歴然と据え置かれていることが一目瞭然になっている。

丸山学派からは藤田省三の他に、同じく政治学者の橋川文三（「乃木伝説の思想」）、松下圭一（「大衆国家の成立とその問題性」）を呼び込みつつ丸山眞男を外したところにも、吉本の政治的意図が読みとれる。これはポスト丸山の世代で固めるといった世代論的な配慮とは関係がない。ここには、歴史学者・石母田正も井上光貞らの論考も収録されていたからである。

特徴的なのは、「戦後思想」の問題系を更新するために、「天皇」が戦争責任者としてではなく、幻想領域の臨界点を象徴する危機的な「外部」（経済的な下部構造に対する宗教・国家の生成にかかわる上部構造のリミット）として召喚されていることだ。しかもその外部性は、すでに吉本により「共同幻想」のカテゴリーに回収されていたのである。

ここに、唯物史観に基づく下部構造（経済）決定論の向こうを張った上部構造自律論が、吉本的「自立」思想の切り札としてきられ、既成左翼（思想）の衰退を暴露するように、『共同幻想論』の著者は「戦後思想」のヘゲモニーを獲得するに至ったのである。「白昼に突発する幻想化された性」（中上健次）という、国家本質論に裏打ちされてである。

近代「国民国家」の歴史的基層にかかわる、幻想領域の自律性に担保された吉本思想の命脈は、しかし昭和天皇の死とともに尽きたと言ってよかった。平成の天皇即位に当たって、憲法の遵守を誓った現天皇は、それによって事実上、「天皇制国家」の幻想性の土台を自ら切り崩したに等しかったからである。「天皇」は最早、いかなる幻想性によっても「国家」に関与することは出来ないのだ。

東浩紀らが日本国の伝統文化を統合する「象徴元首」と認めるその象徴性は、今日にあって、天皇の日常的ルーティーンでもある農耕儀礼の祠祭としての宗教性と断絶している（東らはその実態に殆ど無関心であるだろう）と言うべきだろう。

「天皇（制）」をエロティックにドラマタイズすることの不可能は、三島由紀夫を切歯扼腕させた、現天皇の民間女性との結婚（それをしなければ「皇統」は断絶するしかない）によって致命的となっていた。逆に言うと日本の戦後は、ロイヤルファミリーの「聖婚」の不可能を自明なものとして受け入れる（それによって天皇制に関するタブーを隠蔽するマス・ジャーナリズムの狂騒とともに）ほどには健全だったのである。

かくして究極の外部を失い、衛生無害に脱政治化された「戦後思想」は、３・11以降の状況に対して無力な過去の思想以外ではあり得まい。反・脱「原発」思想の原点に、私たちは従来の「戦後思想」の系譜とはおよそ別の、田中正造から石牟礼道子に至る環境破壊への対抗思想の系譜を掘り起こしてみるべきだろう。そこに、槌田敦や高木仁三郎の反原発思想をどう関係づけられるか。

加えて言うなら、日本の「戦後思想」は、例えばフクシマが直ちに沖縄の基地問題とも通底するという、「戦後」的擬制の総体にかかわる歴史的犠牲への想像力の欠如によって、結果的に真の社会運動を抑圧する隠蔽装置の役割さえ果たしていたのではなかったか。

また、「聖域なき構造改革」の例外的な「聖域」として「皇室」予算があり、その制度維持のための国民的コストについての開かれた議論さえ行われない現状に気づこうともしない「戦後思想」は、今や幻影でしかない「外部」の神話に庇護されたまま静かにフェイドアウトするしかあるまい。

3 吉本隆明は二度死ぬ

ところで、七十年目の節目に当たって日本の戦後を再考するのに、世界最大の被曝国としての出発を振り返ってみることは重要である。日本のマグロ漁船・第五福竜丸が、ビキニ環礁（昨年、世界遺産に登録）でのアメリカの水爆実験で死の灰を浴びたのは、敗戦から九年目の一九五四年のことであった。

これを機に原水爆禁止運動は高揚を見せ、翌年には広島で第一回原水禁世界大会を開催、国内で三千万人以上、国外では六億七千万人に上る原水爆禁止署名を集めた。因みに吉本隆明は思想家として、社会党、共産党が主導するこれらの運動に対しても概ね批判的であった。

一方、核兵器を除いた原子力研究の三原則（公開・民主・自主）が、学術会議総会で打ち出されたのも同五四年のことで、翌年には日米原子力協定調印を受け、原子力基本法が公布される。ここに初めて、原子力の「平和利用」という文言が銘記されたのである。

一九五六年に設置された科学技術庁の初代長官・正力松太郎（読売新聞社主）は、初代原子力委員長でもあった。将来の核武装を睨んだ「国策」の本格的な始動である。そのリードオフマンが、第二次岸信介内閣の科学技術庁長官となる中曾根康弘だった。保守合同以前の改進党時代からの原発族議員・中曾根の旗振りで、五七年には日本で最初の原子炉（ウォーターボイラー型）

に原子の火がともることになった。因みに原子（核融合）ロボット「鉄腕アトム」（その妹は「ウラン」で弟は「コバルト」）の誌上デビューは、それに先立つ一九五二年のことである（ついでながら「ドラえもん」もまぎれもない原子ロボットなのである）。

その後、高度経済成長を達成した日本は、石油ショックを契機に火力発電への依存度の軽減を基本とするエネルギー政策の転換を加速化、将来的な石油資源の枯渇、中東情勢による供給不安を背景にした原発シフトは、なし崩し的に（国民的コンセンサスを獲得したものとして）推進された。これら一連の国策推進の仕上げは、田中角栄の主導による電源三法（電源開発促進税法・電源開発促進対策特別会計法・発電用施設周辺地域整備法）の施行（一九七四年）で、これにより地方自治体への交付金のばらまきという、原発誘致のための利益誘導システムが整備されることになった。

では、この間の対抗運動はどのような展開を見せたのか。原発推進の国策が着々と進行したのは、東西冷戦下のイデオロギー対立の時代だった。こうした中で日本共産党は、ソ連の水爆実験への賛否で内紛を起こし、片や六〇年代から七〇年代にかけての反日共系学生運動、新左翼諸党派の反体制運動は、「反帝・反スタ」（反帝国主義および反スターリン主義）を旗印としながら、直截に「反核」や「反原発」を政治闘争のスローガンとすることはなかった。

左派知識人としては、「技術論」（技術とは客観的自然法則の意識的適用と定義）で、現象論（量子力学の範疇に入る現象で測定値を記述する段階）・実体論（現象論的段階に出ない素粒子など実体を導入）・本質論（前二者を包括する数学的手法で記述）の「三段階論」を提起した物理学者・武谷三男がいた。彼は戦時期に関西で、中井正一らの反ファシズム戦線、『世界文化』、『土曜日』などのメディアにかかわり検挙された体験をもちながら、理化学研究所では原爆開発の中心スタッフでもあった。戦後には鶴見俊輔らと『思想の科学』の創刊に加わり、アメリカの水爆実験をいち早く批判したが、如何せん石油ショック後のエネルギー政策転換への対抗運動を組織する実践性には乏しかった。

時は流れ同じ理化学研究所の槌田敦が、高木仁三郎とともに八〇年代「反原発運動」のイデオローグとして登場した時にも、冷戦構造は依然として不動であり、内ゲバで疲弊した新左翼勢力はすでに大衆的な支持基盤を完全に失っていた。そこで、市民運動派の論客に迎えられた槌田の石油文明批判、すなわち地球を「開放定常系」として捉え直す資源物理学は、体制擁護派からイデオロギー的な性格を付与される（新たな左翼イデオローグとして排除）という逆説を招いた。

そのせいもあってか、玉野井芳郎（『エコノミーとエコロジー』）、河宮信郎（『エントロピーと工業社会の選択』）、室田武（『エネルギーとエントロピーの経済学』）らとの理論的協働[5]にもかかわらず、最も強力な八〇年代思想であり得た槌田の代替エネルギー（＝「原発」）開発への批判的な問題提起は、論壇ジャーナリズムはもとより、アカデミズムの世界からも孤立を余儀なくされるに至ったのである。

「科学技術信仰」と癒着した原発の「安全神話」をいち早く告発し、ウランの採鉱から精錬、濃縮、原発建設、運転、放射能処理に至るまで、石油を使う二次製品でしかない原発プロジェクトの欺瞞と限界を、文明史的パースペクティヴから浮き彫りにした槌田の広義の物理・経済学説は、間違いなく八〇年代科学思想の尖端にあった。

槌田にとっての不幸は、イデオロギー的な意味付与の一方で、やがてその理念が「民衆の科学技術」や、「人間中心の経済学」（E・F・シューマッハー）といった八〇年代的パラダイムに吸収され、またたく間に脱政治、脱イデオロギー化されてしまったことである。また真に学際的な彼の資源物理学は、この時代に猖獗をきわめた、ポスト・モダン思想の死角に封じ込められた感もあった。だがそれも無理からぬことであった。

「エネルギー消費を一九六〇年に戻せ」（『石油と原子力に未来はあるか』）とか、さらに「分業を否定し、「工業は村の鍛冶屋に引き戻す」（同）といった提言は、バブル前夜の日本社会では、到底受け入れられるはずもなかったのである。まして石油文明を拒否して、「水の能力の範囲で生活」（『石油文明の次は何か』）し、「土にへばりついて生きる」（同）といった理論的誘導は、エコロジストの戯言と見られかねなかった。一連の反原発のアンチプロジェクトは、高度大衆消費化の時代にあっては現実性に乏しかったのである。槌田の悲運は、その厳密な科学にイデオロギー的なレッテルが貼られ、同時にそのまっとうな政治性が、脱‐政治化されたことにあった。

ところで、八〇年代にはこれとは別の方向から、思わぬ「大衆運動」が脱政治的に組織された。一九八二年の第二回国連軍縮特別総会に向け、大規模に組織された「反核運動」である。世界的な広がりをもったこの運動の日本での展開で特徴的だったのは、政治的な街頭デモ方式ではなく、より大衆動員の容易な「署名」活動に傾いていったことであった。反体制的に組織されたのではない反核署名は、むしろそれが奏功し、全国で約二千七百五十四万人（国民運動推進連絡会議）という空前の規模に達した。

ドイツ経由（西独ボンをはじめ欧州諸都市で、中距離ミサイル配備反対の大規模デモ）で日本にもたらされた「反核運動」は、左翼陣営の一枚岩的な結集を促したわけでは必ずしもなかった。粉川哲夫は当時、この運動に大手広告代理店が関与している可能性を示唆していたし、後述のように吉本隆明は、「文学者の反核声明」に真っ向から異をとなえた（『「反核」異論』）。全体の基調が反米親ソ連に偏しているとして、中野孝次（作家・ドイツ文学者で、後のベストセラー『清貧の思想』の著者）らの「署名についてのお願い」を批判する吉本のスタンスは、だが感情過多になるほど、五十五年体制下の非行動・商業左翼の致命的限界を暴露するものとなった。

脱−政治的な「国民運動」という意味で、本質的にラディカルではあり得なかったこの「反核」キャンペーンに、吉本は強引に米ソの二項対立図式を当てはめ、さらに余勢を駆って、反核—反原発—エコロジーという政治的な文脈の切断を図ろうとしたのである。

「文学者の反核声明」を機に、それを止揚する八〇年代政治運動の展望を示すことは、左翼反体制派の緊急課題だった。それだけにバブル前夜の資本—国家体制にとって、井伏鱒二や吉行淳之介までをも含むノンポリ的に脱色された「反核運動」の拡散に対して、吉本のような反日共系の左翼文士が、原発、エコロジー問題に繋がる運動の実践的可能性の芽を、事前に摘んでくれることほど好都合なことはなかったと言えよう。
客観的に見て「文学者の反核声明」は、「反原発」運動と連動するダイナミズムに欠けていた。そのノンポリ性のために、声明はソ連のアフガニスタン侵攻（一九七九年）にも、ポーランドの「連帯」運動弾圧（一九八一年）にも一指も触れず、NATO軍（＝アメリカ）による中距離ミサイル配備への抗議に特化されることになったのだ。「反核声明」が、結果的にソ連の動きを隠蔽し、「原発」推進（＝原子力の「平和利用」）を黙認する危うさを孕んでいたとするなら、紛れもなくそれが脱‐政治化されたこの運動の反動的機能（広告代理店の関与さえ疑わせる）に違いなかった。吉本が嚙みついたのは、「署名についてのお願い」（『文藝』一九八二年三月号）の次の件である。

「さて今春、アメリカでレーガン政権が発足して以来、軍縮増強論がにわかに高まり、限定核戦略が唱えられ、中性子爆弾の製造が決定されて、核戦争の脅威が人類の生存にとっていっそう切実に感じられるようになってきました。／ご承知の通りヨーロッパでは、一九八三年末にアメリカの新しい戦域核兵器が配備されれば、核戦争への歯止めが失なわれるという危機感から、歴史に例を見ないほどの幅広い反核、平和の運動が拡がっております」

吉本はこれに対し、「核戦争の危機」などより「普遍的で意味深い」、「ソ連官僚国家のポーランド制圧についで生ずるかもしれないヨーロッパの有無をいわせぬ制圧」の危機を喚起した（「停滞論」、『マス・イメージ論』所収）。だが、ここで吉本が前提とする冷戦構造は、一九八二年のブレジネフ・ソ連書記長の死によって、実質的に崩壊の兆しを見せていたのである。それでもなお吉本は、この古典的な米ソ二項対立の基本認識を手放そうとはしなかった。それによって彼は、中国やフランスなどへの核兵器の拡散、米ソ二大国にとどまらぬ核実験の多発による地球環境へのダメージを、不問に付すことになった。

思想家としての状況認識の甘さは、それだけに止まらない。六〇年代から書き継いできた『心的現象論』の収拾がつかず、明らかに周回遅れのトップランナーになりつつあった彼は、その後も関係妄想的な旧左翼狩りを苦しまぎれに続行する。「反核署名運動」への干渉的発言の延長で彼は、「反原発」を標榜する勢力へのさらに苛烈な罵詈雑言で自ら墓穴を掘ることになる。

「反核運動の本質がどう成立できるのかは、すでにはっきりしている。現在、世界で核戦争をやる可能性と能力をもった米ソ両国へのはっきりした抗議運動としてしか成り立ちようがないのだ。だが既成左翼の反核論議はすべて途方もない出鱈目を並べたてていることがわかる。ちなみにかれらはほとんど一様に反核は「反原発・反安保（反米）」とこみでなくてはいけないと主張している」（「「反核」運動の思想批判」、『「反核」異論』所収）

一体なぜ「反核」を、「反原発」や「反安保（反米）」と結びつけてはならないのか。今さらこう問い返しても無意味であろうが、私たちはここで吉本隆明が、詩人思想家である以前に、東京工業大学で、戦後を代表する数学者・遠山啓の薫陶を受けた（「量子論の数学的基礎」の受講者）一人の科学者（同大電気化学科卒）でもあったことを想起すべきであろう。すると、この問題に関連した以下のような言説が、ただ思想家としての致命傷を意味するだけではすまないことがはっきりする。

「「反核」と「反原発」を結びつける理念も錯誤である。「反核」というときの「核」は核兵器あるいは核戦争を意味する。核兵器または核戦争としての「核」は、クラウゼヴィッツの古典的な『戦争論』によってさえ、べつの手段による「政治」の問題にほかならないのだ。ところで「反原発」というばあいの「核」は核エネルギイの利用開発の問題を本質とする。かりに「政治」がからんでくるばあいでも、あくまでも取扱い手段をめぐる政治的な闘争で、核エネルギイそのものにたいする闘争ではない。核エネルギイの問題は、石油、石炭からは次元のすすんだ物質エネルギーを、科学が解放したことを問題の本質とする。政治闘争はこの科学の物質解放の意味を包括することはできない。既成左翼が「反原発」というときほとんどが、科学技術にたいする意識しない反動的な倫理を含んでいる。それだけではなく「科学」と「政治」

の混同を含んでいる」(同前)

福島第一原発事故を引き合いに出すまでもなく、こうした言説は「科学的」に完全に間違っている。否、ここで吉本が語っていることは、原発推進派のイデオローグの発言として立派に通用する内容なのだ。核エネルギー開発の問題の本質は、石油や石炭のような化石燃料から「すすんだ」物質エネルギーを、科学が解放したどころか半永久的に廃棄(エントロピー的な「解放」)できない放射性毒物を、現世人類が「未来の他者」に引き渡したことにあるのだ。

したがって彼は、原子力の「平和利用」という体制的言説の虚偽を、結果的に擁護していることになるのである。核エネルギーの解放の危険を、「科学信仰」に基づく「安全神話」で弥縫(びほう)した国策イデオロギーに対して、テクニカルな「取り扱い手段」などに限定されることのない政治的な対抗運動を組織することは、「反原発」派の使命でなければなるまい。続く『「反核」異論』で、吉本はさらに一歩踏み込んでこんなデマゴギーをふりまいていた。

「宇宙はあらゆる種類と段階の放射能物質と、物質構成の素粒子である放射線とに充ち満ちている。半衰期がどんな長かろうと短かかろうと、放射性物質の宇宙廃棄(還元)は、原理的にはまったく自在なのだ。この基本的な認識は、「核」エネルギイの解放が、物質の起源である宇宙構造の解明の一歩前進と同義をなすものだという本質論なしにはやってこない」(「「反核」

運動の思想批判 番外」）

放射性物質の宇宙廃棄（還元）が、原理的に自在だなどという科学的根拠はどこにもない。それどころか原発の推進は、毒性の強い「廃棄できない廃物」（槌田敦）の生産を悪循環的に増幅するだけなのだ。

槌田によると、一日に運転される原発一〇〇万キロワットは、広島型原爆の三発分に当たり、しかも「この放射性物質は廃棄出来ない」（『エネルギー 未来への透視図』）。放射性物質の宇宙廃棄（還元）の自在性を主張する吉本は、使用済み核燃料の処理や寿命のきた原子炉が、大量の毒物を蓄積したまま〝原発の墓〟として地上に放置されることさえ知らなかったのであろう。あるいは、無限遠点の宇宙などよりごく身近な、核廃物の海洋投棄が長らく放置されてきた事実に目を瞑っていたのだ。

原発推進派と口裏を合わせるように、科学技術による解決を妄信し、核エネルギーの解放を疑わなかった吉本隆明に、粛々と「文学者の原発責任」を問うのは、必ずしも死者に鞭撃つためではない。ただ、東日本大震災、福島原発事故で青ざめた戦後史の大いなる逆説として、八〇年代の時点でいかにこの戦後思想の巨人が、独善的かつ自閉的な体制イデオローグの亜種に転落していたかを確認しておきたいだけだ。

八〇年代のポスト・モダン旋風のさなか、吉本が有象無象のサブカルチャーと不器用に戯れて見せたのは記憶に新しい。そのパフォーマンスのちぐはぐさは、さながら八〇年代風ディスコのお立ち台で、黙々と四股を踏む古参力士の姿を彷彿とさせた。しかし、お気に入りのアーティストが、吉本の恣意的に引き寄せた「マス・イメージ」とやらの規範から逸脱するや、彼はいかにも苦しい弁明に努めねばならなかった。

一九八八年、ロックグループRCサクセションの忌野清志郎の反原発ソング（「サマータイム・ブルース」）の入ったアルバム（『COVERS』）が、発売中止になる騒動があった。予定されていた発売元は東芝レコード、言わずと知れた原発関連企業の音楽部門である。

吉本が慌てたのは、発売中止という事態ではなく、自らライブコンサートにまで足を運んで頓珍漢な讃辞を贈った贔屓（ひいき）の忌野清志郎が、「反原発ロック」をレコーディングしたためであった。そこで守勢に立たされた彼は、とんだ失態を演じる。

「主」と「客」の掛け合い形式による「情況への発言（一九八九年二月）」で、吉本は「おれはサブカルチャーの領域では、清志郎を反原発などというハレンチをロックにして歌ったりしない、しなやかでするどい最後のアーチストだとおもっていたよ。買い被りだったんかなあ」などと口走り、わざわざ入手したビデオから、歌詞を起こしあれこれ解釈した挙げ句に、「ここらがサブカルチャーの限界かもしれないな」などと嘆いてみせた。だがそれはご愛敬としよう。

看過できないのは、吉本がここから再び「反核」、「反原発」への居丈高な批判を蒸し返していたことだ。その意図は「反核」が「反原発」へ移行し、さらに「エコロジー」に収斂する反体制運動の流れを断ち切ることにあった。興味深いのはそこで彼が、「原発関係の論議のなかで、ただひとつ原子力発電の技術的な専門家の技術的な論議が、平静に書かれている」のが、大前研一の『加算混合の発想』で、「あとの論議は左翼くずれの運動家が書いた嘘と誇張とソフト・テロの脅迫による参加の勧誘だけだ」と断言していたことだ。

周知のように大前研一[6]は、元日立製作所の原子炉の設計者である。吉本による大前の前掲書からの長い引用には、「現在まで三十年の操業の歴史においてただ一人の犠牲者も出していない商業用原子力発電に、安全性の問題でストップがかかるというのはどうも解せない」という一節が含まれている。

『加算混合の発想』の初版は一九八〇年、チェルノブイリ原発事故以前であるが、吉本の「情況への発言」は、チェルノブイリ事故後の一九八九年二月のものである。理科系の頭脳をもち合わせる文学者吉本の「原発責任」は、右の引用を受けた次の件りで、ほとんど抗弁の余地がないものとなる。

原発の安全性に関し、大前の記述を踏まえて、「かんがえられるかぎり、ほかのどんな科学技術装置よりも何重もの安全設計が行われている」と太鼓判を押した吉本は、一方でそれが人間の手になる装置であり、操作も人間の手によるものである以上、「チェルノブイリのような事故が発生するのは皆無だという保証はまったくない」と保留条件をつける。問題はその後である。

「だがいっておくが反原発のヒステリィどもがいう「危険な話」は嘘と誇張にしかすぎない。事故が絶対に許されないというのも嘘だし、かつての炭坑労働者のように危険を知りつつも、生活や困窮のため仕方なしに働いているというのも嘘だ。いってみれば現代的な設備と建物と装置にかこまれて、絶対の安全感のうえで働いているといったほうがいい。ただ繰り返しいうが、この絶対的な安全感は、絶対的な安全性とおなじでないことは、あらゆる技術的装置とおなじだ。絶対的に安全な装置などありえないから、おまえは科学技術の現場にあって技術にたずさわること、新しい技術を開拓することをやめるかといわれれば、わたしならやるにきまっている。危険な装置の個所や操作の手続に不安があれば、何度でもおなじ実験を繰り返して、対応の方法を見つけだすまでやる。それが技術家の良心だ」(「情況への発言「一九八九年二月」」、『「情況への発言」全集成3 1984〜1997』所収)

「おれは科学技術的な層の問題として原子力発電(所)が存在することに賛成だ。すくなくとも一度でも科学技術にたずさわったことのあるものとして、原子力を発電に利用しようとする装置を考案し、製作し、作動させて、電力エネルギーの三〇%供給までチェルノブイリ規模のような人命事故を起こさないできた技術の現状を、否定し廃棄すべき根拠がない。安全装置をもっと多量に、充分にという技術的課題に限度はないということを認めるとしてもだ」(同)

こう言い放ちつつ彼は、「おれはすこしも原発促進派ではない」と、ちゃっかり予防線を張ることを忘れなかった（商業左翼の狡猾さである）。原発の安全性を確保するために、では福島第一原発ではどんな「実験」がこれまで繰り返されてきたというのか。新しい科学技術の開拓を、戦時期転向左翼が一斉になびいた「生産力理論」さながらに、自然の成り行きのように高を括ってきたこの強面（こわもて）の思想家には、原子力エネルギーの開発が、捨て場のない放射性廃物の生産に帰結するしかないことを頑なに認めようとしなかった。

また、専門知をもった反原発派の意見に、彼は一度として耳を傾けようとしなかった。これでは原発事故が起こるまで、「安全神話」にしがみつき、代替エネルギーの開発という国策を推進してきた体制イデオローグと何ら変わりはしない。むしろ「大衆の原像」という虚像を楯に、国民の八割に達したという「中流」階級意識（＝幻想）にしがみついたのが、八〇年代以降の吉本だった。そこから擬制左翼を薙ぎ倒す真正左翼のポーズのもとに、こうした脅迫的言辞を弄してきただけ彼は、体制イデオローグより悪質だったと言えよう。

おそらく吉本は、被曝を覚悟の最も危険な作業に当たる、派遣労働者の実態報告である堀江邦夫の『原発ジプシー』を読む労さえ惜しんでいたのだ。そうでなければ、原発労働者が「危険を知りつつも、生活や困窮のため仕方なしに働いている」というのが嘘だなどと言えるはずはない。いかに嘘だデマだと吹聴しようが、事態は吉本が考えるよりはるかに深刻だったのだ。

吉本隆明の思想的硬直は、こうした現実を直視することを恐れ、「反核・反原発・反エコロジー」を一括りにして、スターリン主義や社会ファシズム、農本主義といった使い古したお門違いのレッテルを、次々に濫発する手口にも現れていた。とりわけ次の致命的な「預言」は、死後も絶えない教祖吉本の真摯な露払いたちを正気づかせるためにも、改めて思想的な審判に付されるべきものだろう。

> 「チェルノブイリ級の原発事故は、確率論的にもうあと半世紀はありえない。反原発連中はほっとけば自然消滅するが、おなじように原子力発電（所）自体も、科学技術の歴史の途上で自然消滅して他のより有効で安全性のより多い技術に取って代られるにきまっている。ただ原則は、原発の科学技術安全性の課題を解決するのもまた科学技術だということだ。それ以外の解決は文明史にたいする反動にしかすぎない」（同前、傍点は吉本）

改めて言うと、原子力発電（所）が「自然消滅」するなどということはあり得ず、人類の歴史をはるかに越えるスパンで、地球上に放射性毒物を残存させ続けるのだ。青森県・六ヶ所村の再処理施設は完成が遅れ、全国十七カ所の原発には、使用済み核燃料が捨て場のない核のごみとして蓄積されている。しかも六ヶ所村は、その終着駅でさえなく、再処理によって発生する高レベル放射性廃液の〝地下埋葬〟の候補地選定は、依然難航しているのが現状なのだ。最悪なのは吉本の「原発責任」は、ただ先に見た八〇年代左翼掃討（レッド・パージ）のための挑発的言説に止まりはしなかったことである。

福島原発事故後、前出の大前研一や西尾幹二ら保守派の論客が次々に脱原発派に方向転換する中で、吉本隆明は頑迷にそのスタンスを変えようとはしなかった。『毎日新聞』(二〇一一年五月二十七日付夕刊)のインタビュー記事「科学技術に退歩はない」は、八〇年代以降この問題に関する彼の認識に全く進歩がなかったことを如実に物語っていた。


「動物にない人間だけの特性は前へ前へと発達すること。技術や頭脳は高度になることはあっても、元に戻ったり、退歩することはあり得ない。原発をやめてしまえば新たな核技術もその成果も何もなくなってしまう。今のところ、事故を防ぐ技術を発達させるしかないと思います」(『「反原発」異論』所収)

もっとも、こうした吉本隆明の非科学的かつ陳腐な技術信仰の破綻を確認したところで、私たちにとっての焦眉の思想課題が解決されるわけではは一向にない。そして、死せる吉本をここまで批判してきた私自身、八〇年代の反核、反原発運動に背を向けた人間の一人だったことを、ここで表明しておかなければなるまい。当時私の政治的関心は、本土復帰十五年目を迎えた沖縄にあった。

昭和の終焉が迫り、天皇の来ない沖縄海邦国体が催されていた時期、民俗ルポルタージュの途次、日本の戦後を本土復帰後十五年の沖縄から問う記録映画『ゆんたんざ沖縄』(西山正啓監督、シグロ製作、撮影は昨年『三里塚に生きる』を共同監督した直後に逝った大津幸四郎)のスタッフに導かれ、戦後長らくタブーだったチビチリガマ(自然壕)での八十三人の集団自決(沖縄戦末期)の検証が行われていた基地の村・読谷村(よみたんそん)(沖縄戦での米軍の最初の上陸地)に立ち寄った私は、ソフトボール競技会場での日の丸焼き棄て事件(一九八七年)に眼前で立ち会い、一冊の本を書いた(『旗焼く島(ムラ)の物語―沖縄・読谷村のフォークロア』)。

柳田国男の『海南小記』をガイドブックに、沖縄の古俗宗教を、本土復帰十五年の沖縄の「現在」から映し出す試みである。だが事の本質は、「あれかこれか」(沖縄か、反核、反原発か)といった選択的コミットにはなかったのだ。

3・11以後、反原発デモの隊列に何度も加わりながら、私は八〇年代に遡る私自身の「原発責任」を自問しつつ、早くも脱-政治化されつつあるこの問題の再-政治化のための突破口が、「反核」を媒介とする普天間飛行場の移転問題に凝縮された沖縄の在日米軍基地問題との連結にあることに思い当たった。「アメリカの影」を色濃く映す、「原発」と「基地」問題を繋ぐ新たな対抗運動の回路は、八〇年代から3・11以降への思想転回の鍵にもなろう。改めて言うまでもなく、フクシマと沖縄は、新資本主義の鎖の内で最も弱い輪(その象徴として、「原発」と「基地」がある)なのである。そこに、資本への対抗運動の不可能な夢を仮託するのではなく、可能なる連帯の初期条件を、実践的に絞り込んでみることが重要である。

その意味で脱‐戦後の徴候が顕在化した八〇年代の問題機構は、営々と築き上げてきた「戦後」を最終的に否定し去った3・11を経た現在、歴史的に新たな形で再帰しつつあると言えるのである。戦後七十年の節目は、「基地」と「核」という、戦後日本のトラウマを同一の問題機構に置き直す最後のチャンスかもしれない。また私たちは、こうした新視角によって、オウム・サリン事件と原発問題で晩節を汚した吉本隆明の日本国民の中流幻想を擁護するための「革命の否定神学」（資本―国家への対抗運動の脱‐政治化に貢献）を、鄭重に葬ってやらねばならない。吉本隆明は二度死ぬしかないのだ。

対抗運動の実践的な回路を求めるために、私は沖縄返還から十五年後の一九八七年以来の個人的な課題でもあった、脱基地・脱原発の「琉球独立革命論」を鍛え直す必要を改めて感じている。南島・沖縄を、天皇制廃止と平和憲法遵守が矛盾なく両立する唯一の政治風土として再発見すること――それは七十年前の沖縄戦の犠牲者を、「未来の他者」として、今ここに呼び戻すための必須の前提であろう。

第二章

江藤淳の歴史感覚——海舟論から南洲論へ

1 なぜ勝海舟だったのか

二〇〇一年に『江藤淳――神話からの覚醒』（筑摩書房）を書き下ろしたとき、私は『海舟余波――わが読史余滴』、『海は甦える』（全五部）、『昭和の宰相たち』（Ⅰ～Ⅳ）や晩年の『南洲残影』といった、この戦後最大の文芸評論家の近代政治史に関するかなり膨大な文献について全く触れずにいた。

「戦後と私」いらい、敗戦による日本国家の「喪失」をめぐる「物語」を、彼ほど執拗に語り続けた文学者はいないが、そこでは戦時期に遡る「神話」的言説の解体者であり、先駆的な覚醒者でもあった江藤淳を、文学史と思想史の交点から浮き彫りにすることに狙いを絞った。そのために私は、近代の創生期から昭和戦時期に至るこの国の政治史に直接かかわる江藤の歴史物を、とりあえず括弧にくくらざるを得なかった。何故ならそこには、近代日本の歴史的敗北（象徴的には太平洋戦争の「敗戦」）による「喪失」からの回復の「物語」（戦前に遡行した）が、彼自身のアイデンティティ確認の「物語」に、余りに無防備に溶け込んでいたように思われたからである。

以後それらの論考は、積み残しの課題として、十年以上にもわたって私の気懸かりであり続けた。この間、六十代半ばで自殺した江藤淳の歴史感覚とはどのようなものだったのかという問いを凍結させたまま、再論の機が熟するのを待っていたわけである。拙著でも触れたことだが、江藤は吉本隆明とともに、戦後日本の五十五年体制を文学・思想方面から支え合う両雄といってよい存在だった。ここではその右舷を担った江藤の日本近代のリアル・ポリティクスに関わる言説を素材に、それらがいかに五十五年体制下の言論パラダイムに拘束された、「喪失」からの「回復」の物語であったかを追跡してみたい。

まずは、『海舟余波――わが読史余滴』（一九七四年）から始めよう。幕府全権として江戸無血開城を導いた勝海舟を歴史物の第一弾として論じた江藤は、その最晩年には敵方の官軍のトップ西郷南洲を論じて間もなく自殺（一九九九年）した。

ところで、江藤淳以前に海舟を政治的な人間の典型として真っ先に批評の対象にしたのは、『もう一つの修羅』の前衛左翼・花田清輝であった。一九六〇年の安保闘争の最中に発表された「「慷慨談」の流行」（前掲書所収）は、『海舟座談』、『氷川清話』、『海舟日誌』などでの勝の発言に拠りつつ、安保反対を指標とする当時の「慷慨談」（日米安保条約をめぐる非憤慷慨）に冷水を浴びせる効果を狙った、いかにも意地悪爺さん花田の面目躍如の論文だった。

老練な外交家であり政治家だった勝海舟のマキャベリストぶりを、「痩我慢の士風を傷うたるの責は免かるべからず」（「痩我慢の説」）と批判した福澤諭吉に、海舟は「行蔵は我に存す、毀誉は他人の主張、我に与からず我に関せずと存候」（「答書」）として取り合おうとしなかった。

花田は政治家・勝海舟と政治批評家・福澤諭吉を峻別して、「政治批評家というものは、政治家とは逆に、わざと機会をやりすごし、つねに傍観者として終始しながら、生涯にわたって、永遠の青春をたのしんでいるものなのであろうか」と嫌味を述べる。ここでの彼のターゲットは、戦後最大の反政府運動、六〇年安保闘争下のヤンガー・ジェネレーション（「怒れる若者たち」）とそのイデオローグたちだった。

花田はそこで、「現在、「慷慨談」にふけっている橋川文三や吉本隆明のような連中には、ただ、ナショナリズムの観点があるだけであって、福澤諭吉ほどにも、心情のモラルと責任のモラルとを区別するセンスがない」（同）と名指しで批判している。直接取り上げたのは、『現代の発見』（第三巻）の橋川論文だったが、この春秋社のシリーズには橋川、吉本の他に、谷川雁、村上一郎といった血の気の多い戦中派の論客が結集していた。花田清輝には、国会議事堂に押し寄せる安保全学連の学生たちよりも、むしろその背後にいるこれら「心情派」の「慷慨談」に冷水を浴びせる意図があったのである。

だがしかし、幕末に対馬を一時的に占領したロシア戦艦を追い払うために、イギリス公使に助けを求めた勝海舟のリアル・ポリティクスを称賛する花田が、「大砲だか、核兵器だか知らないが、アメリカからの武器の献納を拒絶したいとおもっている平和主義者たちは、イデオロギーの如何を問わず、ただちにソ連に依頼して、危機をきりぬけるべきではなかろうか」（同）というのは、語るに落ちると言うべきであろう。

同じく「心情派」嫌いの江藤淳はその頃、花田清輝に呼応するように、「戦中派の条理と不条理」（『現代の発見』第一巻）の村上一郎（三島由紀夫の後を追うように一九七四年に自刃[1]）を「憂国の志士」と揶揄し、返す刀で「事を構えて慷慨するのは大義名分に属している。私はキラキラと輝く眼の白い部分に一筋の血管を走らせる大義名分というものを好まない。あの眼の背後にある精神のなかにはおそらく不毛な空白があるからである」(「「体験」と「責任」について」)と、「「戦争」から「革命」へと、綱渡りをしようとする」心情の「正義派」をこき下ろした。

吉本隆明に関して江藤は、戦後「民主」のなかによどむ青年の「反独占的疎外感」を体現する、「急進的ナショナリズムのもっとも急進的な部分を代表していた」(「安保闘争と知識人」)と評しながら、彼の初期詩篇に表れた「心情に溺れる」ことのない「暗い呪詛の戦慄」(「「体験」と「責任」について」)を、戦中派の「心情の傾斜」として最も高く評価している。

六〇年安保闘争の顚末を誰よりも冷静に直視していた江藤は、政治的秩序の回復、とりわけ国会の機能回復を求めることに徹していたが、後に手掛けられた『海舟余波』には、吉本の論敵・花田清輝の「「慷慨談」の流行」にインスパイアされた痕跡が随所で見受けられる。端的に思想信条を異にする彼らは、安保闘争を戦後ナショナリズムの昂揚と捉える基本認識で一致していたのである。

例えば花田は、咸臨丸の指揮官だった勝海舟を、アメリカへの航海に同行した福澤が『福翁自伝』で、船中では部屋から一歩も出なかったのに、アメリカに着くや否や、たちまち元気を回復して、のさばり返る人物として描いたのに対して異論を唱える。

そこで彼は、木村芥舟の『咸臨丸船中の勝』を引き合いに、海舟が船室に閉じこもったのは船酔いのためなどではなく、身分や格式に拘泥する幕府の役人たちへの不満からで、その不満がこうじて、「太平洋の真中で、おれはこれから帰るから、バッテーラをおろしてくれなどと、水夫に命じた」というエピソードを紹介している。ここでの木村芥舟とは、咸臨丸提督・木村摂津守のことだが、江藤淳の『海舟余波』での引用（巌本善治編『新訂海舟座談』、岩波文庫）に則して、このエピソードを再検討しておこう。木村は勝海舟に関してこう語っていた。

「咸臨丸の艦長にするのでも、どうか行きたいという事ですから、お前さんが行ってくれればと云うので、私から計ったのですが、何分身分を上る事もせず、まだあの比（ころ）は、切迫して居ないものですからソウ格式を破ると云う工合にゆかないので、夫（それ）が第一不平で、八当りです。始終部屋にばかし引込んでるのですが、艦長の事ですから、相談しないわけにも行かず、相談すると、「どうでもしろ」と云う調子で、夫からまた色々反対もされるので実に困りました。甚しいのは、太平洋の真中で、己は之から帰るから、バッテーラ（ボート・ポルトガル語――江藤注）を卸してくれなど水夫に命じた位です」（同）

江藤はこれを「癇癪の爆発」と呼び、そこに過剰な意味づけをしている。

「海舟はキャビンにこもり、熱に悩み血を吐きながら出航以来二十数日間この癇癪を醸成していたのである」（『海舟余波』）

江藤淳もまた知る人ぞしる癇癪持ちの文士だったが、着々と癇癪を醸成していた勝海舟は、咸臨丸にあって、「あり得べき日本国家の威信を代表」する艦長（合衆国海軍大尉ジョン・マーサー・ブルックがサポート）でもあった。江藤は、「バッテーラをおろせ。おれはこれからひとりで漕いで帰る」と怒号したとき、「勝海舟はいったいどこに「帰る」つもりだったのだろうか」（同）と問う。六〇年安保を一つの節目に、七〇年代には自他共に認める保守派の論客になっていた彼は、それからこう語り出すのである。

「艦長勝麟太郎は、いわばこのとき転換する時代に彼の孤独なバッテーラを漕ぎ出そうとしていた。彼には風向きも潮流も、向うべき港もほぼ明瞭に見えていた。事大主義者どもを怒鳴りつけて咸臨丸の規律を正したように、なにを措いても「国家」というものをつくり上げなければならない。しかしそれをなぜ彼がやらなければならないのか。なぜ彼がさまざまな崩壊に立ちあわなければならないのだろうか。崩壊は外部ばかりではなく、必ず彼の内部にもおこるはずである。いったいどんな情熱が彼にこの苦悩を耐えさせるというのだろうか」（同）

海舟の周辺ですべてが「崩壊」しはじめるのは維新の前年、慶応三年（一八六七）だったと江藤は語る。時に海舟四十五歳。ペリー艦隊の浦賀来航時には三十一歳、咸臨丸艦長として渡米したのが三十八歳で、後年海舟が「七年一変の説」（花田清輝も言及する）を信じるようになったのは、こうした経験によるのかも知れないと言うのだが、これは幕末維新期の激動のサイクルに彼自身の個人史を重ね合わせたものだ。そこには海舟が強調する、感ずべきもので、言うことが出来ず、また伝達することの出来ない「機」というものへの、政治的人間独特の直感が働いていた。

「そのぐあいを、ちゃんと知っていると、政治のアンバイが造作ないのだ。ワシはもと西洋人のいった七年一変の説ネ。アレを信じているのだ。どうも七、八年乃至十年にして人心が一変するよ」（『海舟座談』）

勝海舟という政治的人間は、おそらく近代国家の創生期に誕生した、非革命的改革者であり、「慷慨談」に明け暮れる維新の志士たちの対極にある官僚的政治家だった。しかも彼は、座頭というアウトローの血を引く下級武士からの成り上がり者だった。興味深いのは、その「国家」ヴィジョンに寄り添う江藤の眼が、バッテーラという名の小舟の向かうべき場所から執拗に離れようとしないことである。バッテーラの「向かうべき港」という比喩で語られるのは、江藤淳にとっての「公」の秩序が機能する場所に違いなかった。

維新の直前、勝はイギリス公使パークスと会談し、徳川慶喜の命を守るため最悪の事態に備えて、亡命を念頭にいったんバッテーラで英軍艦にその身を避難させようと画策していた。江藤はその亡命先が、フランスであってはならず、どうしてもイギリスでなければならなかったとする。しかもこのとき、「勝安房守は、単に徳川家の家臣として慶喜の身の上を慮っていた」(『海舟余波』)わけではなかったと彼は語る。

新政府の中心である「薩摩と英国が密接な関係にある以上、慶喜の亡命先はイギリス以外のどこであってもならない。英国の庇護の下にある慶喜を、薩長は国際関係を顧慮せずにあつかうことができず、一方この場合は旧幕臣の忠誠心も、国内を分裂させるよりはむしろ融合させる方向に働くであろうから」(同)だ。

もとよりこれは、江藤淳の歴史的な推論である。だが、一切の「心情」の論理を排して、徳川を超えた「公」の秩序にこそ忠誠の対象を見定めた近代人・海舟の「心情」は、ただ慶喜が官軍の辱しめを受けぬことのみに囚われ、バッテーラの向かうべき外国軍艦がどの国旗を掲げているかなどに無頓着な山岡鉄太郎のような忠臣のあずかり知らぬところだった。

「海舟はいまやバッテーラが向かうべき方向を明確に知っていた。彼にとっての慶喜は、主君である以上に政治的象徴であった。なにの象徴かといえば、山岡鉄太郎のような旧幕臣——武士の倫理によって生きている大多数の旗本・御家人たちの忠誠心の所在、あるいは政治的団結の象徴である。この政治的象徴は、来るべき近代国家日本の枠内で、確実な安定要因として機

能しなければならない」（同）

こうした目論見は、最終的に西郷隆盛が江戸無血開城の時点で保持していた権力の座から実質的に降りた（征韓論で下野する以前に）ことで挫折する。周知のように慶喜は、助命はかなったものの、水戸から駿府へと移されて隠居を余儀なくされる。新政府は慶喜を水戸の攘夷派残党から切り離した上で、駿府で蟄居生活を送らせることを、「確実な安定要因」と判断したのである。

振り返って、江藤がアイデンティファイしようとした海舟は、徹底して散文的な人間だった。もっとも海舟自身は、何かを表現するための散文を書き残したわけではない。江藤の調査によると勝海舟という人間は、その「行動」の記録を膨大な文書に残したが、「直接己れを語った文書は皆無というに等しかった」（同）。つまり、「行動しつつ記録したが、そうしている自分の姿だけは書き残しておかなかったのである」（同）。

江藤淳が注目するのは、こうした政治的人間のパーソナリティではなく、むしろそのインパーソナリティ（非人称性）であった。江藤は吉田松陰や西郷隆盛、乃木希典といった日本人好みの歴史上の人物たちの強烈なパーソナリティを、海舟に対置させることで、鮮やかにヒロイズムと無縁な政治的人間の真価を浮き彫りにする。

「政治的人間としての吉田寅次郎は、毛利侯の家来で三十歳になる侍であり、それ以上でもそれ以下のものでもなかった。この点で、彼と大獄（安政の大獄――引用者）で処刑された数多くの志士とを区別するものはなにもなかった。しかし、だからこそ彼の思想は寅次郎という政治的人間の効用を超え、思想家松陰を挫折した志士の群から際立たせて、私たちの身近に生かしつづける。この場合は、事に敗れたということ自体が、彼の思想の普遍性と超時代性を保証しているのである。つまり彼は失敗することによって成功することができた。失敗したのは彼の生身であり、彼の思想はのこったのである」（同）

あるいは西郷や乃木について、江藤は彼らの「偉大」さが、その「〝失敗への情熱〟によって生きている」ところにあったと語る。ならば、勝海舟はどうであったか。海舟のなかに、西郷のそれに通じる〝失敗への情熱〟がひそんでいなかったはずはないと江藤は述べる。「だが彼はむしろこの情熱を殺して生きた」（同）のだと。

政治的人間としての使命が、「〝成功しなければならない〟という命題」（同）に殉じることにあったからだ。無論、そのように運命づけられた人間が、政治的に常に成功し続けるというわけではないし、その成功が同時代の他者に理解されるとも限らない。だからこそ江藤は、そのキャラクターやパーソナリティではなく、一見没個性と見紛うそのインパーソナリティに政治的人間・海舟の真価を見出すのである。

「なぜなら政治的人間とは、かりに愛することがあっても愛されることを断念しつつ生きることに決めた人間だからである。だからこそ彼は、海舟のようにその「跡を消」そうとする。少くとも民衆の増悪が、自己の遺骸を白日の下に曝すのを避けるためである。このような人間を救うことができるのは、神のほかには後世の追憶と共感だけではないか」（同）

これは文芸評論家というよりも、夏目漱石の評伝作家の言葉だ。失敗への情熱を押し殺して、成功しなければならないという命題に忠実だった海舟は、政治家として最後には、「戦って勝つ方策」（同）ではなく、よく負ける方策に賭けたかに見える。

江藤淳はそのあたりの機微を、海舟が「およそ興廃存亡は、気数に関す」（同）と語るとき、「気数」を制するのが「力の優劣」ではなく、「刻一刻と変化する具体的な情勢の中での、力の磁場の移動のこと」だと熟知していたからだと語る。この「移り変る力の磁場」をどうつかむかもまた、「機」を捉える政治的人間の重要な資質だろう。そこから江藤の真骨頂とも言うべき、評伝作家の特権を行使しての「歌」が歌われる。

「まず衆目の視るところ、彼は薩長の廻し者でなければ、滅亡の天使であった。そして少くともこの後半は、まったくあたっていた。彼の情熱は幕府の維持にではなく正確にその止めをさすことに、傾けられていたからである。自らのよって立っている土台を、精魂を傾けて崩そうとする。このような激情は通常狂気というほかはない。だが、しかし、なぜ海舟の狂気はかくも明るいのだろうか？　あたかも彼が、滅亡のなかに希望の光を望み見ているような口調で語り、かつ行動できたのはなぜだろうか？」（同）

やはりそれは、政治的人間・勝海舟が「滅亡」を希求しながらも、「成功の可能性を見ていた」からだろうと江藤は語る。私なりに言い直すとそれは、よく負けることに「成功」するための賭けでなければならなかった。この「希望」に裏打ちされた「滅亡」の「歌」を歌いながら、おそらく江藤は、あの対米戦争で敗北が決定的になったときに、あらゆる方策で官軍との殿（しんがり）の戦いを収めた一人の海舟もこの国に存在しなかったことを思わなかったはずはない。よく負けることに「成功」するためのリアル・ポリティクスを実行できる政治的人間の不在である。

江藤も本文で触れているように、大政奉還後の幕府側からは、三つのチャンネルを使って「和議歎願」（＝和平工作）が行われた。その第一は、十四代将軍家茂の未亡人静寛院宮（＝皇女・和宮）から女官を通じて、朝廷内部に対して行われる工作。第二は上野輪王寺宮の公現（こうげん）法親王から、直接東征大総督有栖川宮に対するもの。第三は諸侯を以てする工作である。

結果的に三つのチャンネルは、いずれも勢いづく東征軍にかけるブレーキとして機能することはなかった。「いいかえれば、和平工作は、朝廷のレヴェルでも藩侯のレヴェルでもなく、参与以下の下級武士のレヴェルでおこなわれるのでなければ、実効を期待しがたかった」（同）のである。こうして、トップレヴェルでの和平工作が失敗に終わった後に、幕府側の最後の切り札として海舟に出番が廻って来ることになった。

では、江戸無血開城後の上野の山での彰義隊と官軍の戦闘、奥羽列藩同盟結成による東北戦争、箱館五稜郭での榎本武揚らによる最後の抵抗をどう解釈すべきなのであろう。実はこれら一連の戦いは、基本的に海舟の工作とは無関係に暴発したと言うべきなのである。上野では大村益次郎が陣頭指揮を執っており、すでに西郷は官軍の内部で梯子を外されかかっていた。海舟にとっての頼みのチャンネルは、失われかけていたのである。

もっとも暴発の動きは、逐一海舟の耳に情報として入っていたし、彰義隊については官軍との駆け引きに活用した形跡もある。江藤の推論によると、榎本幕府艦隊の箱館行きについては、「しかるべからず」と反対した海舟が、それ以前の品海（品川）脱走については、「深く関与していた」らしくもあるのだ。いずれにせよ、この時点でよく負けることに成功するとは、海舟にとって府内の治安を維持することであり、「より実質的にいうなら徳川家の存続と幕臣の生活保障」（同）を意味していた。

「つまりこの限りにおいて、彰義隊の政治目的は、海舟がかねてから一貫して追求して来た政治目的の範囲内に包摂し得るものといわなければならない。いうまでもなく、彼らと海舟との対立点は、「反逆の薩賊を戮滅し」という一点にかかっている。これは政治的対立というよりは、むしろ心情的対立というべきものであろう。しかし、もし彰義隊の反薩感情が海舟の政治的プログラムの枠内によく統制され得るものなら、これはかえって海舟の官軍側に対する有力な武器になるかも知れない。鍵はかかって彰義隊と一橋家、つまり慶喜との密接な関係にある」（同）

そんな物騒な親衛隊を、官軍が放置しておくはずもないし、それ以前に海舟の工作の意図を超えて彰義隊は官軍と戦火を交えるべく上野の山に立て籠もった。

「今日からふりかえってみれば、海舟の方策が結局挫折し、慶喜の江戸復帰が阻止されたのは、朝廷内部の権力の中心が、薩摩から長州に一目盛だけ移行したことと密接に関連しているように思われる。そして、このことはまた、江戸軍政の中心が薩の西郷吉之助から長の大村益次郎に移行したこととも、おそらく深い関係がある。制度的にいうなら、これは西郷がその職に在った大総督府参謀から、大村が新任された軍防事務局判事への権力の移動である。いいかえれば、その背後には大総督府が勝安房守によって骨抜きにされてしまったという朝廷の認識が隠されているともいえる」（同）

最後の一節はどう考えても穿ちすぎだろうが、政治的人間「海舟の挫折」のこれほど精確な分析はまたとあるまい。「西郷の孤立とは、とりもなおさず海舟の方策の挫折」（同）を意味したのである。

ところで私には、政治的人間の典型である勝海舟をもって、幕末維新史を語り尽くすことはおよそ不可能だと思われてならない。『海舟余波』の終盤近くには、彰義隊の戦いを経て仙台藩を盟主とする奥羽列藩同盟の盟約、榎本艦隊の箱館への脱走に関する『海舟日記』に基づいた簡単な記述がある。それは、よく負けることに失敗した敗者の物語である。江藤淳が深入りを避けた理由については後に述べるが、とりあえずここで、その「物語」を幕末維新史の光芒として私なりに語り直してみよう。私はなぜかそれを、東北を襲った大震災の後にまざまざと想起せざるを得なかったのである。

2 幻の「東北朝廷」と北白川宮の明治維新

極論を恐れずに言えば、東日本大震災のダメージからの「復興」は、日本の「戦後」ではなく「敗戦」をこそ基準とすべきだし、さらに東北の再生が、明治維新後の近代化プロジェクトの延長上にはあり得ないという意味で、日本の近代史は振り出しに戻ったと私は考える。

今回の大災害は、東北にとって戊辰戦争以来の惨事であった。近代国家創生期の内戦をここで歴史的に喚起するのは、3・11の震災・原発事故が、旧奥羽列藩同盟の諸地域を直撃したことを、ただの偶然では片付けられないからだ（福島第一原発は東北ではなく、首都圏への電力供給のためにあった）。

さて江藤淳は、この壮絶な内戦で官軍を迎え撃った列藩同盟に、分がなかったわけではないことを維新戦争の考察の外に置いていた。ところで勝ち組となった官軍は、その正統性を誇示するために、「宮様」（有栖川宮熾仁親王）と「錦旗」をシンボルにするしかなかったが、その程度のシンボルなら「東軍」にもあったことを忘れてはならない。戊辰戦争の時期に幻と消えた、「東北朝廷」のシンボルである。近代国家の形成過程における、皇室の政治利用の酷薄な一面を照らし出すためにその実像をここで探ってみよう。

奥羽列藩同盟の背後には、明治大帝・睦仁のカウンター・パートとして、もう一人の「帝」が秘かに存在していた。その名も「東武皇帝」として、一時、奥羽列藩同盟の盟主の地位にあった人物とは、明治天皇の義叔父にして、先帝・孝明天皇の義弟でもある、輪王寺宮能久親王その人である。

徳川家の墓所、上野・東叡山寛永寺の山主・輪王寺宮は、後水尾天皇の皇子いらい代々皇族が継ぎ、能久親王が第十三世に当たる。東叡山は徳川家康の時代に、江戸城の鬼門に当たるこの場所を菩提寺の場所に画定し、西の比叡山に擬して構想されたのだが、皇族がその門跡を継ぐことを前提としたのには、後述のようなある企みがあったからだ。

輪王寺宮能久親王は、日光山輪王寺（天台宗）の門跡でもあり、元治元年（一八六四）には公現法親王として、日光山、東叡山を管領することになった。維新の四年前のことである。

将軍家の当初の企みとは何だったのか。家康の意を受けて寛永寺を開基した僧・天海が、皇族を門跡とした真意は、「西国諸大名が京都天皇を擁して倒幕行動に走り、徳川が朝敵の汚名を蒙った際、輪王寺宮を京都天皇に対抗しうる徳川幕府独自の皇帝として擁立することにあった」と、近代政治史の藤井徳行は明言する（「明治元年・所謂「東北朝廷」成立に関する一考察」[2]）。「有事」に備え、「朝敵」の汚名を事前に封じるための、「天皇」のダブルキャストという南北朝もどきの構想である。

もっとも幕末の政局に際し、徳川方にこの家康以来の究極の「危機管理策」の記憶が蘇ったとは考えられない。だが、関ヶ原の負け組である西の雄藩・薩長（さらに両藩は薩英戦争、馬関戦争の敗者でもあった）が、「錦旗」＝「天皇」のシンボルを戴いて東征を企てるという、家康が最も恐れたシナリオは、まさにこのとき現実のものとなったのである。

皇統に繋がる徳川方の切り札、輪王寺宮が「東武皇帝」として緊急出動を要請されるのは、皮肉にも大政奉還後に慶喜が政治的延命を完全に放棄、朝廷に恭順の意を表しつつ、鳥羽・伏見の戦陣から江戸へ、さらには水戸へと逃走を企てるのと相前後してであった。

もう一人の「皇帝」に担ぎ出された輪王寺宮が、また慶喜とは別の意味で、憂いの王子、ハムレット型の人物だったことは、その後の政治展開上注目すべき点だろう。先にも触れたように、政治の表舞台から消え去る前に慶喜は、和宮（静寛院宮）と輪王寺宮という二枚の皇室カードを切り、助命嘆願工作を行っている。薩長連合に対しては、天璋院（篤姫、薩摩から嫁いだ将軍家定未亡人）というチャンネルも使っていた。勝海舟に象徴される非ハムレット的な現実派の幕臣たちが、背後でそのための周到なお膳立てをしていたのは言うまでもない。

輪王寺宮というチャンネルを使っての京都派遣工作に関しては、官軍の東征大総督・有栖川宮熾仁親王が、かつてフィアンセの皇女・和宮を強引に徳川に奪い去られたという因縁も災いしてか厳しく拒否、両宮の会談は不調に終わる。箱根の手前で東征軍を阻止し、京都での天皇への直訴（慶喜御赦免による朝幕の和解）にかけていた輪王寺宮一行の「天機伺い」の目論見は、どうみても甘かったとしか言いようがない。

駿府城（静岡）で有栖川と面談した宮は、すごすごと江戸に引き返し、やがて彰義隊の敗走とともに東北に落ち延び、憂いのまま奥羽列藩同盟の盟主＝東武皇帝に担ぎ出されることになる。寛永寺に緊急避難していた慶喜はと言えば、上野で戦いの火蓋が切って落とされる前に素速く水戸に退避し、輪王寺宮の嘆願の頭越しに行われた西郷隆盛―勝海舟のトップ会談で、目出度くお咎めなしの身となっていた。

慶喜が「朝敵」の汚名を最終的に雪いだのは、三十年後の明治三十一年（一八九八）、皇居（旧江戸城）で明治天皇に謁見を許された時である。時に慶喜六十二歳、どこかに憂いの影を引きずりながらも、最後の徳川将軍はそれから悠々として無為の生活を愉しんだようだ。カメラや自転車に興味を示し、油絵を趣味としたディレッタント慶喜は、皇室の藩屏（はんぺい）である公爵の位まで手にし、後に徳川の血を引く侍従長が誕生する布石を打って逝ったのだ。

日清戦争後に、徳川慶喜を明治帝に謁見させるために一役買ったのは、有栖川宮熾仁親王だった。輪王寺宮をけんもほろろに江戸に帰したこの東征大総督は、一般の日本人が初めて尊顔を拝した宮様だった。そのテーマソングとも言うべき「宮さん宮さん」は、官軍行進曲とともに、昭和三十年代に至るまで日本人に親しまれた（筆者は学校給食の時間に飽きるほどこの歌を校内放送で聴かされた）、明治維新の歴史的記憶を引きずる楽曲だった。

陸軍の創立者にして、彰義隊を破った「上野戦争」における官軍の指揮官・大村益次郎（長州）の作曲、同じく長州藩士・品川弥二郎作詞による、日本初の流行歌（軍歌）として知られ、ギルバート&サリヴァンの歌劇『ミカド』（初演・一八八六年ロンドン）の中でも使われた、「宮さん宮さん」の「トンヤレ節」は、東征中の官軍兵士による有栖川宮への讃歌でもあったのだ。

宮さん宮さんお馬の前に
ヒラヒラするのは何じゃいな
トコトンヤレ、トンヤレナ
あれは朝敵征伐せよとの
錦の御旗じゃ知らないか

トコトンヤレ、トンヤレナ

菊の紋章入りの「錦旗」を翻して、「官軍」が東海道を江戸へ下る。道中の庶民は参勤交代などで平時の武士の姿は見知ってはいても、洋式に武装した兵隊のページェントを初めて見物するのだ。有栖川宮を擁する官軍が、鳥羽・伏見の戦いの勝者として東征していることは、誰の目にも明らかだった。

勝てば官軍のスター有栖川宮は、このとき三十四歳、敗戦処理の大任を負った一回り年下の輪王寺宮は、まだ二十二歳の若さである。二人の接点は、まだその先にもあった。幕末維新期に、思いも寄らず政治的なカードとして利用された輪王寺宮は、戊辰政争の終結とともに京都に蟄居後、許されて明治三年（一八七〇）には還俗して正式に社会復帰する。程なくして上京、因縁の有栖川宮邸に預けられ、プロイセン（一八七一年にドイツ帝国）留学のチャンスを摑むのである。

北白川宮（明治初期に創設された宮家）を相続して七年後に帰国してからは、陸軍軍人としての道を歩み、「東北朝廷」構想に乗った前非を悔いて、明治大帝の恩に報いようとするのだ。だがこの憂いの皇子には、例の一件いらい終始死に場所を探し求めていたような節がなくもなかった。

実際に宮は自ら望んで、日清戦争の勝利によって割譲（一八九五年）された台湾に、全土平定の役目をおびた征討近衛師団長として渡るが、現地でマラリアに罹り、あっけなく戦病死を遂げるのである。満四十八歳という、壮年の働き盛りであった。

いくつかの糸が絡まり、運命は翻弄するように二度もこの宮を内外の「戦場」へと運んでいった。その悲劇的と言ってよい一生には、「貴種流離譚」の主人公に相応しい華も隠されていた。ドイツ留学時代に、貴族の未亡人と電撃的に婚約、現地の新聞に自ら広告を出してちょっとした騒動になった恋の顚末がそれである。だがこの海を越えた恋も、勅許の願い空しく岩倉具視に潰され、宮はさらなる憂いをかこつことになる。

森鷗外には、「能久親王事蹟」（『鷗外全集 第三巻』岩波書店）という、輪王寺宮に関する編纂文書があるが、無論そこにドイツ人女性との恋の話など出てきはしない。この資料は、宮のハムレット的人格を見事なまでに浮き彫りにする、編者鷗外のオリジナル作品の趣がある。例えばこんな一節に。

「箱根湯本村を過ぎさせ給ふとき、薩長の兵の小田原に向ひて往くに遭はせ給ふ。兵卒大声に唱歌し、歌謡に云はく。雨の降るよな鉄砲玉の中へ、上る宮さんの気が知れぬ。とことんやれ、とんやれな。故らに宮の乗輿に薄り、銃剣、槍の鐏等輿の扉に触れんとすること数次なり。かねて御小憩所にあてさせ給ひし米屋門右衛門の家には兵卒集りて、立錐の地だになし。宮は早雲寺に憩はせ給ふ。次いで畑宿に至り、茗荷屋畑右衛門の家に憩はせ給ふ。これより途上の雑遝愈甚しく、兵卒等の不敬初に倍す」

物珍しさもあって、輪王寺宮の輿に近づく官軍兵士が、顔を覗こうとして銃剣や槍の先で輿をつつくような「不敬」を働き、また休憩所に押し掛けるなどして、宮を「賊軍」のピエロのように扱い始めていた。雨を凌ぐ宿、三度の食事にも窮しながら、輪王寺宮はひたすら堪えていたのである。

「とことんやれ」は、明らかに「宮さん宮さん」の替え歌、もじりである。よくもおめおめと、敵陣に乗り込んできたものだと、増長した官軍の下っ端が徳川将軍の助命嘆願に来た宮一行を、あからさまに嘲笑しているのである。有栖川宮に対するのと、この輪王寺宮に対する態度の落差は、ただ官軍の「味方に在れば宮を立てるが、反対に邪魔になる場合は無視」（大佛次郎『天皇の世紀14　江戸攻め』）して憚らず、さらにそれが高じると「不敬」に及ぶという大佛言うところのいかにも日本的「武人気質」からきている。だが、輪王寺宮の東征軍阻止、天皇への直訴の真意は、一人慶喜のためというところにはなかった。

「予は単に慶喜一人の為めに請ふならず。江戸の士民の困阨に陥いりて、倍〻震襟を悩まし奉るに至らんことを恐る」（森鷗外、同）

この輪王寺宮の憂いを、その「事績」から小説に再構成したのが、吉村昭の『彰義隊』である。精確に言うとこの作品は、彰義隊を「寛永寺山主であった輪王寺宮に視点を据えて」（「あとがき」）書いた時代小説なのである。主人公は、作中殆ど物言わぬ宮である。

輪王寺宮が寛永寺に戻った頃、江戸の情勢には変化が生じていた。宮が憂慮した江戸の治安は、一時的に「彰義隊員によって維持されている趣きがあった」（吉村、同）からである。

江戸っ子は当然にも徳川贔屓。彰義隊の人気も、庶民の間で日毎に高まっていった。地元民にとって「官軍」は、治安部隊の出動を必要とする、横暴な覇者でしかなかった。吉原の遊廓では、「彰義隊を情人に持たぬは花魁でない」とまで云われるほどの人気を博していた。

慶喜という主なき戦いは、鳥羽・伏見の戦後、上野から東北、北海道へと拡散してゆく。その敗走軍の求心力は、松平容保（会津藩主）や榎本武揚だけでは不十分で、輪王寺宮という「貴種」が待望されたのであった。

さて問題はいつ、いかなる形で「東北朝廷」なるものは成立したのかである。「東武皇帝」は輪王寺宮以外にはあり得ない。だが、奥羽列藩同盟の盟主は、そのまま「皇帝」に横滑りできるわけのものでもないのだ。

同盟軍の情報宣伝を真に受けた「ニューヨーク・タイムズ」紙は、当時、あたかもこの日本に、二つの朝廷が存在するかのように、「Northern Choice of a New Mikado」といった見出しのニュースを流している。(3) だがこれは、戊辰戦争を南北戦争に見立てた先走りであり、「東武皇帝」即位の根拠にはならない。

ところで、幕末維新期における、輪王寺宮の政局への積極的なコミットについては、欠くことのできない脇役が存在していた。寛永寺執当の覚王院義観という人物である。当初からの主戦論者で、慶喜の京都再進撃さえ提言していたこの生臭坊主は、輪王寺宮が官軍に虚仮(こけ)にされるに及んで、徹底抗戦派の頭目として頑なさを増し、交渉に来た大総督府の使いを一存で拒否、彰義隊と運命を共にした後には、退路を断つように宮を伴い列藩同盟の本拠地、会津若松、仙台、白石を転々とし、降伏の止むなきに至る。「東武皇帝」樹立の影のプロデューサーである。

義観と最も親密な間柄だったのは、戊辰戦争中、宇都宮・今市の戦闘で気を吐いたフランス仕込みの軍略家・大鳥圭介だった。この両者の間では、東北政府及び「東武皇帝」についての具体的な申し合わせがあった模様だ。大鳥は自ら「真官軍」と称していたが、それは輪王寺宮の存在なくしてはあり得ない、というのが近代日本政治史研究者・藤井徳行の説である。

「大鳥はこの檄（佐藤浩敏『慶応戊辰奥羽蝦夷戦乱史』第二巻参照——引用者）の中で、賊手にある「錦旗」はたとえ形は「錦旗」であろうと実質は「賊旗」にすぎないのであるから、真の官軍たる、我々「天兵」はこれに発砲して差し支えないと主張したのである。

ここで大鳥が自らを真官軍と位置づけて「天兵」というからには賊の討滅の依頼者として輪王寺宮を想定していたことは疑いない」（藤井徳行「明治元年・所謂「東北朝廷」成立に関する一考察——輪王寺宮公現法親王をめぐって」、『近代日本史の新研究Ⅰ』所収）

では宮自身は、実際どう動いたのか。藤井は「京都朝廷への叛逆の事実は疑うべくもない」その証拠として、「新政府討伐」の命を伝える輪王寺宮の「令旨」を、歴史的資料として参照している。

そこに、「四藩（薩長土肥——引用者）凶賊」とか、「幼帝（明治天皇——引用者）欺罔（ぎぼう）」などという言葉がある以上、紛れもなく輪王寺宮が、反新政府・反京都朝廷の政局にコミットした動かぬ証拠になるだろう。残る問題は、奥羽（越）列藩同盟という、内戦のための東北諸藩の軍事同盟が、果たして独立した「政府」として機能し、短期間にせよ輪王寺宮が「帝」として、象徴以上の役割を担って君臨したのかという、「東北朝廷」の実態論になる。旧「幕府」、「新政府」に代わるもう一つの政治の中心が、実体的に機能していなければ、「東北朝廷」は幻だったと言うしかないからである。

歴史資料としては、かつて藤井によって「東北朝廷」の存在証明として提示された、二つの文書（「菊池容齋資料」、「蜂須賀家資料」）がある。確かにそこには、「奥州」（前者）や「大政」（後者）といった、改元された元号が記され、朝廷の官職叙任名簿に具体的な人名までリストアップされてはいる。しかし、戊辰戦争の帰趨とともに、「ニューヨークタイムズ」の伝えた、「Northern Choice of a New Mikado」は、幕末維新史から完全に抹殺されるのである。

死罪を覚悟した輪王寺宮は、国外亡命を考えたとも言われる。これについては、もう一つの国・北海道共和国の大望を懐いて、箱館五稜郭に拠点を移した榎本武揚（旧幕府・海軍副総裁）が、宮に直々に釘をさしていた。再び鷗外の「能久親王事蹟」によって、二度のコンタクトを確認しておこう。まずは羽田沖からの、幕府軍艦・長鯨丸での北国（陸奥会津城）落ちの直前の場面。

「若し猶大総督府に赴かせ給はん思召おはしまさば、船員命を棄てて護衛しまゐらせてん。然らずして必ず北国に渡らせ給はんと思さば、その御趣旨を承らばやと云ふ。宮宣給はく。東叡山の道場兵燹に罹りて、身を寄すべき処なし。頃日左右に諮るに、皆江戸の危険にして、縦ひ大総督府に倚らんも、また安全を期し難かるべきを語れり。よりて暫く乱を奥州に避けて、皇軍の国内を平定せん日を待たんとすと」

この期に及んでは死中に活を求めるしかないという、宮自身の強い意志が窺える。ほとんど敗走に近い奥州行きを彼は自ら選択したのだ。ここで言われる「皇軍」は、もとより薩長軍のことではない。次は、奥羽列藩同盟の敗北「帰順」が確定した後の仙台でのやり取りだ。榎本は輪王寺宮にこう語っている。

「敗余の士にして松島附近に在るもの、或は宮を擁し奉りて外国に奔らんなど云へりと聞く。願はくは警戒せさせ給ひて、又速に南に帰らせ給はんことを謀らせ給へと云ひぬ」

北方五稜郭を目指す榎本には、すでに宮の同行を依頼する気はないことが分かる。というより、すでに彼はお荷物に近かった。この直後に宮は、仙台城を奥羽鎮撫府とした四条総監宮に従って、「南帰」すなわち東京へ戻る準備を促される。「東武皇帝」の周辺では、抵抗らしい抵抗は見られなかった。維新の完成はまだ先で、箱館戦争（一八六九年）、西南の役（一八七七年）となおいくつかの難関を乗り越えてからになる。

ただし、帝を戴いた「官軍」が、「錦の御旗」を翻して都へ攻め上るという、まさに「『太平記』の世界の発想そのまま」（飛鳥井雅道『明治大帝』）に行われた維新戦争は、南北朝時代いらいの国家の分裂の危機を孕みながらも、遂に東西両朝並立の実現を見ないまま終息することになる。

軍服姿の北白川宮能久親王の銅像は、現在も元近衛師団司令部のあった東京国立近代美術館工芸館そばに建っている。

3『南洲残影』の方へ

以上、江藤淳の歴史感覚の死角を埋めてみた。さて、江藤がもう一つの敗者の「物語」を語るのは、『海舟余波』から四半世紀近く後の最晩年、『南洲残影』（一九九八年）においてである。その語り始めで彼は、「確かに南洲は失敗し、失敗によってその生涯を完結させた」と、『海舟余波』からの転位を鮮やかに示す一行を記している。

思えば勝海舟とは、「生涯を完結」させたヒーローの対極にある散文的人間であった。では、西郷南洲における敗北のかたちとは、果たしてどのようなものだったのだろう。新政府に反旗を翻した西南の役は、確かに「無謀」な戦いだった。だがその「無謀」は、必ずしも歴史的に無意味なものとは言えないと江藤は語るのだ。

「何故なら人間には、最初から「無謀」とわかっていても、やはりやらなければならぬことがあるからである。日露開戦のときがそうであり、日米開戦のときも同じだった。勝った戦が義戦で、敗北に終った戦は不義の戦だと分類してみても、戦端を開かなければならなかったときの切羽詰った心情を、今更その儘に喚起できるものでもない。況んや「方略」がよければ勝てたはずだ、いや、そもそも戦は避けられたという態の議論にいたっては、人事は万事人間の力で左右できるという、当今流行の思い上りの所産というべきではないか」(『南洲残影』)

こういう物言いをするときの江藤淳は、私には徒に「心情」に酔っているとしか映らない。だがそれにしても、この語り口は『海舟余波』の江藤淳のそれではない。そういう「切羽詰った心情」を何より忌み嫌うのが江藤であり、海舟のリアル・ポリティクスを精確にトレースして見せた彼の批評力ではなかったか。自殺の前年著された南洲論は、痛々しいほど切羽詰った江藤淳の批評的な武装解除を改めて思い知らされる。江藤はまた、こうも語っていた。

「今更なにをいうまでもない、官軍側の戦備と軍資は圧倒的であり、最初から薩軍に歯の立つ余地は全くなかった。西郷は、その事実に思いを致さなかったのか、いや、思いを致しはしたが、にもかかわらず立たなければならぬと思ったのか。

私の脳裡には、昭和二十年（一九四五）八月の末日、相模湾を埋め尽すかと思われた巨大な艦隊の姿が甦って来る。日本の降伏調印を翌々日に控えて、敗者を威圧するために現われた米国太平洋艦隊の艨艟である。あれだけ沈めたはずなのに、まだこんなに多くの軍艦が残っていたのかという思いと、これだけの力を相手にして、今まで日本は戦って来たのかという思いが交錯して、しばしは頭が茫然とした。しかし、だから戦わなければよかったという想いはなかった。こうなることは、最初からわかっていた、だからこそ一所懸命に戦って来たのだと、そのとき小学校六年生の私は思っていた」（同）

ここからの江藤の叙述には、破綻に近い飛躍がある。

「その巨大な艦隊の幻影を、ひょっとすると西郷も見ていたのではないか。いくら天に昇って星になったと語り伝えられた西郷でも、未来を予知する能力があったとは思われないというのは、あるいは後世の合理主義者の賢しらごとかも知れない。人間には、あるいは未来予知の能力はないかも知れない。しかし、国の滅亡を予感する能力は与えられているのではないか。その能力が少くとも西郷隆盛にはあり、だからこそ彼は敢えて挙兵したのではなかったか」（同）

「国の滅亡を予感」したのなら、それを阻止するために、あるいはよりましな敗北に食い止めるために行動するのが政治的人間の務めであり、義務ではなかったのか。江藤淳はどのようなプロセスでこのように切羽詰まった、「滅亡の歌」を歌うようになったのだろう。およそ散文の論理を放棄した「心情の論理」に従って、南洲の「残影」を追うところまで退行したのだろうか。だがどうしたって、西郷南洲は日本の敗戦を見越した「未来の他者」などになり得るわけがない。

本論で江藤は、西郷に因んだ薩摩琵琶歌や落合直文の「孝女白菊の歌」、そして蓮田善明の短歌、「抜刀隊」（外山正一）の歌などをさかんに引用している。まさに歌づくしと言ってよい内容なのだ。あたかもそれによって、自らの「解体した散文」＝「歌」を引き立てさせるためでもあるかのように。あるいはまた、次のような一節に接すると、この本が南洲ではなく類い希な資質に恵まれた批評家・江藤自身に向けた挽歌のような錯覚にさえ陥るのである。

「ところで、田原坂の戦跡を訪ねたのは、去る平成七年（一九九五）三月二十四日のことであった。鹿児島も熊本もいずれも曾遊の地ではあるが、此度は西南の役の跡をたずねてひと廻りしてみたい。そう考えて旅程を立ててみたら、偶然にも出発の前日に地下鉄サリン事件なるものが発生した。

いったい何が起ったのかよくわからなかったが、この国が崩壊を続けていることだけは疑い得ないように思われた。その国は、西郷が滅亡必至と見た国の成れの果てか、しからざるか」（同）

かくして江藤は、『海舟余波』にあった散文の論理をかなぐり捨てるようにして、「死というあの偉大なる失敗に向って、のっしのっしと歩み去って行く西郷」（同）の「残影」を、フィクショナルに立ち上げるのである。

そのおよそ四半世紀の時間の経過の間に、彼は維新の第二世代に当たる海軍の山本権兵衛の長大な評伝『海は甦える』と、『昭和の宰相たち』を上梓している。そのうち、『海は甦える』第一部での西郷に関する記述、例えば山本がドイツで出会った青木公使の言葉（『海は甦える』は小説仕立ての読み物になっている）には、まだ『南洲残影』の自己解体は見られない。


「だが、もし此度の内乱（西南の役――引用者）に教訓があるとすれば、それは武士の時代が終ったということだ。百姓町人を集めた徴兵が守った熊本城は、ついに薩軍の猛攻に屈しなかった。薩摩隼人（はやと）の武勇が、百姓町人に及ばなかったのではない。よく組織され、より強大な火力を有し、確実に海陸の補給線を支配下に置いた勢力が、当然のこととして勝ったのだ。戦もまた感情ではない。やはり勘定だ」（同）

そして、これに続く青木公使の「勘定」は、『南洲残影』には求むべくもない「論理」に支えられていた。

「それにしても、私には、西郷翁がなぜ熊本城などにこだわったのかが、よくわからない。もし、長崎をおさえ、船舶をととのえて兵庫を衝いていれば、政府は崩壊していたかも知れないのだから」（同）

この意見に賛成の山本権兵衛は、このとき「西郷先生は、海というものを知らなかった。武士の時代が終ったということは、とりもなおさず海の時代がはじまっているということかも知れなかった」と覚醒するのである。青木公使は、さらに続けてこう言う。

「もし此度の内乱のもたらした利点があったとすれば、それは中央政府の威信が、日本全土に及んだことを内外に立証したことだ。おそらく今後、諸外国は東京政府の安定度を、以前ほどは疑わないだろう」（同）

このようにして、西郷隆盛とその時代が終焉したことは、同時に勝海舟とその時代も終焉したことを意味したに違いなかった。私には坂口安吾が『明治開化 安吾捕物帖』で描いた、次々に的を外すへぼ推理のご隠居・勝海舟の「トンマな探偵」ぶりが何とも微笑ましく思えてならない。そう言えば、この章の冒頭で触れた花田清輝に先駆けて海舟の近代人としての性格に注目したのは、「勝夢酔」(『安吾史譚』)の坂口安吾だったかも知れない。

それはともかく、『海は甦える』とは、まさに山本権兵衛と「海の時代」、つまり日清・日露の戦争に勝利した帝国海軍の栄光の時代を追想する江藤淳による本格的ノンフィクション・ノベルだった。その「明るさ」の印象が、『昭和の宰相たち』で俄に暗転するのには理由があった。

つまり、昭和天皇の「新帝践祚」に始まり、日米開戦前夜の「錦州爆撃」に終わる『昭和の宰相たち』とは、一言で要約するなら日英同盟を切り崩され、ワシントン体制に移行したことで、栄えある「帝国日本の海の時代」の終焉を迎えるに至った歴史的な経緯をめぐって織りなされた「物語」だったのである。

しかも江藤はワシントン会議(一九二一年)における九カ国条約によって、中国の領土保全と門戸開放を要求したアメリカのもう一方に、「ソ連とコミンテルンの影が射しはじめてもいた」ことを見逃さなかった。「それが昭和という新時代を迎えた日本を取り囲む、国際環境の基本的な構図であった」(『昭和の宰相たちI』)と。

さらに江藤は、「山東出兵」の章で当時の「支那の反日運動に拍車を掛ける外部からの働きかけが潜在していた」として、次のように述べる。

「それは、一つにはソ連の支那進出であり、もう一つにはワシントン会議以来の米国の対日圧力にほかならない。つまり、米ソは、一面において支那の民族運動の昂揚を促しながら、他面九ケ国条約によって支那における列国の均勢を計り、日本の大陸進出を阻止しようとしていたのである。

したがって、支那本土に対する現地保護政策と、満蒙に対する積極政策を打ち出した「対支政策綱領」は、実はそのまま「対米・対ソ政策綱領」とならざるを得ない論理的必然性を含んでいた」(『昭和の宰相たちⅡ』)

金解禁実施(一九三〇年)と相前後した江藤お得意の外交史や金融論の蘊蓄など、ただの飾り物にすぎない。そう思わせる程に、冷戦構造に忠実な江藤の歴史的パースペクティヴは一貫していた。しかも江藤のここでの視点は、優に後の「新しい歴史教科書をつくる会」の歴史観を、心情の論理を超えて先取りしていたと言えよう。

この章の終わりに、私は心情の歌になる以前の、なお健全な歴史感覚が働いていた江藤による徳川慶喜への美しい哀悼の「歌」を引いて締めくくりたい。東京への帰還を許された公爵慶喜が、小石川で七十七歳の生涯を閉じたのは、あたかも明治大帝崩御の翌日のことであった。

「ある意味では慶喜の政治的生涯は、江戸を開城して水戸に退隠した四十五年前に終っていたといってもよかった。そのとき慶喜は、まだ弱冠三十二歳の壮年にすぎなかった。

しかしまた、ある意味では、明治時代全体が、この後半生を無為にすごし、なにもしないことによってもっともよく国に尽したかつての主権者の、長い影におおわれているといってもよかった。その影は、明治の栄光とちょうど釣合うだけの重みを持った、黒々と深い影であった。

そして、この影は、明治の光の部分を象徴する先帝が崩御されるのとほとんど時を同じくして、静かにこの世から消えて行った。確実に一つの時代が過ぎ去り、新しい時代がはじまりつつあるのであった」(『海は甦える』第四部)

日本の五十五年体制の右舷を批評的に担った江藤淳は、一九九九年に自殺する。妻に先立たれ、脳梗塞からの回復が思わしくないことを悲観した彼はその晩年、批評的な武装解除にも等しい心情に訴える「歌」の歌い手になっていた。それが、亡き母への追憶(『幼年時代』)や妻への追悼のオマージュ(『妻と私』)ならまだしも、冷戦終結後に西郷南洲の希薄な「残影」を回収してまで歌わねばならなかったのは、やはり「失敗への情熱」を彼もまた資質的に共有していたからに他なるまい。

ただ、その資質を解放することへの禁欲によって、往年の江藤淳の批評は優れて倫理的でさえあったのだった。日本の敗戦以前に、四歳で母を亡くした江藤淳の「喪失」感は、擬装的に「日本」を背負うことなどによっては、物語的な「回復」を望めないほどに根深かったのかも知れない。

第三章

埴谷雄高と大西巨人――「文学と革命」プロジェクトの生成と解体

1 『死霊』と「未来の他者」

埴谷雄高と大西巨人――彼らは「戦後文学」の極北と呼びうる作品（『死霊』と『神聖喜劇』）を残したが、それらはまた「戦後」というスケールを逸脱した反時代性（未完の『死霊』の時代設定は「戦前」であり、一九八〇年に完成した大西作品にあっても「戦時期」の軍隊という設定）において際立っていた。その「戦後文学」からの逸脱は、彼らの「小説」を、その哲学・思想のレベルで読み込むことを不可避的に読者に強いるのである。

取り敢えずここでは、それぞれのライフ・ワークを概観しつつ、改めて埴谷雄高の「戦後文学の党派性」や大西巨人のいわゆる「俗情との結託」という概念の洗い直しにより、彼らの文学理念を再検証してみよう。

後述するように、大西巨人が終始「文学と革命」という問題機構のなかで、数々の論争を行ってきたのに対して、例えば埴谷雄高の「戦後文学の党派性」（『群像』一九七四年二月号）は、徹底して世俗的な「文壇」レベルの仲間意識を出るものではなかった。『死霊』に象徴される高尚な形而上学的作品に生涯をかける一方で、埴谷は実にこまめに対談をこなし、小説を優に上回る厖大な量のエッセイ（政治評論から書評、追悼文まで）を通じて、世俗化した文学者でもあった。

「戦後文学の党派性」は、『群像』一九七四年一月号の座談会「戦後文学を再検討する」で、当時、若手批評家の代表格だった柄谷行人が、やや挑発的に、「前に埴谷さんと話をしたら、埴谷さんは、高橋和巳、あんなのは文学じゃない、野間宏、あんなものはだめだ、椎名麟三は、あれだけやっていてもキリスト教会の政治にまたまきこまれてしまっている、もし共産党の体験ということが充分に検討されていたならば、キリスト教会のそれだって同じなんだということが、どうしてあの人にはわからないのかというふうなことをいうわけですよ。埴谷さんという人は、そういうことを考えていながら、表では全然いわないで甘やかす人だけれども。だからだめだと思うのです(笑)」と発言したのを問題にして、それは新宿の「茉莉花」というバーで偶然会った柄谷行人がその場の発言を曲解したものに過ぎないという、「党派性」などとはおよそ別次元の世俗的な反論であった。

高橋和巳について、「あんなものは文学じゃない」とか、「野間宏、あんなものはだめだ」などと、「どんなに泥酔したところで言う筈はない」というわけである。ちなみにこのエッセイは次のように結ばれている。

「敢えて繰り返していうが、私達は一つの党派性の上に立つている。野間宏が、日本文学の変革をその文学的課題としていることはすでに知られているが、私達すべてが、野間宏ほど壮大ではないにせよ、多かれ少なかれ、生と存在の現実にとどまらぬ変革を希求していることによつて結びついているのであつて、目に見える、また、目に見えぬ相互影響をもそこに見出そうとする或る種の核探索の姿勢をもとうとしなければ、私達の若い批評家達は、或る歴史的整理を緻密におこない得るだけで、ただに私達の生の記録をのこすばかりでなく、人間性の未来に迫ろうとした戦後文学の内実の可否を精神の法廷で検討することなどできないのである」(「戦後文学の党派性」)

一見、格調の高そうなこの文章は、だが「文学と革命」といったテーマの埒外にあったことは自明である。柄谷行人の「反論」は、ずっと後になってからなされた。

「私的になるが、四年前、私が戦後文学をめぐる「群像」の大座談会で「放言」したあと、埴谷雄高が「戦後文学の党派性」という、実に感動的なエッセーを書いて私を批判した。もちろん私は感動しなかったし、そこに自己弁護の情熱しか感じなかった。ところが、まもなく武田泰淳が手紙をくれて、君の意見に賛成、頑張って下さい、とあった。私はがっくりして、反論する気もなくしてしまった。なんという党派性だろうと思った。つまり、「戦後文学の党派性」は、武田泰淳のような人にこそ存在するのだ。ついでにいえば、平野謙にもそのころはじめて会ったが、同じようなことをいわれたのである。私は戦後文学の志を継承するか否かといった議論を馬鹿げたものだと思っているが、それというのも、本当の党派性はそういうことをいわない人たちにだけ存するからである」(「党派性をめぐって」、『反文学論』所収、傍点原文)

実は埴谷の右エッセイには、「戦後文学の党派性、補足」という続編があって、それは椎名麟三の告別式の一件を思い起こして書かれたものだが、その日泥酔した自身の「自己弁護」（埴谷はかつて「椎名麟三が洗礼をうけるとき私が一方的攻撃をおこなつた」事実を認め、ただしそれは昭和二十五年の話で昭和四十八年時点での埴谷の椎名麟三への非難にはならないというのだ）の基調は変わらない。

その程度の「党派性」は、「文学と革命」のような大主題と何の関係もない。そして私には、コミュニストの地下活動と存在、宇宙論をめぐる形而上学的な対話からなる『死霊』を、埴谷雄高が半世紀を費やしてなお未完に終わらせたことと、こういう仕事に時間を費やした埴谷雄高の世俗意識が、決して無関係ではあり得ないと思うのである。『死霊』第九章（未定稿）「附記」で、埴谷雄高は次のように述べている。

「とにかく到達しました。マラソン競争において或る走者は力盡きたあとみるみる裡に後退し、それでも落伍せずにただ歩いて最終到達点へまでやつと辿りつきますが、この最終章は、その種の走者を自分自身に思いおこさせます。走つていず、殆んど歩いていて、文学としてまことに足りぬ思いですが、歩いてでもとにかく完走しただけでよしとしましよう」（『埴谷雄高全集第三巻』）

埴谷雄高研究の第一人者・白川正芳の本巻「解題」によると、埴谷の晩年八十五歳の年の一九九五年、『群像』十一月号に発表した二百十九枚に加えた八枚分を、埴谷自身のほか本多秋五とも相談の上、結局「未定稿」[1]とすることになったという。この結果、『死霊』は完成寸前で未完の大作となったのである。同じく白川の「解題」で私が注目したのは、「文学的事件だった「死霊」五章の発表」の部分である。この章は第四章が中絶のまま、一九七〇年代半ばになって発表された。白川はその経緯をこう語っている。

「それから（第四章中絶から――引用者）実に二十六年たって、「夢魔の世界――『死霊』五章」が「群像」昭和五十年七月号に発表された。「死霊」五章の発表はこの年最大の文学的事件だった。掲載誌の「群像」は発売初日で売り切れ、重版するというセンセーションを引き起こした。

その五章までをまとめ、定本と名付けられた「死霊」が講談社から昭和五十一年四月二十二日に刊行された。四章が、大幅に加筆改稿されて、はじめて単行本に収録された。これは三ヵ月間、ベストセラーの上位にあり続けた」（同）

ただその「事件」性は、すでに神話的な扱いを受けていた『死霊』のおよそ四半世紀ぶりの復活という一事で語り尽くすことはできない。当時、学生だった私はその第五章の初出誌を手にした時、直ちに作者の続編執筆の動機に、一九七二年の「連合赤軍事件」の影響があることを直感した。長野県軽井沢の山荘に立て籠もり、警官隊と銃撃戦を展開した直後に、群馬県妙義山中での同志十二名のリンチ殺人が発覚した事件である。『死霊』第五章（「夢魔の世界」）は、一九三〇年代半ば前後に時代を移した、連合赤軍事件の形而上学的な解読としても十分にインパクトがあったのである。

当時、この事件についてコメントした知識人は大勢いたが、本質的なものは『死霊』第五章のほか、直接「革命」運動について言及したわけではないが、最も事件の核心に迫った柄谷行人の「マクベス論――意味に憑かれた人間」（初出一九七三年、『意味という病』所収）だった。少なくとも私は、『マクベス』の冒頭についての次の一節を連合赤軍事件への応答として読んでいた。

「事件はもともとどんな現実的契機も根拠もなく、彼らにとりついた「必然性」の観念から生じた。ひとが観念をつかむのではなく、観念がひとをつかむ。ひとが観念をくいつぶすのではなく、観念がひとをくいつぶす」

そして埴谷的な精神から最も遠い場所で、つまりは一見、非政治的なスタンスで、六〇年代後半の学園紛争が連合赤軍事件に行き着いたことを、ドストエフスキー作品の「地下室」のパロディ《贋地下室》に閉じこもった中年男を主人公にして作品化したのが、『壁の中』の後藤明生（古井由吉らとともに「第三の新人」の後に来る「内向の世代」の作家）である。

搦め手からのアプローチになるが、一九七〇年代末から文芸誌（『海』）に連載され一九八六年に刊行されたこの作品を、私は『悪霊』の解読において、明らかに『死霊』批判を意識した「内向の世代」の作家による〝対抗作品〟であると考える。後藤明生は誰にも気づかれることなく、同時代の政治的事件をドストエフスキー作品に重ねるという手法を共有することにおいて、埴谷雄高と伴走していたのだ。

後藤は埴谷が金科玉条にしたような、「存在の革命」といった形而上学には、見向きもしなかった作家である。《贋地下室》の住人は、だが、「贋物」であることの痛烈な自覚によって、鍍金（メッキ）された形而上学の罠から免れていた。『壁の中』で後藤は、過激なヤンガージェネレーションを生み出したのは、他ならぬ自分たちの世代であったことを肯う『悪霊』の老ステパン教授の言葉を念頭に、贋地下室の住人にこう語らせている。

「ゼンキョートー過激派の生みの親は、他ならぬその分裂した自分たちなのだと名乗り出た知識人がいただろうか？　革命のロボット（小林秀雄「『悪霊』について」にある言葉──引用者）を製造した「高等道化」（同）とは、他ならぬこの自分たちなのだと、イサギヨク名乗りをあげた知識人がいただろうか？」

連合赤軍事件に『悪霊』が重なるのは、バクーニンの影響下にモスクワの大学生で五人組を組織、同志殺しに帰着した一八六九年の「ネチャーエフ事件」がそこに取り込まれていたからである。しかし、戦前の日本で生起した「ネチャーエフ事件」もどき同志殺しと、戦後の「連合赤軍事件」を貫通する形而上学的な根拠を求めた埴谷雄高は、『死霊』を『悪霊』のただのパロディにはするまいとしてこの作品の完成を遅れに遅らせた嫌いがないでもない。

主人公・三輪与志の兄・高志に、人間が自らの意志で行えるのは「自殺」と「子供を生まないこと」だと断言させた埴谷は、自身も子の父になることを拒否した作家だった。後者に関して彼は、マルクス主義フェミニズムの闘士・上野千鶴子から、「妻とセックスを続けて避妊もせず、何度も中絶させておきながら、どの面(つら)下げて言うか！」(「死ぬための思想／生き延びるための思想」)と罵られることになる。上野の大向こうを狙ったオーバーアクションはともかく、『死霊』の致命的な欠陥は、「革命のロボット」でしかない「子」を生み出した親の世代の自己認識の欠如なのである。

もっともそれが、主人公・三輪与志の婚約者・安寿子の母・津田夫人の域(〝無意識過剰〟の道化)に達すると、殆どカーニバル的哄笑を誘う、「革命のロボット」たちとの競演を可能にさせもする。丸々と肥え太った彼女のキャラクターが貴重なのは、そこに『悪霊』のヴァルヴァーラ夫人(ステパン教授は彼女に家庭教師として雇われ寄生している)のパロディだけではなく、『明暗』

（夏目漱石）の狂言廻し吉川夫人からの反響さえ認められるからだ。
ただ、「革命のロボット」たちの親の世代に当たる老ステパン教授の、次のような魂の底からの「悲鳴」は、『死霊』という作品の何処からも聞こえてはこない。ユーモアのセンスに溢れる先の後藤明生は、その辺りを突いて小説中にこんな突っ込みを入れている。

「日本のインテリたちはロシア、ロシアと後進国扱いするが（こんなことをいうのが、すでに興奮している証拠だろう）、あれ（ゼンキョートーの内ゲバ、殺人、放火）と同じことがロシアではちょうど百年前に起きていたのを知っているかね。いや、起きたばかりでなく、ちゃんと『悪霊』という小説にまでになっている。実際、彼らがやったことは、この小説に全部書いてあることばかりじゃないか。（略）あれは百年前に書かれたあの小説の猿真似に過ぎない。あの小説のコピーに過ぎない。嘘だと思うなら、キミも読んでみ給え！　もちろん、彼らが取り憑いた日本は、豚だ。大学も豚だ。それは、あの小説の扉の「ルカ伝」に書いてある通りです。彼らは豚の体内に入った悪霊たちです。東大安田講堂と、そこにもぐり込んだ学生たち（一九六九年一月、同講堂を封鎖占拠した全共闘学生は、機動隊八千五百人の出動で封鎖解除され三百七十四人の逮捕者を出した——引用者）、それこそ、豚とその体内に入った悪霊の分身みたいなものではないですか」（『壁の中』）

この一節で作者・後藤は、おそらく『死霊』を意識していなかったはずはない。『悪霊』の焼き直し（後藤的パロディではなく）だからこそ、『死霊』の三輪与志はピョートル（ネチャーエフをモデルとする革命秘密結社のリーダー）になれず、首猛夫はスタヴローギン（『悪霊』の主人公）になれぬまま、「悪意と深淵の間に彷徨いつつ／宇宙のごとく／私語する死霊達」（『死霊』扉より）は、「非現実の場所」（同「自序」）に蠢く二十世紀の「革命のロボット」に親和する埴谷的形而上学の代理表象に終わるしかなかったのである。

老ステパン教授の次の「悲鳴」を、聞き逃さなかったのは埴谷雄高ではなく、おそらく後藤明生である。まずはその前段、「贋地下室の住人」の友人Mへの呼びかけである。

埴谷雄高の高尚な「形而上学」からこぼれ落ちた弱気の老ステパン教授は、譫言を口走り、やがて意識を失う前に「ルカ伝」（『新約聖書』）に記された次の言葉を呟く。

「そこなる山べに、おびただしき豚の群れ、飼われありしかば、悪霊ども、その豚に入ることを許せと願えり。イエス許したもう。悪霊ども、人より出でて豚に入りたれば、その群れ、崖より湖に駆けくだりて溺る。牧者ども、起りしことを見るや、逃げ行きて町にも村にも告げたり。人びと、起りしことを見んとて、出でてイエスのもとに来たり、悪霊の離れし人の、衣服をつけ、心もたしかにて、イエスの足もとに坐しおるを見て懼れあえり。悪霊に憑かれたる人の癒えしさまを見し者、これを彼らに告げたり」（江川卓訳『悪霊』より）

そして、ステパンの死を賭けた「ロシアを探す」旅は、自らが生み出した因果な新「世代」の出現を受け入れる「悲鳴」にも似た覚醒で終わるのだ。

「ねえ、これはちょうどわがロシヤの国そのままです。この病める者から出て豚に入った悪鬼どもは、何百年の間、わが偉大にして愛すべき病人、すなわちわがロシヤの国に積り積ったありとあらゆる疫病です、黴菌です、不潔物です。ありとあらゆる悪鬼です、悪鬼の子です！ **Oui cette Russie, que j'aimais toujours.**（そうです、これは私の常に愛していたロシヤです）しかし、偉大な思想、偉大なる意志はちょうどその憑かれた男と同じように、わがロシヤをも高みから照すに相違ない。すると、この悪鬼や悪鬼の子や、上っ皮に膿を持ったあらゆる不潔物は、すっかり外へ追い出されてしまって……豚の中へ入らしてくれと、自分の方から願うのです。いや、ことによったら、もう入ってしまったかも知れません！　それはつまりわれわれです。われわれと、そしてあの連中です。ペトルーシャ（ピョートルの愛称――引用者）もそうです、**et les autres avec lui,**（彼に従うほかの連中もそうです）或いは私なぞその親玉かも知れない。私たちはみんな悪鬼に憑かれて、狂い廻りながら崖から海へ飛び込んで、溺れ死んでしまうのです。それがわれわれの運命なのです」（米川正夫訳、『壁の中』より）

『死霊』に欠けているのは、このような痛みを負った父の世代の「悲鳴」なのだ。その声に接することがない子の世代は、増長した「革命のロボット」を演じるしかなかった。かくして、「虚無主義(ニヒリズム)の超克」というこの作品の第一章に掲げられたテーマは、積み残しのまま、政界のフィクサーだった死せる父・三輪広志の因果な息子たち、「sad(三輪与志)bad(三輪高志)glad(首猛夫)mad(矢場徹吾)brothers」は、気宇壮大な当初の構想を裏切るように、「戦争と革命の時代」の波に呑み込まれてしまうのである。

「存在の革命――政治の存在」(『埴谷雄高――新たなる黙示』所収、KAWADE道の手帖)の詩人・菅谷規矩雄はだが、埴谷雄高の可能性の中心を何とか探ろうとする。彼は埴谷雄高の「革命の詩学」が、十八世紀的な「革命神学」でも、十九世紀的な「革命哲学」でもなく、二十世紀の「革命科学」が政治の存在(ないしは存在としての〈政治〉)に到達したことで、はじめて「意志」を主題とする独自のアンチ・テーゼを切り開いたのだと語る。『死霊』で語られる「存在の革命」とは、この意志(存在を凌駕する意識)を前景化した十九世紀的な哲学の後を引き受ける「詩学」でなければならなかったのだと。

「埴谷雄高にとって《死霊》は、一方に〈哲学〉の不可能性という断念をふくんでいるゆえの〈小説〉であり〈革命の詩学〉であったはずだ」(同)

菅谷の論考のユニークさは、そこから埴谷雄高がこの作品で逆説的に開示した〈心中〉の思想を導き出したことである。

「そして《死霊》に登場する主要な人物たち、とくに埴谷の観念の分身たる青年群はすべて、この労働忌避の思想の根ぶかさゆえに、なにものかであるというべきだろう。そしてかれらすべてにとり憑いている「死霊」とは、「なにもしない」ことがすなわち「自殺」となること──つまりは自然死と心中死と自死との三位一体、類の死と対の死と個の死とを一挙になしとげること──言いかえれば「さいごの死」あるいは「死の死」を果たして永生をうることなのだ。そのとき「意識」は「類としての死者」の意識に到達して、〈存在〉を凌駕するであろう」

重要なのは彼がここから、作品に即してその〈心中〉思想を、埴谷雄高の可能性の中心として取り出して見せるところだ。

「さて、もし〈心中〉によって〈類としての死者〉が具現されるとしたら、この〈夢〉のなかには、あらためて〈生まれなかった子供たち〉というもうひとつの〈類的な死霊〉があらわれてはこないだろうか──《死霊》において〈心中のための婚約〉という背理を負った三輪与志（とその婚約者たる津田安寿子）のまえに……。」

『死霊』で具体的に語られる「心中」は、子供をつくることを拒絶した三輪与志の兄・高志が、恋人（尾木節子）に恋愛関係もない別の男（組織内で追い詰められた「一角犀」という渾名の高志の同志）との心中を強要するというもの。菅谷規矩雄はここで、〈生まれなかった子供たち〉という「未来の他者」を、埴谷の〈心中〉思想から、作者の意図を超えて（あるいは裏切るように）引き出してきたのだ。

第八章には、その愛なき心中によって死んだ恋人の妹・尾木恒子が登場し、姉が身につけていたロケットを媒介にして三輪与志と接触する。そして十八歳になった与志の婚約者・津田安寿子は、彼女から意外な事実を告知されて驚愕するのだ。それは兄同様、子供嫌いのはずの与志が、見知らぬ赤子をベンチの上で抱き上げたと聞いたからである。

この場面を焦点化し、一編の埴谷雄高論をものしたのが、「男はなぜ幼児を抱いたのか――埴谷雄高『死霊』論」（『近代日本思想の肖像』）の大澤真幸である。彼はそこに、「未来の他者」を召喚して、難解で知られるこの作品への画期的なパースペクティヴを切り開いた。作品中、三輪与志は殆どアクシデントのように咄嗟に赤子を抱き上げたのであった。大澤はこの受動的な他者である幼児が、三輪与志の能動性を図らずも引き出したのだという。「思わず――意志の制御を超えて」である。

それによって彼は、「〈私〉の自由意志にとっての最大の障害物と見えていたものこそが」、

「〈私〉の自由を、〈私〉の能動性を構成している」という反転現象を現出させたことになるのだ。「それは、「私は私である」という閉じた環境を内側から支える他者性を、三輪与志が受け入れた瞬間だったのだ」（同）

だからこそ、与志を拘束する兄・高志の影に怯えていた津田安寿子は、「え、与志さんが赤ちゃんを昨夜抱いたんですって……？　連れてきて下さい！　連れてきて下さい！　連れてきて下さい、その赤ちゃんを！」と叫ばずにはいられなかったのである。その先で大澤は、満を持してもう一人の「未来の他者」を召喚する。彼がここで招き寄せるのは、「子供よりも大きい受動的な他者」、生まれなかった子供たちではなく、「未だ生まれていない子供、未生の他者、未来の他者」である。

「既に生まれている他者、既にいる他者に関しても、われわれは、無論、それを完全に制御できないし、その行為や反応を予期し尽くすことはできない。だが、しかし、他者が既にいるときには、〈私〉の意志は、これを、部分的には内面化することができる。つまり、一定の範囲で、その行動を読み、制御することができる。だが、こうした制御をまったく受け付けず、固有の他者としての自律性、異和性を微塵も還元できない他者、そのくせ〈私〉（たち）に全面的に依存してしか存在できず、徹底的に受動的な他者、そうした他者は、これから生まれてくる他者、未来の他者である。埴谷雄高の小説に従いつつここまで考察してきた理路に基づくならば、未来の他者に触発されているとき、未来の他者の声、未来の他者からのメッセージに応じているとき、〈私〉は、最も自由である。その意味で、それは、最も革命的である」（同）

ちなみに埴谷雄高は、作品外で「未来の他者」的なものを仮構してみせたことがあった。それは一九五〇年代の半ば過ぎ、花田清輝との論争の際に言及した、「永久革命者」という名の革命家の倫理的規範を律する仮構的審判者（大澤真幸の「第三者の審級」として機能）であった。そこで彼は論敵・花田にこう呼び掛ける。

「花田清輝よ。この長い歴史のなかには、組織のなかで凄んでみせる革命家もいるが、また、組織のそとでのんべんだらりとしている革命家もいるのだ。何処に？　日向ぼっこをしている樽のなかに。蜘蛛の巣のかかった何処か忘れられた部屋の隅に。そんなものは革命家ではない、と君はいうだろう。まさしく、現在はそうでないらしい。だが、それをきめるのは未来だ。ひとりの人物が革命家であるかないかの判定は、彼が組織の登録票をもってるか否かでなく、人類の頭蓋のなかで石のように硬化してしまった或る思考法を根こそぎ顚覆してしまう思考法を打ちだしたか否かにかかっている」（「永久革命者の悲哀」）

この当時、『アヴァンギャルド芸術』の理論家・花田清輝は日本共産党員、一方、埴谷雄高は戦前、一九三二年に共産党員として、不敬罪および治安維持法によって逮捕起訴され豊玉刑務所に送監、二年後に上申書を提出（「転向」）して出所している。元々アナーキストだった彼は、戦後に共産党に再入党することはなく、ソ連のスターリン主義（共産党独裁による一国社会主義）を批判した先駆的な文学者だった。埴谷はこう続ける。

「ところで、花田清輝よ、蜘蛛の巣のかかった何処かの古ぼけた隅にいるのんべんだらりとした革命家は、いったい、如何なるところから生じたのか。その答えも、最も単純である。それは、彼が革命家だったからである。彼は、革命家となった彼の原則を最後まで貫ぬこうとしたため、のんべんだらりとした革命家として、ただ未来のみを唯一の同盟者としてもつことになってしまったのである。彼は自身を未来の無階級社会よりの派遣者として感じている。しかし、彼のもつ革命方式が組織のなかで凄んでみせる革命家たちの方式とあまりに違うので、彼はその生存の時代の実践のなかに席をもつことができず、何処か蜘蛛の巣のかかった古ぼけた隅におしこめられてしまったのだ。このような疎外者を、歴史は異端者と名づけるのだろう。異端者とは、何か。権力を握らぬもの、または、権力を握り得ぬものである。それは、非権力者から反権力者に至るまでのすべてを含む」（同）

「さて、ところで、彼等のなかに、虫が好かぬといった程度の政治嫌い、権力嫌いとはことなった極度の理論癖をもった非権力者がいると、その変革の理論の最後の証明をただひたすら未来の無階級社会に待たねばならぬという唯一の理由によって、彼は永久革命者になってしまわねばならない。彼の理論によってこの世界の裡に変革されたものがないかどうか、それは未来の無階級社会まで待ってみなければならない。彼の同盟者も判定者もひとしく未来である」（同）

では、そうした「未来の他者」＝「第三者の審級」を埴谷雄高は、作品空間の中に呼び込むことができたのであろうか。大澤真幸が『死霊』の内部に探り当てたのは、「虚体」という絶対零度の「他者」であった。

しかもそれは、「人間が人間である自己証明として、「創り出す」」（第九章）ものであり、さらにまた、「誤謬の宇宙史」の中での「存在と虚無を超えた無限大変幻の隠れた秘密の動因」（第八章）とも語られる、『死霊』後半のキーワードだったのである。「革命」のために、「人間」を超脱する「永劫の自己革命」を自らに課した《虚体者》三輪与志は、だがその《虚体》を自己創出できずに煩悶し続ける。このとき、「自同律の不快」は、人間・三輪与志に与えられた罰に等しいものになるのである。大澤はこう語る。

「〈私〉が〈私〉であろうとするとき、まさにその限りで、このトートロジカル（「私は私である」の自同律に関する――引用者）な循環には回収できない他者性が、〈私〉であることの規定性として入り込んでしまう。こうした他者性――〈私〉が何であるかということについてのどのような積極的な述定からも逃れる異和性――に対して埴谷雄高が与えた独特の名前が、「虚体」――「何ものかである」という述定の中で常に記述されうる実体に対するところの虚体――である。だが、「私は私である」という確言は、この循環を内側から侵食してくるそうした他者性を、つまりは虚体を排除し、無視する自己充足的な命題としてのみ機能する。（自同律の――引用者）不快は、このギャップから生ずるのだ」（同）

『死霊』は、この絶対零度の「他者」を宙吊りにしたまま未完となった。ただ、ここで私たちが注目しなければならないのは、『死霊』第九章未定稿の津田安寿子の次の発言であろう。彼女は「虚体」について語る暗闇から出現した「青服」に対して、以下のように礼を述べる。重要なのは、すでにこのとき、安寿子が三輪与志を、赤子を抱いた婚約者として再認識していたことである。そこに彼女の、否、『死霊』という作品の破綻と引き替えになったある救いが、痛ましくも劇的に訪れていた。

「ありがとう。よく生の意味をこの私にまで伝えてくれました。生が生であるはじめでなく、おわりのおわりをこそこのいま示してくれました。私と同じとき、同じところに偶然生きることになつた与志さんは、この地球に出現した多くの生物進化のなかで、「思考する動物」の進化の果て、大きくかけ離れにかけ離れてしまい、人間的実体をもたぬ「虚体」へまでついに達してしまいました。「人間」のなかで誰が果たして人間を「超出」できるか、いや、人間を「免脱」できるか解りませんけれど、動物のなかに「人間」が出現したとき、その「人間」の進化は「実体」としてのすべてを越えた「超存在」としての「虚体」をも創出しました。私は確言できませんけれど、黙っている与志さんの前にいると、人間という或る動物進化、いや、変化の過程では、そうなるのが必当然な成り行きと思われてなりません。与志さん、「すべては変化する」ところの「万物流転」の閉ざされた内部の原理を、思いがけず、他とまったく異なった時空、つまり、「自同律の不快」の場所から出発してしまつた与志さんの不幸な、或いは幸不幸を全超出してしまった与志さんの場所をこの私の心の底にも浸みいるように教えてくれてありがとう」

最早これは、「革命のロボット」への呼びかけの声ではない、「虚体」論を振り回す以前に、温かい血の通ったフィアンセへの人間復興の呼びかけの声である。地上的な時空間と、地上的な自己の身体性の外部を目指した『死霊』という野心的な作品は、この安寿子の声によって解放されたと言えるのである。

「人類、ここにまで達す、と宇宙史の何処かの壁に書いてきたものがあれば、それはまた与志さんの一族、精神的一族でしょう。そして、その与志さんに出会つてしまつた私は、その人類史を認めたくなくても認めなければならぬ最大不幸で最大幸福者といわねばなりません。与志さん、与志さん、私は与志さんに遭つたことを最大幸福と思つていますけれど、本当は「最大不幸者」なため最早、幸、不幸を越えてしまつているのかも知れません。与志さん、この生命があり、「考え」がある世界で、同じ時、同じ所に、居あわせることになつてありがとう。どういつても、心の底の底を盡くせぬほど済みませんけれど、ありがとう。

津田安寿子（原稿では「康子」と誤記――引用者）はそこで言葉を切つた。

三輪与志と津田安寿子の二人の影は、月光のなかで、影と影こそが実体であるかのような私達の精神を月光のなかに浮き出させながらなおも月光の奥へ踏みいつていつた」（『埴谷雄高全集第三巻』）

私はこの未定稿の一節で、津田安寿子が、三輪与志という《虚体》を、「未来の他者」として受け入れたことを毫も疑わない。逆に彼は偶然に見知らぬ赤子を抱き上げたことによって、《虚体》ではなく初めて開かれた脱‐自的な一個の「他者」となる逃れ難い契機を摑んでいたのである。

2 「俗情との結託」再考

大西巨人が四半世紀をかけて『神聖喜劇』(全五巻)を完成させた一九八〇年、埴谷雄高の『死霊』はまだ第五章にとどまっていた(第六章「《愁いの王》」は翌一九八一年に発表)。「ただに軍隊内部における人間関係ばかりでなく、その秩序を支える「全構造」が描出される」(「マラソンのゴール到達」)と、『神聖喜劇』の完成にエールを送った埴谷は、野間宏や大西が「長いマラソンのゴールにすでに到達したのを遠くに見て、遥かにおくれて走っている私はまさに孤影悄然(しょうぜん)たる観がある」と感慨を述べている。その後も一向に完成を見ない埴谷の遅筆に対し、大西巨人は大作の完成後には、多作な作家に転じ、ミステリー仕立ての小説(『三位一体神話』『迷宮』『深淵』)にまで手を染めるようになる。

ことに一九九七年に、埴谷雄高が八十七歳で死去した後には、戦後文学の最後の砦のように大西作品の文学的評価は高まるばかりであった。最後の作品となった『縮図・インコ道理教』(二〇〇五年)の刊行後には、永年の盟友でもあった初代全学連委員長・武井昭夫と、「二一世紀の革命と非暴力――新作『縮図・インコ道理教』をめぐって」と題して対談するなど、なお健在ぶりを示していた。

だが彼は、生涯にわたり無謬神話の中にあったわけではない。ここでは、一九五〇年代に野間宏との間で交わされた「俗情との結託」論争に遡って、3・11震災後の最晩年に原発肯定論者となった大西の足跡をたどり直してみたい。

「俗情との結託」とは、野間宏の『真空地帯』という一九五二年の作品をめぐる大西との熾烈な論争の皮切りとなった大西論文のタイトルである。二〇一四年の大西の死後、程なくして刊行された『大西巨人――抒情と革命』（河出書房新社）に収録された「再説　俗情との結託」の初出「『真空地帯』問題」で、筆者は改めて単行本収録時に削除された部分から、この論争がその根本において、日本共産党員であった二人の文学者の「友愛」に支えられたものであることに思い至った。例えば大西はそこでこう語っている。

「……私はまた、この小説の最初の数章が「真空ゾーン」と題して『人間』五二年一月―二月号に発表されてのち、その部分について、作者野間氏に、その兵営生活描写のリアリスティックな達成を積極的に評価し、完成を期待すると告げていた。が、『真空地帯』として刊行後、野間氏から贈られた一本を通読して、私はそこに深い激烈な疑問と不満とを発見せずにはいられなかった。私は、野間氏に直接にもそれを語り、いずれ批評文としてまとめて提示すると約し、野間氏もそれを期待すると云っていた。五二年七月、私がくわしい批評を書きかけていた一日、私の妻が私のズボンを修理するため野間氏宅にミシンを借りに行ったので、例の少々手きびしい批判を今執筆中、と私は伝言し、早く見たい、と野間氏は返事した。ところが、私の方に支障があって脱稿できず、別にその頃私は中野氏（中野重治——引用者）から私の文学上怠慢を叱咤され、では前記文学状況上（作品の内部に立ち入って分析した批評がほとんどなかったという——引用者）必要でもあるから『真空地帯』を論じようと云っていたこともあり、八月下旬、とりあえず批判の基本点を提出しようとして、「俗情との結託」を書いたのである」（「『真空地帯』問題」）

論争の経緯をたどり直しておこう。『真空地帯』とともに大西はそこで、今日出海の『三木清に於ける人間の研究』を同列に置いて激戦の火蓋を切った。「初出で読む「俗情との結託」」（前掲『大西巨人——抒情と革命』）解題で山口直孝は、本編で大西巨人が、「文壇作家の男性中心の性意識と革命的立場の書き手の軍隊観とを、同時に痛撃した」と語っている。

問題と思われるのは、この論争に関して大西が、「ことは文学と革命との基本問題に関係している」（「雉子も鳴かずば打たれまい」）と述べながら、「俗情との結託」という基準を今日出海の愚作にも当てはめ、『真空地帯』を不当に貶める結果を招いたことであった。

ただ特筆すべきは、そこで完膚無きまでにこき下ろされた野間宏が、『真空地帯』を収めた自らの全集（筑摩書房版『野間宏全集』第四巻、一九七〇年）に、自身の反論とともに大西のこの批評文を収録していることである。戦後文学者の敵対を通じた協調、または協調を通じた敵対の最良の資料がこれである。こうした妥協なき連帯の環をズタズタに引き裂き、論争を単にジャーナリスティックな勝ち負けを競う、訣別のための罵倒の応酬に貧困化させたのが、戦後最大の偽装左翼（デマゴーグ）（＝反－革命思想家）・吉本隆明である。

文芸評論家・鎌田哲哉を「聞き手」とする大西のインタビュー集、『未完結の問い』によると、先の論争で二人の関係は断絶するどころか、野間宏は花田清輝とともに、大西巨人の『神聖喜劇』の光文社からの出版を先導したというのだ。

では改めて、「俗情との結託」論争のポイントとは何だったのか。大西はここで、「最も有産者的保守性の露骨な一人の作家の作品」と、「明らかに革命的・民主的な立場を標榜（ひょうぼう）する一人の作家作品」とを、一刀両断にしたのである。後の初代文化庁長官・今日出海の実名小説『三木清に於ける人間の研究』には、次の一節がある。

「私は三木がいつも異常に神経をたかぶらせ、金切り声を張りあげて、人の悪態を吐くのは、頑健な身体を持ちながら、哲学者とか思想家といはれては女郎屋へも行けず、禁慾生活が異常昂奮を募らせてゐるのではないかと推察した」

しかもこの「私」は、マニラの青楼で女郎買いを常習的に行うことで性慾を処理し、そのことを恥じるどころか、健康な日本男子の公明正大な行為であるかのごとく吹聴（手淫によって性慾を処理することの不健全さに比して）するような人物である。大西は、作者・今日出海における

「人間の研究」に好個の資料を提供している本作が、「世俗的な物との無条件結託」に制作の動機を持ち、「作中の「私」ならびにその「私」と完全に密着せる今日出海のどちらもが人間および文筆家として一般的・日常的にも十分に俗情と結託している、という事実を生生しく物語る」（「俗情との結託」）と批判する。これがこの論考前半の要点である。

野間宏に関しては、それが「作者の主観に必ずしもよらざる・無意識的な、しかし客観的な「俗情との結託」でなければならない」（同）とし、「作者の不明、誤解、糞真面目が、結果として俗情に荷担しているのであり、またそれによって「俗流大衆路線」の骨絡みを食らっている」（同）と断じている。「俗流大衆路線」とはもとより、政治と文学の「前衛」の立場からする批判的言説である。そして、『真空地帯』という題名の選択・決定の由来が、この間の消息を雄弁に物語っていると、兵営を「特殊ノ境涯」（『軍隊内務書』）とした上からの制度的規定を、「真空地帯」と言い換える野間の認識への批判に及ぶ。

「兵営生活ハ軍隊成立ノ要義ト戦時ノ要求トニ基キタル特殊ノ境涯ナリト雖モ社会ノ道義ト個人ノ操守トニ至リテハ軍隊ニ在ルガ為ニ其ノ趨舎ヲ異ニスルコトナシ」（同書「綱領」十一の一節）

大西巨人によると兵営は、言葉の世俗的な意味においては、確かに「特殊ノ境涯」であったが、その真意において決してそうした「別世界」ではなく、「最も濃密かつ圧縮的に日本の半封建的絶対主義性・帝国主義反動性を実現せる典型的な国家の部分であって、しかも爾余の社会と密接な内面的連関性を持てる「地帯」であった」(「俗情との結託」)というのだ。

だからこそ、野間宏における「俗情との結託」は、今日出海どころではなく、左翼陣営内部でのイデオロギー闘争(軍国主義批判を放棄した「俗流大衆路線」への屈服を糾弾する)に関わる、深刻な問題にまで及んでくるのである。野間を土俵際まで追いつめる大西は、さらに次のように語る。

「したがって兵営を言葉の本質的な意味において「特殊ノ境涯」と認めることは、社会的現実の重大な誤認であったのであり、言葉の世俗的な意味において同様に認めることは、軍国主義的絶対主義にたいするたたかいの放棄・屈服以外の何物でも、かつてなかったのであり、現にないのである」(同)

大西は『真空地帯』という題名が、誤解を招くというより、野間の軍隊・兵営認識の致命的な誤りに基づくものと考えた。敗戦後に改めて、「日本帝国主義軍隊・兵営を今日の見地から批判的に描くに際して、それを「特殊ノ境涯」と認める立場に拠ることは、重大な不十分であり、帝国主義反動への見逃し得ざる譲歩であり、——俗情との許されぬ結託である」(同)と、大西は重ねて語る。

ただ見逃せないのは、太平洋戦争初期のマニラに、同じ陸軍の報道班員に徴用された三木清のストイックな生活を揶揄した実名小説、『三木清に於ける人間の研究』と『真空地帯』とでは、虚構の水準がまるで違うという事実である。前者における「私」は、主観的にも客観的にも作者「今日出海」とずぶずぶに癒着している。だからこそこの作品で、海外での売春行為をあからさまに肯定、実践、推奨した作者が、その後初代文化庁長官のポストに就いた（一九六八〜一九七二年）ことは、この国の文化的民度という観点からして、まさに「国辱」でなければならないのだ。

いずれにせよ、今日出海の実名小説と、野間作品を一蓮托生にすること自体が、筋違いであることに変わりはない。そもそも『真空地帯』には、作者とみだりに癒着した「私」など登場しない。そこで「俗情との結託」の概念規定を欠いたまま、これを符帳のように振りかざした次の断言口調は、甚だ公正を欠いたものと言わざるを得ないだろう。

「もとより作中人物は、ただちに作者ではない。けれども作者野間と作中人物曾田との深甚な近接・密着が『真空地帯』の全体を通じて容易に認められるという事実、一篇の題名が曾田のこの兵営観に由来しているという事実、作者が実にまた兵営を「真空地帯」ともっぱら規定して首尾一貫の筆を運んでいるという事実……」（同）

曾田はしかし、作者に最も近い作中人物であり、その軍隊・兵営観を作者と共有していたとしても、その「深甚な近接・密着」が、「俗情との結託」の根拠になるような癒着がしかと認められるわけではない。作者・野間宏が、作品外で曾田の兵営観をそのまま、自身のそれとして語っていたとしてもだ。大西はやはり、今日出海の人品賤しい実名小説と水準を異にする『真空地帯』を同列に論じるなら、まずその決定的な虚構水準の差異にも最低限の配慮をするべきではなかったか。

あえてその断言命題を差し返すなら、大西自身の『精神の氷点』（一九四九年）や『地獄変相奏鳴曲』（一九八八年）の主人公は、作者と無関係な生粋にフィクショナルな存在だったと言えるのであろうか。しかも、虚無主義者の仮面を被った彼らは、「俗情との結託」どころではない殺人や、考えようによっては買春などよりはるかに質の悪い、人妻や未成年処女相手の鉄面皮な性欲処理を行っているのである。

誤解のないように言っておくと、「作者」＝「主人公」という混同は、日本的な、私小説的風土にあっての通弊であって、大西巨人はそうした伝統の批判者でもあった。だからこそ私は、その不当な野間批判（多分に感情的な）の矛先を、大西自身の「虚構作品」に指し返さざるを得ないのだ。「俗情との結託」で大西は語る。

「この曾田は、「官吏の家にそだった」娘の時子と言わば「肉体主義的」な性関係を行ない、その行為の途中で彼女に「半ば兵隊に奉仕する感じ」などという相手を慰安婦扱いにした見方を抱き、それを「兵隊である限りは、こうなのである」と「真空地帯」のせいに解消してしまうのである。このことは、学徒兵安西を含む大多数の兵たちの外出時における中心的・圧倒的な関心が淫売買いを主とする性慾処理である、として描かれているのと深く関連する問題であり、作者は、そのような兵たちをいささかも批判することなく、その責任を一切挙(あ)げて「真空地帯」に帰しているらしいが、ここにもマニラの青楼にたいする今日出海の場合とおなじ俗情との結託が認められねばなるまい」

文学の世界に時効はない。あまたの大西巨人の文学的支持者たちは、こういう物言いが本質的にアンフェアだとは思わないのであろうか。『精神の氷点』の水村宏紀(みずむらひろき)は、明らかにそれどころではない悪(わる)であり、曾田がそうだと言うなら、彼もそれを「戦争」のせいだと暗黙の裡に自己肯定していたと言われても仕方がないだろう。

最終的には、この作家ならではの倫理観の発現によって、水村は精神的更生を希求するに至るのではあるが、しかしその「魂の黒点」の剔出への意志と、主人公が作品の最後ではじめて示す、「何物かにたいする深甚の畏怖(おそれ)」は、彼の兇悪な殺人動機や、冷酷な肉体の弄びと使い捨て的な女性遍歴を、少しも浄化するものではない。『精神の氷点』にはこんな一節がある。

「おんなをこの上なく辱めようとするかのように、水村は、情慾に一切溺没（いっさいできぼつ）の時間を持とうとした。彼は、みずからも、そのような時間の流れの中で、一匹の獣に堕ちてゆく自虐の歓びを求めているかのようであった」

主人公は、「愛情を伴なわぬ肉欲の刻薄な痛ましさ」にどこまでも溺れてゆくのである。日華事変（一九三七年）から四年目の秋に、一歳の女児の母である人妻を弄んだことに味をしめて。その虚無的欲動の過剰な現れが、「結託」の余地もなく人間的「俗情」を粉々に解体し果てているだけである。これも今日の読者からするなら、曾田とはまた別のタイプの、戦争という特殊な社会環境が生んだ人間類型の一つということにしかなるまい。

「水村（の主観）は、この世のすべてのものを信ぜず（信じまいとし）、あらゆる尋常なもの・「健全」なもの・肯定的なものを凶暴に踏みにじることによって、〈この世のすべてのものを信ぜない（信じまいとする）自己（の主観）〉をたしかめたかった。おんなは、そういう彼が踏みにじるために選んだ対象の一つであった」（『精神の氷点』）

その「おんな」（志保子（しおこ））は終戦後に水村と再会し、またもや彼の慰み者になる。「あなたは、むかしと変わらないのね」、四年ぶりに出会ってから一カ月を過ぎて彼女は、そう怨みがましく語るのだ。「むかしも、そうだった。あなたには、愛情なんか、なかった」と。

だが水村は、そんなことで動じるような男ではなかった。『真空地帯』の曾田など、彼に比べるならお人好し同然で、何ら大西の非難を受けるべき謂われなどない。戦争がこうした大西の描く、虚無的な冷血漢を拵えてしまったとすれば、『真空地帯』に描かれた若き兵士たちの外出時の性欲処理など、児戯に類すると言うべきであろう。

しかし、『精神の氷点』は決して読者を一方的に不愉快にさせる小説ではない。それは、「俗情との結託」がそこに認められないからではなく、「作中人物は、ただちに作者ではない」から、水村の身勝手な性欲処理を以て、直ちに読者が作者を攻め立てる根拠を手にできるわけではなく、作品の読者が主人公とは異なる場所に、気高くも虔(つつ)ましやかな言説で知られる作者を置いているからに過ぎない。

大西の右旧作が、高度なフィクションであるとするなら、『真空地帯』にも掛け値無しに同等の資格(今日出海の実名小説にはない)が与えられねばならないだろう。しかし、もしも『精神の氷点』を、大西巨人が『真空地帯』を評した水準で論じるとしたらどうなるか。例えば、淫売買いにことのほか神経を尖らせる大西は、自身の作品には次のような破廉恥な内容を書き込んでいたのだ。

「復員帰国後初めて、同夜（良人を失い家を無くしたおんなが、小料理屋で客を取っていることを目撃した夜——引用者）、水村は、女人の肉体を金銭で買った。過半数は空襲の戦火に滅んだその「恥づべき巷」の中の焼け残り十数件の一軒——「鏡の間」という部屋を持つことによって全国的にも有名な娼家——で、緋の長襦袢に纏わられつつ、彼は、いっそ索莫として排出を終わった。代金は、二百円であった」（『精神の氷点』）

その性欲処理を作中で批判することをしない作者は、今日出海は論外としても、ではどこで野間宏の「俗情との結託」を非難する特権を手にしていたのか疑問なしとしない。

戦前、地方新聞社勤務時代に住んでいた福岡に同定される架空の都市、鏡山県月浦の下宿での志保子との関係と並行して、水村は同じ家の十八歳の娘・静代を、さらにこの家の主・加来外喜男の妻・素江（三十五歳）を、「よりいっそう冷酷かつ慎重な意図および計算によって」、「新たな目的物」とし、しかも「肉体を・ただ肉体のみを目安に、素江との関係を継続した」のである。まさにこれは、『真空地帯』の曾田が顔色を失うほどの淫蕩ぶりである。

しかも、「俗情との結託」に病的なほど非寛容な作者が、「〝一切は、虚無寂滅にむかって流転する〟という想念のみが、わずかに水村を慰めた」と言うのだから、何をかいわんやである。あまつさえ彼は入隊前の通過儀礼のように、「道具箱から人知れず取り出した小型玄翁をオーヴァーのポケットに忍ばせ」、通りすがりの男をつけ狙い、沈着冷静に撲殺に及ぶのである。(2)

月浦市の公園外の人家の途絶えた林幻坂の途中で、見知らぬ男の頭上に小型玄翁を振り下ろし殺害した彼には、「不安も恐怖も、なく、自責も悔恨も、なかった。曰く言いがたい解放感と、それに覆いかぶさってくる「何もない・何もない・何もない暗黒の空間を急速度で無限に落下しつづける」というような感覚とが、水村の全心身を占領していた」。

一方で、「彼の「魂の黒点」の問題——逃れがたい極印のある彼に、果たして「新しく生きる」ことが、可能であろうか（どうすれば、それが、可能になるであろうか）という問題」を、そこに申し訳のように、あるいは予定調和的に挿入することこそ、「俗情との結託」でなくて何であろう。さらに水村は、人間的な対話を求めてきた志保子を、次のようににべもなくはねつけるのだ。

> 「極端にエゴイスティック・エゴティスティックに、水村は、当の相手の自分自身を棚にまるまる上げて、既往の彼女の「不倫」をののしり、それに続けて、また、現在の彼女の「曖昧な生活」をさげすみ、……「不貞の妻」と誹り、「淫婦」と難じ、「じょろ」と呼び、「パンパン」と言った」（『精神の氷点』）

水村の前にそれから二度と現れなかった志保子は、別れを告げる最後の手紙で、「あなたのために、あたくしとおなじ破目に陥った」加来素江の自殺に触れる。どうやらこの主人公には、

「新しく生きる」資格などなさそうに見える。少なくともそこに、『罪と罰』のラスコーリニコフのような、劇的な回心が訪れることなど絶えてなかった。

「水村は、彼の「魂の黒点」との極限決着対決、それによる「魂の黒点」の剔出、「『過去』＝彼のどす黒い自我の外部投影＝罪」の超克、社会と社会人としての自己とへの復帰を、現実的・実践的に、まず求めねばならなかった。それが、今日の彼の為すべき「新しく生きる」ことへの出発であった」（同、傍点原文）

そんな虫のいい言い訳で、罪深い過去を清算することは許されないという死者たち、もしくは生ける屍のようになった女たちの声が、届くことがないのだとしたら、主人公の生の転回は、ただ他者を寄せ付けぬ虚無主義者の独善的な人生の平行移動にすぎない。水村は最後に、「法」の裁きを受ける（自首する）べく決意する。その戦後的な決着はよいとして、「魂の黒点」との「極限決着対決」のためには、水村は是が非でも過去の女たちを再起不能にした、彼自身の「どす黒い自我」の自己扼殺をも必要とするだろう。つまり彼は、一旦死なねばならない人間だったのである。

3 『真空地帯』評価と「特殊ノ境涯」の意味

翻って野間宏が『真空地帯』の主人公・木谷利一郎に託したものが、ないものねだりだったことは否めない。曾田原二一等兵は、彼（木谷）の「手は真空地帯をうちこわす」と、「特殊ノ境涯」からの解放の回路を示しはするが、窃盗容疑で軍法会議にかけられ、陸軍刑務所で二年間の懲役を終えて帰隊した木谷は、野戦送りの決定を聞いて直前に逃亡を企て、あえなく拘束されるのである。

「いったい曾田の木谷観は、奇妙に真面目腐っていて滑稽である」（「俗情との結託」）と大西は語り、主人公になるにも値しない木谷を選んだこと自体が、「俗情との結託」であると畳みかける。これに対する野間宏の反論（「日本の軍隊について」）は、次のように展開される。

最大の論点は、「真空地帯」、すなわち「特殊ノ境涯」という上からの規定が、イデオロギー的攻撃として支配権力によって強制された真意（兵営とは、「日本の半封建的絶対主義性・帝国主義的反動性を圧縮された形で最も濃密に実現した典型的な国家の部分であり、自分の社会と密接な内面的関連性を持つ地帯であった」）を読み損なっているという大西への反論である。

野間はエンゲルス（『家族、私有財産、国家の起源』）、およびレーニン（『国家と革命』）に依拠しつつ、「軍隊がどのように社会から区別される特殊な団体であるか」、国家がいかに「社会の上に立ち、社会から自己を疎外しつつある武装した人間の特殊部隊（警察、常備軍）」を必要とするかを説く。

レーニンによると、「国家権力の主要な武器である軍隊と警察とは、武装せる人間よりなる特殊な、社会の上に位し、社会から疎遠になる団体なのである。この特殊な団体を否定し、それに対抗する被圧迫階級に仕える新しい組織をつくることによって革命は行なわれるのである。このような考え方は大西巨人氏の考えとは全く反対のものである」（野間宏「日本の軍隊について」）。

確かに軍隊は国家の部分であるが、それは「国家の部分であるが故に特殊の団体」なのであり、国家と社会を区別することができれば、支配階級の機関である国家と被圧迫階級との間の関係が内面的連関性の関係ではなく、敵対的な関係であることは明らかだと言うのだ。

したがって「軍隊」と内面的関連性をもつのは、「社会」ではなく「国家」であり、支配階級であって、被抑圧階級ではない。彼らにとって軍隊は敵対的な存在であり、全く非人間的なものなのである。

こうした野間の論拠は、最終的にエンゲルス－レーニンの線でマルクス主義の教条とされた「唯物史観」に基づくものであり、国家・社会制度の上部構造論の軍隊への理論的適応を一歩も出るものではなかった。レーニンの『国家と革命』には、「国家は特殊な権力組織であり、ある階級を抑圧するための暴力組織である」（宇高基輔訳）という、明快な概念規定がある。警察と軍隊は、この「暴力組織」の二つの可視的な武装形態なのである。

大西の優位は、この不動の上部構造の形態概念を切り崩す軍隊の本質的な性格概念、すなわち社会と密接な内面的関連性を保った「特殊ノ境涯」の解剖を、『真空地帯』の作者に迫ったことにあった。そして『神聖喜劇』の『真空地帯』に対する優位は、この局面において事実上、無為無策の曾田―木谷に対する東堂太郎の実践性、すなわち「真空地帯」に風穴を開ける、軍規を逆手に取った兵営内闘争にあった。

ところで、野間宏は別の場所（「私の戦争文学」）で、「私が『真空地帯』を書こうと考えたのは、昭和二十五年ごろ、日本の再軍備が論議されはじめてからである」と述べている。「兵営生活をし、やがて中国、フィリッピンに渡って戦闘に加わり、野戦病院に入院し、さらに憲兵隊の検挙、軍法会議、陸軍刑務所を体験した」作者が、再軍備へと向かういわゆる戦後の「逆コース」に抗って、兵営の内部を不毛な「真空地帯」として暴露しようとしたのである。あたかも占領解除の一九五二年、戦後文学の理念が早くも風化しようとしていた状況にあっての、野間宏の制作動機は明快であった。

さらに野間が、この作品を世に問うた時、彼が大西とともに日本共産党という、政治的「真空地帯」の内部の人間だったことを想起しよう。当時にあっての無謬の共産党神話が、ソヴィエト・ロシアで独裁的な権力を掌握した、スターリンの権威に裏打ちされていたことは言うまでもない。米ソ冷戦の真っ直中での、国際共産主義運動のヘゲモニーはソ連が握っていたのである。

ところが当時日共は、最高幹部・野坂参三の平和革命論（連合軍＝解放軍の規定に基づく占領下での平和革命論）へのコミンフォルム（Cominform 共産党情報局 Communist Information Bureau）からの批判（一九五〇年）により、路線問題で分裂騒動の渦中にあった。政治的な「真空地帯」に、突如風穴が開いたのである。

この分裂は、武装闘争路線に転じ「山村工作隊」を非公然に組織した主流・「所感派」（徳田球一、野坂参三ら）と、これに反対する「国際派」（宮本顕治、中野重治ら）との熾烈な主導権争いとなり、一枚岩の党に亀裂が生じた。

折りから一九五〇年のGHQによるレッドパージ（共産党およびその同調者の公職追放）で孤立を深めた党は、徳田、野坂の中国亡命など大混乱のまま、一九五二年のメーデーには、皇居前広場に集まったデモ隊と警官隊が衝突、二名が射殺され千二百三十人もの検挙者を出す（破壊活動防止法のきっかけとなった「血のメーデー事件」）という不穏な情勢にあった。

混乱は五年間に及んだが、この間一部の党員文学者は傘下にあった新日本文学会を離脱、新たに創刊された『人民文学』に流れるなど、党中央の路線問題は文化政策にも影響を与えた。「俗情との結託」論争は、国際派に属し『新日本文学』に拠る大西巨人と、所感派で徳永直、安部公房らとともに『人民文学』に移った野間宏との互いに譲れない論争でもあったのだ。

野間宏はこの激しい党内抗争の時期に、骨絡みのソ連派であることをあられもなく表明、一九五四年の「水爆と人間——新しい人間の結びつき」（『野間宏全集』第二十一巻）では、アメリカによる太平洋ビキニ環礁での水爆実験を深刻に受け止め、「世界のすべてのことは一変してしまったように感じられる」とし、「人類を滅亡にみちびく」アメリカの原水爆を非難しながら、「世界最初の原子力発電所がソヴェトで完成された」ことを手放しで礼賛、「原子力の平和的利用の道はひらかれた」と述べていた。

大西・野間論争に戻ろう。保守陣営に属する今日出海を切り捨て御免にした返す刀で、日共内部の敵対者・野間宏を断罪する大西巨人が見落としたのは、野間にとって究極の「真空地帯」とは、軍隊の内部構造をさらに凝縮した「刑務所」のことだったという重大な含みである（野間宏「『真空地帯』の意味」参照）。

すると、インテリ兵曾田のみならず、木谷という農民出身の四年兵（その前身は、五年前の作品『第三十六号』に描かれた陸軍刑務所の脱営常習犯である）もまた、戦時期の「刑務所」体験者である作者の分身でなければならなかった。野間宏自身も戦時期、社会主義運動にコミットした過去により、半年間大阪刑務所に服役後に原隊復帰した古参の一兵卒だったのだ。

論争当時の大西巨人は、理論的な優位を保ちつつも、この対極に位置する二人の分身による「特殊ノ境涯」の描出の意図を冷静に読み切っていたとは言い難い。もっとも、『真空地帯』の作品構成に難点がないわけではなかった。作者は「刑務所」体験のない社会主義者・曾田を、いかにも存在感の希薄な、木谷ウォッチャーとするしかなかったのである。曾田は「刑務所」という「真空地帯」を経験しない、プチ・インテリゲンチュアの「疚（やま）しい良心」（ニーチェ）から、木谷という典型的なルンペン・プロレタリアートに異様な関心を示していた。

実作者としての大西は、この時点でまだ『神聖喜劇』を起筆（第一部「絶海の章」は、一九五五年二月起筆）さえしていない。五分の勝負を挑んではいるものの、戦後文学の実戦舞台で、すでに『暗い絵』、『顔の中の赤い月』、『崩解感覚』と連打を放ち続けていた野間宏との実績の差は歴然としていた。インタビュー集『未完結の問い』（聞き手・鎌田哲哉）で大西は、中野重治の書くものには必然性があるが、無意味に長々と書く野間宏は、「本当にくだらん長々なんだ」と貶めているが、私見によると野間宏の『暗い絵』（一九四六年）、『崩解感覚』（一九四八年）など敗戦後間もない時期の作品世界に拮抗しうる大西巨人の同時期の作品は見出し難く、この作家が野間宏を作品の上で超克したのは野間の死後、一九八〇年に完成をみた『神聖喜劇』によってであり、またこの一作以外にはない。

論争中の大西の理論展開は、野間の振りかざす教条（軍隊＝国家、支配階級の上部構造を前提とする「真空地帯」論）打破のために、裏返しの教条を振りかざす傾きをもつことになった。キャリア十分の野間宏は、鋭くそこに切り込む。何と言っても彼は、軍隊の概念規定を争うのではなく、その実態＝内容の解明を実作者としていち早く描いた先見性を、大西に対して誇り得る立場にあった。『真空地帯』はただ単に過ぎ去った過去の戦争の記憶を喚起しただけではなく、朝鮮戦争直後のアジア情勢の緊迫に促されて書かれた作品でもあったからだ。野間宏はこう語る。

「軍隊の内容を明らかにすることをせず、ただ軍隊は資本主義社会、絶対主義国家の部分だなどとだけ言って、なぜ帝国主義、支配階級が軍隊を「特殊な境涯」にしようとしたのかを明らかにしようとしないのは、帝国主義反動とのたたかいを放棄しているのである」(「日本の軍隊について」)

「軍隊は社会の上に位し社会から疎遠になる武装した特殊な団体であるが、日本の軍隊が社会から疎遠になっている度合は、民主主義革命をおえたヨーロッパ諸国の軍隊よりははるかにはなはだしいのである。それは支配階級以外の被圧迫階級が何ら手をふれることのできないところである。そしてその原因は全く明治維新の性質にある。明治維新によって成立した天皇制絶対主義国家権力の軍隊と近代国家の常備軍とのちがいはここに生れるのである」(同)

そこには当然にも、「天皇制軍隊の特殊性」という要素が関与していた。野間はこの上部において統帥権の独立としてあらわれる軍隊の特殊性が、下部においては兵営の特殊性として現れると考える。それ故にこそ彼は、天皇制を支える日本の軍隊を「真空地帯」という一語に集約するのである。

「このような特殊の境涯をつくることによって支配階級は日本軍隊をもって人民の民主主義的な要求をおさえ、さらに海外侵略を行なってきたのである。とすれば、この支配階級のつくった特殊の境涯を特殊の境涯として分析し、その内容を明らかにすることによって、はじめてその本質をとらえることができるのである。それは決して特殊の境涯を帝国主義の支配階級と同じようにみとめるということにはなりはしない」（同）

後に大西は『神聖喜劇』（第二部「混沌の章」第二「責任阻却の論理」）で、「特殊ノ境涯」の意味を、実作者の立場から次のように再定義する。

「「兵営生活ハ軍隊成立ノ要義ト戦時ノ要求トニ基キタル特殊ノ境涯ナリ」と『軍隊内務書』の「綱領」十一は確言している。その意味ではたしかに「軍隊と地方とでは、訳が違うのでもあり、「兵隊は世間とは別世界」なのである。とはいえ、この「軍隊と地方とでは、訳が違う」という命題は、上官上級者によって無制限に拡張解釈せられ拡大適用せられてきて、その上また新入隊者、下級者が、そのような拡張解釈の受け入れ体制をあらかじめととのえ、そういう拡大適用を進んで助長してきた、と私に観察せられる」

このようにして、上官の『軍紀』の誤読を質す場面で、「軍隊には軍隊の読み方がある」、「軍隊と地方とでは、字の読み方も違う」とかわされた東堂太郎二等兵は、上官によって恣意的に拡張、拡大されてゆく規律の解釈を、反転攻勢のきっかけにして、徐々に天皇を頂点とする「厖大な責任不存在の機構」と、その「責任阻脚」の論理に躙り寄ってゆくのである。

大西のエッセイ「「責任阻脚」の論理」(『日本人論争　大西巨人回想』、左右社、二〇一四年刊に再録)には、丸山眞男の「無責任の体系」論(「超国家主義の論理と心理」、「軍国支配者の精神形態」参照、『現代政治の思想と行動』所収)との本質的な相違が語られている。大西によると、「日本国家一般を「累々たる無責任の体系、厖大な責任不存在の機構」と把握することは、君主制否定ならびに共和制樹立の具現を切望することにほかならぬ」のであって、「毛ほども「これを戦争中の病理現象」と見立ててはいなかった。そこに、丸山眞男と私との異同が、実存する」ということになる。

なお、死の二年前のインタビュー(「大西巨人氏に聞く――『神聖喜劇』をめぐって」、聞き手＝田中芳秀・橋本あゆみ・山口直孝、『二松學舍大学人文論叢』第88輯、二〇一二年三月)で改めて大西は、丸山の当該論文に全く影響されておらず(読んでいなかった)、「無責任の体系」論が「軍隊のことを言って」おり、「軍隊は別世界という考え方に立っている」のに対し、「責任阻脚の論理」とは、「軍隊の無責任の体系は、すなわち日本社会一般の無責任の体系と同じである、という観点から言っている」のであって、「丸山眞男とはまるで違う」という。

大西の論理では、丸山の「無責任の体系」論もまた軍隊を「特殊の境涯」として特化、限定するものに過ぎず、「それ(「無責任の体系」)こそが日本社会である」という視点を欠いているというのだ。ここで漸く、彼が何をもって「俗情との結託」とするかの基準が鮮明になるのだが、私見ではこの「無責任の体系」を担い支えたのが、かつての「帝国臣民」に他ならない以上、丸山の天皇制軍国主義批判は、戦後の「日本国民」へも差し向けられた、「日本社会」批判として読み替えられるべきものであろう。

敗戦直後に書かれた丸山論文の難点は、そうした可能性を自ら断ち切るかのように、「日本軍国主義に終止符が打たれた八・一五の日はまた同時に、超国家主義の全体系の基盤たる国体がその絶対性を喪失し今や始めて自由なる主体となつた日本国民にその運命を委ねた日でもあつたのである」(「超国家主義の論理と心理」)といった甘言によって、「無責任の体系」の一翼をになった国民を、タナボタ式に「自由なる主体」に祭り上げてしまったことにあった。

『神聖喜劇』の東堂太郎の対馬重砲兵聯隊内での闘いは、終始一貫そのような「主体」の実践的立ち上げの可能性に向けて開かれていた。彼の戦略戦術は、『軍紀』を逆手に取って、兵営内の組織的、機能的なあらゆる矛盾をその都度、モグラ叩きのように潰してゆく(その第一歩が入隊直後の「知りません」禁止、「忘れました」強制への正当な突っ込みだった)ことだった。

ただ、細部の比較検討に入る前に確認しておきたいのは、『神聖喜劇』にせよ『真空地帯』にせよ、それらが本質的にドメスティックな日本の「戦後文学」であり「戦争小説」だったことである。

朝鮮半島に最も近い絶海の孤島・対馬要塞の二等兵・東堂太郎の隊内での徹底して「言葉」に就いた「抵抗」は、そこから五十キロ先の植民地統治下の朝鮮人民に対する本質的「無関心」と決して矛盾するものではなかった。しかも九十七歳という長寿を全うした大西巨人には、全五巻の大作が完成した一九八〇年以降、こうしたポスト・コロニアルなパースペクティヴ（日帝支配からの解放後の済州島一九四六年四・三蜂起を主題化した、金石範『火山島』全七巻の『神聖喜劇』に対する圧倒的優位はこの点に係っている。拙稿「金石範論――「在日」ディアスポラの「日本語文学」」、『文學界』二〇一三年九月号参照）から自作を再検討した痕跡はない。

『真空地帯』の主人公（および副主人公）の「抵抗」は、さらに実践性に乏しく、内務班内の非順応者の外部への突破口は見出し難い（そもそもこの作品には、太平洋戦争の世界史的な意味も、そこから捉え返されるアジア的な視角も欠如している）。木谷にラディカルな思想性は求めるべくもなく、逆にその洗練を欠いた野性が曾田には脅威なのだが、彼の疑似インテリ特有の脆さは、ただただ陸軍刑務所帰りの木谷の圧倒的な存在感との対照を際立たせるのみで、そこから内務班内の何かが劇的に動きはじめる気配はまるでない。

曾田原二には、およそ「革命思想をもった知識人」（多田道太郎「野間宏『真空地帯』」）としての凄みに欠けるところがあった。大西巨人ならずとも、曾田と木谷利一郎の内部に眠っている「反軍思想」に共鳴現象が起こる可能性は乏しかったと言わねばならない。隊内における曾田の無抵抗こそが、一方的に木谷への非現実的で過大な期待を増幅させているからだ。だが、作者にはまた言い分があった。

「大西巨人氏は、『真空地帯』の主人公木谷利一郎が「社会ノ道義ト個人ノ操守」を保持することきわめて薄弱であるといっているが、たしかに木谷は支配階級の道義を保持することきわめて薄弱なのであって、そのような木谷であるが故に支配階級の武器である軍隊をうちやぶる可能性をもっているといえるのである」(「日本の軍隊について」)

しかしながら、「木谷の打った拳固の打撃が自分の体をとらえているものをこなごなに打ちくだくのを感じた」曾田の、「木谷の手は真空地帯をうちこわす」という願望は、あくまで非実践的「危険思想」の持ち主である曾田の主観的願望という他はない。

この千日手のような論争は、宮本顕治という招かれざる珍客の乱入を挟んで、四年後にまで持ち越される。かつて小林秀雄の「様々なる意匠」を押さえて、「敗北の文学」(芥川龍之介論)で『改造』の懸賞論文第一席を取った後の日本共産党書記長はこの間、「『真空地帯』論について」、「現実の課題にてらして」、「あげしおに向かうために」(いずれも『宮本顕治文芸評論選集』第四巻所収)などで、基本的には野間擁護の立場から大西に政治的な牽制球を放った。

「大西の批判は、兵営を「別世界」でないということを強調しても軍隊兵営が権力の「特徴的な制度」であるという特殊性をみないだけでなく、その特殊性を認識すること自体を、帝国主義反動への譲歩であるかのようにみなす別の誤りにおちいった。したがって、野間宏が『日本の軍隊について』の中で『国家と革命』の国家・軍隊の規定を採用しつつ、軍隊の特殊的な本質をみとめない見解を批判している部分は――その限りでは、『真空地帯』の曾田の兵営観の欠陥の問題とは別に、全体としては道理に立っているものである。

ただし、野間の『日本の軍隊について』は、その見地から曾田の兵営観そのものの抽象的な面を検討してはいない。『真空地帯』について作者自身もあげている欠陥は、曾田の兵営観に密着していた『真空地帯』制作時の作者の兵営観に関するものであったことは否定できない。しかし、同時に曾田の兵営観の不備にもかかわらず、帝国主義下の兵営を人間性に反する地帯として強調することが戦時中でも、今日でも、一定の積極的意義をもつということも見失われてはならないであろう」(「『真空地帯』論について」)

ここからまた大西・宮本論争が惹起される。これについては、武井昭夫の『戦後文学とアヴァンギャルド――批評集1』巻末の「著者自注(1)」の解説が参考になる。それによると、論争の政治的背景には前述の日本共産党五十年問題があった。この分裂騒動で所感派(主流派)から除名された文学者のうち、宮本顕治は蔵原惟人とともに「自己批判」を行い復党、これにより宮本らは新日本文学会への『人民文学』派の復帰・吸収を急ぐ余り、同じく「統一」派の野間に迎合、自ら『真空地帯』擁護の旗振り役を買って出たのだと言う。

新日本文学会内の党員グループは、中野重治に至るまで宮本に無原則的に追随したが、大西巨人だけは『真空地帯』批判の立場を撤回せず、宮本のターゲットになったという成り行きである。「文学と革命」という大テーマを背負った論争は、党内紛争によって偏向が加わったが、大西も野間もその肝心な手綱を放そうとはしなかった。「再説 俗情との結託」（一九五六年）で大西は、入隊以前からの窃盗常習者だった木谷の資質、「真空地帯をうちこわす」本源的な力に欠けることの主人公の弱さを、改めて次のように語る。

「木谷は、あのような具体的状況において「なぜものをぬすむように」なったか。それは、彼がこざかしい「無頼漢」の淫売買い常習者であったからであり、淫売買いの資金欠乏があったからである。木谷こそが、「支配階級の道義」そのものの、けち臭い物真似実行者であった。しかも木谷は、その後の「屈辱と労役とのなかで」なんら「智力と社会に対する正しい判断力を得」なかったのであり、作者も、曾田とともに、その方向を木谷に与えようとはしなかったのである。ジャン・ヴァルジャンと木谷との距離は千里である、と私は断言する」

ならば、「青春世代の思考・行動に多様な「異色」が発生した」（『精神の氷点』）戦時期社会風潮の、紛れもなく「けち臭い物真似実行者」にすぎなかった、虚無的「無頼漢」・水村宏紀の一連の所業も、同時に断罪されねばなるまい。水村はあのような具体的状況において「なぜひとをあやめるように」なったか。そこに木谷以上に評価すべき要素などあり得ず、入隊した彼がやがて「真空地帯をうちこわす」ような可能性も見出し難い。水村宏紀とラスコーリニコフとの距離もまた、「千里である」と言うべきであろう。

そして私には、このような大見得を切った大西巨人の『神聖喜劇』が、完成に四半世紀を費やさねばならなかった原因の一つが、こうした度を超して過激な『真空地帯』批判と無関係だったとは思えないのである。つまり大西は、「俗情との結託」を作品空間から完全に排除した非「真空地帯」に、東堂太郎という陸軍二等兵を厳格に隔離しなければならなかったのだ。スターリン神話、日本共産党神話崩壊後の、非党員作家（大西は一九六〇年代初頭に日本共産党を離れている）の左翼性（天皇の軍隊の演じる〝神聖なる喜劇〟の物語的な暴露に並々ならぬ意欲をもつ）に賭けて。

「面談　長篇小説『神聖喜劇』について」（『大西巨人文藝論叢　上巻』）で、作者は平野謙、本多秋五の名前を挙げて、『真空地帯』問題が『神聖喜劇』執筆の作意（モティーフ）ではないかという「アホウ臭い見方」、「大まちがいの藪睨み」をかなり向きになって一蹴している（こうした子供じみた反応が、逆にこの作家が何を隠蔽しようとしているのかを精確に自己暴露してしまうのだ）。

しかし、『精神の氷点』で、「俗情」芬々（ふんぷん）たる虚無主義の「けち臭い物真似実行者」を造型した作者は、兵営を「真空地帯」＝「特殊ノ境涯」として描くことをあれだけ厳しく斥けた以上、自らの体験に即した対馬重砲兵聯隊の内部世界を、野間的方法を止揚して描き上げることが運命付けられたのではなかったか。

完成に四半世紀を費やした『神聖喜劇』は、何よりもまず、『真空地帯』批判のための完璧な小説でなければならなかったのである。そのために作家は、この主人公を「俗情」から遠く離れた、非「真空地帯」に誘わなければならなかった。具体的には、兵営内と「地方」＝俗世間との間に、何らかの通路を確保しておく必要があったのだ。だから、「地方」での東堂太郎の次の回想場面は、極めて重要な入隊前の通過儀礼（『精神の氷点』でのそれとは決定的に趣を異にした）の意味をもつことになる。

　五歳年長の未亡人で、水商売に携わっている臈長けた女性との最後となった逢瀬で、東堂は交情の前に旅館の浴室で、彼自身の「奇怪な思想」に基づく「剃毛」（二人の陰毛を剃る）という「俗情」から遠い（!）、〝神聖なる儀式〟を執り行うのである。「剃髪」ならぬ「剃毛」ということに、どうやら彼の「奇怪な思想」は固く結びついていたらしい。この回想場面（九州出身の補充兵役入隊兵として、対馬要塞重砲兵聯隊に入隊した後の）で、『精神の氷点』の主人公の人間的限界を超克する「虚無主義者」に成長した東堂二等兵は、次のような死生観、戦争観を、「奇怪な思想」として披瀝する。

　「もし私が、ある時間にみずから信じたごとく、人生において何事か卓越して意義のある仕事を為すべき人間であるならば、いかに戦火の洗礼を浴びようとも必ず死なないであろう。もし私が、そのような人間でないならば、戦争に落命することは大いにあり得るであろう。そして後者のような私の「生」を継続することは私自身にとって全然無意味なのであるから、いずれにせよ戦場を、「死」を恐れる必要は私にない……」（『神聖喜劇』第三部「運命の章」第二「十一月の夜の媾曳」）

ここで、「この戦争に死すべき」であることを一旦受け入れた主人公は、同じ「奇怪な思想」（非論理的ではあるが、その非条理の強度によって、戦時下の兵士の「思想」に鍛え上げられた）に従って、「その私は、いかなる戦火の中にあっても必ず死なない」、「この戦争を生き抜くべきである」へと変態を遂げる（「一匹の犬」から「一個の人間」へ、同第八部「終曲　出発」参照）。もっともそれは、「戦争」から「革命」への実践的な転回を、主人公に促すような性格のものではあり得なかった。何故なら東堂には、目と鼻の先の距離にある植民地支配下の「朝鮮人民」と「日本人民」の連帯のための実践的なプログラムがないからである。先に筆者が、『神聖喜劇』を本質的にドメスティックな作品と規定したのはこの意味においてである。

そうしたアプローチを迂回するように、作者は主人公の単独者としての内務班内での動態に読者を導いてゆく。重要なのは作者が、かの奇怪な性的儀式の後に、情人と再会する機会を主人公に与えなかったことである。「十一月の夜の媾曳」を通過した東堂は、この二度と会えぬ情人との「奇怪な儀式」によって、以後作品世界の中で女性を寄せつけぬ（「俗情との結託」の余地を与えぬ）特異な単独者となるのだ。『神聖喜劇』のエピローグは、次のようになっている。

「軍用発動機船日輪丸は、朝鮮海峡の平静な波を分けて、次第に第三中隊棹崎砲台に接近しつつあった。

　私の兵隊生活（ひいて私の戦後生活ないし人間生活）は、ほんとうには、むしろそれから始まったのであった。しかし、たとい総じてたしかにその胚胎が一期三カ月間の生活に存在したにしても、もはやそれは、新しい物語り、――我流虚無主義の我流揚棄、「私は、この戦争に死すべきである。」から「私は、この戦争を生き抜くべきである。」へ具体的な転心、「人間としての偸安と怯懦と卑屈と」にたいするいっそう本体的な把握、「一匹の犬」から「一個の人間」へ実践的な回生、……、そのような物事のため全力的な精進の物語り、――別の長い物語りでなければならない」（「終曲　出発」、第八部「永劫の章」）


　周知のように大西は、『死霊』を完成できずに逝った埴谷雄高とは違って、四半世紀を費やした『神聖喜劇』上梓の後にも、旺盛な作品活動を持続した作家であった。つまり彼は、東堂太郎のその後を語る「別の物語り」に手を染める余裕に恵まれていた。『地獄変相奏鳴曲』は、各章毎に苗字は違っているとはいえ、いずれも「太郎」を主人公とする戦後の物語であり、水村宏紀（『精神の氷点』）を前身とする東堂太郎の後身であると言えよう。ここでも複数の「太郎」たちは、「俗情との結託」を峻拒する倫理的な主体ではある。

　しかし、私たちはこの作品を、「戦争」から「革命」へという主題を担う、『神聖喜劇』の後日談としての「別の長い物語り」として受け入れることはできない。複数の「太郎」たちの人間的なスケールは、いずれも東堂太郎のそれに遠く及ばないからである。ことごとく彼らは、「戦争」という聖なるハレの時間から失墜し、「堕落」（坂口安吾的な意味で）した主体であり、あの絶海の孤島に隔離された東堂太郎の体現した小説的な強度を維持できはしないのである。「俗情との結託」を受け入れようとはしない「俗化した主体」、この矛盾を複数の「太郎」たちは戦後という〝穢土（えど）たる俗世〟で不器用に演ずるしかない。

例えば『神聖喜劇』には、「真空地帯」に風穴を開けるための、一つの仕掛けがあった。『神聖喜劇』は複雑な構造をもっており、特定の主題に収斂されるような作品ではない。しかし、そこで兵営内の「部落差別問題」（大西は「被差別部落」を何故か初出から一貫して「特殊部落」と表記する）に敢然と立ち向かう主人公の姿が――しかも被差別者との連帯によって「真空地帯」に風穴を開ける――物語的なハイライトになっていることは否定すべくもない。

だが、同じテーマにコミットする『地獄変相奏鳴曲』第二楽章「伝説の黄昏」の新城（しんじょう）太郎は、俗にまみれた「差別事件」の本質に、俗に即した「小さな物語」の枠組みの中でしか接近できない。これは「特殊ノ境涯」を逆手に取った『神聖喜劇』での東堂太郎の抵抗とは、およそ様相を異にしていると言わなければならない。むしろ私は、戦前の大阪を舞台とする野間宏の『青年の環』（全五巻、一九七〇年に完成）が、『真空地帯』で禁じ手にした問題への本格的なアプローチとして改めて注目されるべきであると思う。

国内の兵営、そこでの部落差別問題を突破口とした天皇の軍隊の制度的批判、こうした『神聖喜劇』の問題設定からは、『真空地帯』と『青年の環』という野間宏の二作品の超克という隠された動機が浮かび上がってくるのだが、ここは一旦『真空地帯』に戻らなければならない。先に触れた野間にとっての「禁じ手」の意味を検証するためにである。

陸軍刑務所から、二年の刑を終え仮釈放で原隊復帰した木谷利一郎は、上等兵から一等兵に降格されていた。彼の罪状は、枚方（ひらかた）の火薬庫で巡察の週番士官（将校）から財布を盗んだ窃盗の罪（実際には金入れを拾い現金を抜き取って捨てた）であった。木谷には入隊前にも、留置場に入れられた経験が何回かあった。

さらに事をややこしくしたのは、没収された私物の手帳に、「上官に対する兵隊にあるまじき言葉」が書き連ねられていたことである。小谷の抱いている考え（「反軍思想」）が、軍隊の神聖なる秩序を維持する上で、この上なく有害であるとされたのである。七歳で父を亡くし母は再婚、行く当てのなくなった木谷の保護者は、西成区の鶴見橋近くで帽子屋を営む兄夫婦であった。薄幸で母性に飢えた彼を暖かく迎えてくれたのは、飛田遊廓の花枝という女性で、財布を拾った木谷の出来心は、花枝に会いたさの一念から起こったのである。

陸軍刑務所帰りで外出もままならぬ木谷には、どうしても花枝に会って確かめねばならないことがあった。彼女の証言で、軍機密をみだりに漏らしたことを、軍法会議で検察官に追及されていたからである。

「木谷には自分を可愛がってくれたものは、彼が生れてから今日までの間にただこの花枝だけだという思い出がある」。それだけに、疑いと憎しみの度合いもより深まっていた。原隊復帰した時、彼を追いつめた事件の関係者は、すでにいなかった。木谷は自分を陥れた林中尉（財布の持ち主）の居場所を探し出し、打ち倒してやると決意するものの、実際には手の施しようもなく営内をうろつくのみだ。

帰隊した木谷の動静を絶えず気にする曾田三年兵は、人事係の助手として内務班事務室に出入りする大学出だが、彼は京都の大学を出ながら、幹部候補生を志願しないままの元中学教師で、いまも府の学務課の予算内から給料が出ている変わり種のインテリ兵である。

曾田は陣営倉庫にある犯罪情報の古い綴りを盗み見て、他の兵が知らない木谷の秘密を知る。木谷と曾田との間には、「打破ることのできない障壁」がそびえていて、だからこそ曾田は木谷を恐れ、「一体彼が何をしだすのかと圧倒され」る思いがあるのだ。木谷も曾田が自分の過去の秘密を知っているものと直感し（「曾田はん、あんた、このわしのことをきいて知ってはるやろな」）、他の兵卒にどの程度自分の過去が知れ渡っているのか、曾田に探りを入れる（「曾田はん、班でみんな俺のことをなんていうてま？」）。

作者と曾田との間には、兵営に関する認識のズレはない。木谷の存在は、「真空地帯」の突破口そのものであったのだ。大西はそれを、ないものねだりだと言うのである。野間宏は作品でこう語っている。

「たしかに兵営には空気がないのだ。それは強力な力によってとりさられている、いやそれは真空管というよりも、むしろ真空管をこさえあげるところだ。真空地帯だ。ひとはそのなかで、ある一定の自然と社会とをうばいとられて、ついには兵隊になる」(『真空地帯』)

「このような人工的な抽象的な社会を破壊するにはどういう方法があるかと考えて行ったとき、彼の頭にはっきり浮び上ってくるのはやはり木谷一等兵のことであった」(同)

左翼的な思想傾向をもつ曾田、「彼はちらと自分が陸軍刑務所にはいらなければならないかも知れないということを考えた」とあるが、作者の描く曾田一等兵は、木谷の醸し出す重苦しい雰囲気に比べ、飄々として軽く、およそ危険人物には見えない。彼は兵営内を「自由」に泳ぎ回っている印象が強く、時々めぐってくる公務による外出も、適度な息抜きになっている。軍法会議を「幼稚」なものと考える木谷は、その破廉恥な実態を骨身にしみ込ませているのだが、恐怖の権力に怯える曾田にその真意はなかなか伝わらず、二人の関係は、どこまでも非対称的にちぐはぐであるしかない。

刑務所帰りという他に、曾田が考えるような「かくさなければならない」何かを、木谷は持っているわけではなかったのだし、曾田の抱く「危険思想」は、木谷には元来無縁のものだったたからだ。人事係助手の役得で、曾田は「真空地帯」内の秘密情報を、いち早くキャッチできるポジションにあった。それとは逆にあらゆる情報から遮断されているのが、原隊復帰後の木谷四年兵である。隊内における将校たちの腐敗した勢力争い、内地組と外地組（野戦経験組）の二組の対立を背景に降りかかってきた災難のからくりを、彼は最後まで知ることができなかった。

4「半犯罪者」と「人間の歌」

ところで、この作品で野間宏が「俗情との結託」という罠に堕ちたのは、大西巨人の指摘した理由によってではなく、次の一節の致命的な曖昧さから来るものだった。「かくさなければならない」何かは、ここでも実体のないまま作品空間に浮遊する。

「彼（曾田——引用者）は木谷の家が西成の鶴見橋のどの辺りかをきいた。木谷は松通と梅通のどの辺からはいってどう曲って行くのかということを説明した。彼はもう曾田にそのようなことについては、かくそうとは思わなかった。彼はむしろいまはこの相手に自分の事件をすっかりつたえてしまいたい欲望にときどきつかれた。或いはこの曾田がもしも准尉の口から自分のことをきいているとすれば、それはじっさいとは全然ちがっているのだ。そしてそういう風にこの曾田は自分のことを思っているのだと考えると、木谷は自分の事件の内容をあらいざらいこの男に話して、知らせずにはいられない衝動にかられた」（『真空地帯』）

木谷が曾田に、「そのようなことについては、かくそうとは思わなかった」という、「そのようなこと」とは一体、何のことなのであろう。前後の文脈からして、それは「西成」、「鶴見橋」、「松通」、「梅通」という地名と関係のある木谷の出自と結びついた居住環境の秘密以外にないことになる。作品ではしかし、その何が秘匿すべき事柄なのかは遂に明らかにされはしない。木谷が曾田に告白したいのは、事件の真相、彼が金入れを林中尉の上着から抜き取って、現金を着服した上でそれを捨てたというのは事実に反するということである。

では、曾田に知られてもかまわない、「そのようなこと」とは何か。この思わせぶりには、差別問題に関わる作者の「俗情との結託」が、無意識のうちに作用してはいなかったか。「西成」と言えば大阪でも、在日系居住民の人口比率の圧倒的に高いエリアであり、また被差別部落（同和地区）も存在した。飛田遊廓は同区内にあり、またほど近くにある日雇い労働者の街、通称・釜ヶ崎には、現在国内最大規模のハローワーク、「あいりん労働福祉センター」もある。生活保護世帯の比率の高さでも、昨今話題になった地区である。吉村智博「かくれスポットおおさか案内③釜ヶ崎」（『部落解放』二〇一二年四月号）には以下の記述がある。

「そもそも釜ヶ崎の成立は、一九〇〇年代初頭に「職工」とよばれていた工場労働者が居住していたことにはじまるとみられる。農商務省という役所が刊行した一九〇三年の『燐寸職工事情』には、「燐寸工場の職工は概ね其近傍の貧民部落より通勤するものにして、遠国より来るものなし」と書かれてある。釜ヶ崎にも電光舎というマッチ工場が南北に走る紀州街道のちょうど東側にあり、その「職工」もまた同じく釜ヶ崎界隈から通勤していたと考えられるからである。実際、当時の釜ヶ崎の人口にしめる「職工」の割合は、二割五分から三割前後であった。ところが、日露戦後、近代に入ってたびたび繰り返されてきた大阪市内のスラム・クリアランスが本格化すると、その影響からすでに木賃宿営業許可地となっていた釜ヶ崎（町名でいうと西入船町・東入船町）に、多くの日雇い労働者が集まるようになった」

野間宏は「西成」という地名によって、木谷利一郎の出自を、「こうした社会の眼差しからは「貧民」「細民」という指標が生み出される」（同）場所に想定しているとも思えるが、実際に曾田が木谷の野戦行き決定を伝えに行った兄の家は、「南海沿線の萩之茶屋」にあった。ここは現在大阪市北区であるが、元は西成郡北野村の一部。「この辺りの街の中心は鶴見橋通だったが、通の飾窓も陳列台ももうほとんど品物がなくからっぽで、ただほこりをかぶって寒そうだった。店の多くは硝子戸をとざしていた。木谷の兄の帽子店も戸をしめていた」（『真空地帯』）。

「曾田は耳と眼をすませて、横の硝子をはめた障子戸の下からのぞいた。するとその小さい焼板でかこった庭一面にひろげてあるのは、ぼろの山だ。ぼろはまるで魚か牛のはらわたのように、さむそうにそこにのびている。右手の便所のところに一本つき出た松のくねった枝にも、長い昆布のようなぼろくずがひっかけてあった」（同）

あられもなくこれは、スラムないしは「貧民」「細民」の指標そのものではないのか。筆者はこうした意味ありげな仄めかし（慎重にその先に踏み込もうとはしない）を、「俗情との結託」と言うのである。

『真空地帯』の執筆された一九五〇年代当初にあっても、そのマージナル・エリアとしての有徴性は周知であったはずだ。応召前の大阪市役所勤務（部落更生事業に関わる）の体験を活かし、被差別部落問題に真正面から挑んだ『青年の環』（一九七一年に完結した全五巻のこの作品でも、主人公・矢花正行と大道出泉は非対象的関係にある。前者は部落更生事業の傍ら左翼運動にも打ち込み、後者は運動からの脱落者というコントラスト）の作家は、『真空地帯』の時点では、おそらくこうした環境に育った木谷の出生の秘密を、「そのようなこと」と漠然と指示するに止まったのではなかったか。

私が「俗情との結託」と言うのは、その有徴性をおびた問題の場所が、実際には「鶴見橋」界隈などではなく、ましてやさらにその南に位置する「松通」、「梅通」は、「在日集住地区」でも「同和地区」でもないにもかかわらず、作者が意味ありげにこれらの実際にある地名を明示した上で、「彼はもう曾田にそのようなことについては、かくそうとは思わなかった」と木谷に真情を吐露させた事を指してである。

それ以上には、「そのようなこと」の輪郭を絞り込まない作者は、ただ漠然と読者の「俗情」と「結託」しつつ、木谷の秘密を上塗りしていることになる。恐らく野間宏は、木谷の中隊内での孤立のリアリティの裏打ちとして、彼が入隊以前に社会的な被差別者であることを読者に匂わせたかったに違いない。だがそこでストレートに、それと分かる地名を挙げるなら、差別問題のタブーに触れることを作者は考慮せざるを得なかったであろう。「西成」はそのぎりぎりの表象であり、以下「鶴見橋」、「松通」、「梅通」といった実在地名は、つまりはダミーだったのである。片や軍隊内での職歴（例えば「穏亡（おんぼう）」という火葬にまつわる職種まで）からくる陰湿な差別の実相に、彼らの居住地区である北九州には実在しない、複数の虚構地名を配してアプローチする『神聖喜劇』は、この意味でより周到にできあがった「ワーク・オブ・フィクション」（大西巨人）だったと言えよう。少なくとも東堂太郎には、曾田のように作品上で解決できない問題を前に、意味ありげな漸近と後退を繰り返す「余裕」は与えられてはいなかった。

ともかく先の場面で、曾田・木谷の間の「打破ることのできない障壁」が、「そのようなこと」の相互了解によって、取り払われることはなかった。作品の終盤で木谷は、野戦送りの直前に成功の見込みのない脱走を企てる。それは茶番に等しく、直後に拘束された彼は、野戦行きの船上の人となる。曾田のいる「真空地帯」は、そこに残されたままだ。

「帰るつもりで来は来たものの
　夜毎に変るあだまくら　色でかためた遊女でも
　又格別の事もある　来て見りゃみれんで帰れない。」

前線に向かう船の上で、最後に眼をつむったまま木谷が歌う歌である。野間宏は、「木谷が総バッチを行なうところでは、半犯罪者であり兵隊である木谷が全員をなぐるのである。しかし木谷はこのときから犯罪者の面をぬぐいおとし兵隊となり、最後に軍隊の裏を徹底的に見抜くことによって人間になって行く。木谷が野戦行きの船のなかで歌うのは、人間の歌である」（「『真空地帯』の意味」）と語る。

木谷が「半犯罪者」から、「人間」への脱皮を首尾よく果たし得たかは議論の別れるところだろう。大西巨人の場合はどうか。この作家が、虚無主義に傾いた主人公に、曲がりなりにも「人間の歌」を歌わせたのは、作者自らが「連環体小説」（それぞれ独立の中篇小説が四つ連合して、一つの長篇小説を形成する）と呼ぶ全四楽章からなる『地獄変相奏鳴曲』においてである。[3]

その第一楽章「白日の序曲」は、主人公・税所太郎（二十九歳）と香坂瑞枝（十七歳）の間柄が、「「知人」から「結婚を目的とする恋愛」へ移行しようとしたころ」からはじまる。大西の読者にはすでにお馴染みの西海地方鏡山県の県庁所在地、人口三十五万の鏡山市で、税所は敗戦の翌春創刊された「全国商業雑誌」、『宇宙』の「編集を担当するかたわら、やがてぼつぼつ主に東京発行新聞雑誌類に小説および批評文を発表し始めていた」。そこに長兄と友人である税所の勧誘で、香坂瑞枝が『宇宙』の発行元「筑紫書房」に入社してくるのだ。

しかしこの主人公もまた、暗い過去を背負っていた。佐竹澄江という十五歳の少女を、またしても彼は好き放題にいたぶっていたのだ。「情愛もいたわりもない（陰惨な不毛の）欲情が、一個の弾力に乏しい無垢な未成熟の女体を荒荒しく突き破り、その短い時間に残忍なよろこびを嚙み締める、そういう歪な嫌悪の場景が、彼の脳裡に映し出される」。全く、やれやれである。

「そして〝この人生には、いかなる意味も目的もなく、また価値も規範もあり得ない。〟という「滑稽にして悲酸な」理論に取り憑かれ追い詰められた彼自身の応召直前における二十三歳の「痛ましい」影像が内側から敗戦後現在における彼を冷ややかなあざけりの眼で凝視している、と税所は自覚する」（『地獄変相奏鳴曲』）

主人公は、『精神の氷点』以来の虚無主義の「けちくさい物真似実行者」にして、半獣人である。比較して言うなら、野間宏の『顔の中の赤い月』の主人公・北山年夫も性欲を持て余し、「失った恋人の代理の恋人」として、「心の底からどうしても愛することのできない女を恋人にしていた」。しかし、野間のこの初期短篇には、『暗い絵』の作者に恥じぬだけの戦後文学としての格調があった。『神聖喜劇』以外の大西巨人の諸作では、概してそれが主人公（作者ではない）の独りよがりで減殺されている（同じ「鏡山」ものでも、主人公が老境に達した『二十一世紀前夜祭』、

『五里霧』などは例外だが）のである。

澄江というターゲットを見つけるまで、税所は売春婦でも水商売でもない家庭婦人から、ある不名誉な病気を移され、療治のため禁欲生活をしていた。その原因が、ほとんどまったく除去され晴れて解禁となるや、「彼の体内の塞き止められて澱んだ精液が、新たな捌け口を求めて沸騰」するのである。地方新聞社の雑用係だった澄江は、英語初歩の教えを彼に乞い、週に二、三回、彼の下宿に通ってくるようになった。


「彼は、官能の時間を無理強いに彼女に押しつけたのであって、彼女は、その意味をも目的をも理解することなく、そういう時間を事実上ただ忍耐するだけであったにちがいなかった」

（『地獄変相奏鳴曲』）


別の女に欲望の捌け口を見出した税所に、やがてとりつく島もなく捨てられた澄江は、海港都市の東端に位置する瀬戸の急潮に臨む断崖から身投げすると、死体は上がらないそうだという税所の言葉に忠実に投身自殺を図る。澄江の失踪直後、身辺が俄に慌ただしくなっても、動じる気配を見せなかった税所は、最後に辛うじてラスコーリニコフ的な回心にたどり着き、「人間の歌」を歌い始める。

それ以前の彼は、スタヴローギン（『悪霊』で十二歳の少女を犯し、自殺に追いやる）気取り——

そこにも「俗情との結託」が認められる——の薄情な虚無主義者に過ぎない。その彼に不意打ちのような啓示が訪れるのだ。

「陰鬱な静けさの底で、税所は、あたかも罪人の引き出されて審判の庭に立たせられたように、首を垂れて動かなかった。そのたいして長くはない時間に、彼の意識は、幾年前かの一時期に溯行し、ひとときそこに留滞してのち、ただちにふたたび現在にもどった。（略）／……過去の彼が、今日の彼を、今日の彼が、過去の彼を、容赦なく責め苛み切り刻み、存分に格闘し、どちらも疲れ果て、……〝澄江を死なせたのは、おれだったのだ。おれが、〝人生には、いかなる価値も規範もなく、どんな意味も目的もあり得ない。〟という個我的な独断にしがみついて、——『人民の敵たち』戦争屋どもとは反対方向に、——人間性を侮蔑し裏切ったのだ。人間不信と自己主義との極端に生きたのは、おれだったのだ。そして、現在のこのおれが、過去のそのおれと、違っているのか、変化しているのか。あれもこれもの責任を暗い時代現実の重圧に帰することは、まちがっている。そんなことを、おれは、おれ自身に、許すことができない。〟」（同）

この「人間の歌」は、戦争から帰還した税所が、虚無主義の「けち臭い物真似実行者」の仮面を脱ぎ捨て、コミュニストに転生してから後の内省である。そしてエピローグに、「この「瑞枝との愛」を、遂げなければならない。」と書き記す作者は、第二楽章「伝説の黄昏」にこの「人間の歌」を接続させる。

ここでは、先に触れた野間―大西を繋ぐ「部落差別問題」が前景化される。「部落解放運動の全国で最も伝統的に活潑な地方の一つである」鏡山県鏡山市で、新たな生活をスタートさせた日本人民党員の新城太郎・瑞枝の若夫婦が、オルグを通じてこの問題と関わるという設定である。川沿いの村での差別発言を発端に、被差別部落民が金をゆすったという風評を追い、実際に間に入って金を取ったのは、地域の有力者であることを突き止める主人公。

初出時のタイトル『黄金伝説』は、野間宏にも増す秋霜烈日の批判を加えた（「「真人間のかぶる」物ではない帽子・その他」）石川淳の名高い戦後の短篇小説と同名であった[4]。ここでの主人公・新城は、軍隊内での部落差別に敢然と立ち向かい、「地方」で傷害致死事件の犯人（未必の故意）となり、その前科を引きずって隊内での「剣鞘毀損・摩り替え事件」の犯人に擬せられた被差別部落出身者・冬木と人間的に連帯する東堂太郎の後身に成長している。付言すると、同第四楽章「閉幕の思想　あるいは娃重島情死行」で税所太郎は、上孤島要塞部隊の一員として、約三年二カ月を過ごしていたことになっており、如実に対馬要塞重砲兵連隊陸軍二等兵・東堂太郎の後身であることを裏付けている。

大西巨人はライフワーク『神聖喜劇』において、木谷的無頼肌をあらゆる意味で止揚した大前田文七という内務班長（陸軍軍曹）を造型、曾田―木谷の非対称性が、ここでは大前田を畏怖する東堂との非対称性によって、よりダイナミックな兵営内の人間関係に発展する。物語の終局で生起する自暴自棄の脱走劇という物語的共通要素などからも、大前田が木谷利一郎のカウンター・パートであることは明瞭である。だが私たちは、二人の作家をこれ以上、「俗情との結託」といった問題機構（プロブレマティック）に沿って比較すべきではあるまい。

より本格的な比較作家論を試みるには、『神聖喜劇』と『青年の環』という、戦後文学の極北に位置する両作品に即して語るのが、批評的常道というものであろう。紙数八百枚の『真空地帯』に比して、五千枚を超える『神聖喜劇』が圧巻の印象を与えるのは当然として、東堂太郎のカウンター・パートに『青年の環』（ボリュームでは『神聖喜劇』を圧する）の矢花正行を改めて置き直し、両者の部落差別問題へのアプローチを比較検討すること。戦後文学の終焉を云々するには、その検証作業を不可欠とするだろう。

だがそれ以前の問題として、大西巨人の偏執的なこだわりにもかかわらず、言文一致運動という「俗語革命」を経た『浮雲』（二葉亭四迷）以後の日本の近代小説が、「俗情との結託」なしに延命できたかと言えば極めて怪しいのである。

例えば渡部直己は、『日本近代文学と〈差別〉』の序文で、「「俗情との結託」こそ、「物語」の欲望そのものに不可避な属性」であることを認める。また、かつて舟橋聖一は「徳田秋聲論」でこう述べている。「秋聲氏の文學の光輝は、この四十五年の間、一管の筆に身を託し、あらゆる塵埃の立ち迷ふ小說世界の濛々たる俗情の中に、腰を据ゑつづけた恐るべき勇氣から、發散するところのものである」。
「俗情」の排除が、少なくとも秋聲的な小説世界（徹底的に世俗的かつ極私的（ミニマム）な）を成立させる妨げになることを示唆しているわけだ。あるいは、農家の軒端に梅花を見た「よろこび」が、そのまま戦後日本への呪詛に変じる「葛飾土産」の永井荷風の「俗情」について、中村光夫は次のように語った。

「しかしこの一輪の梅花を見ても、之を歴史化し人間化しなければやまぬ彼の俗情の烈（はげ）しさが、彼の長い作家的生命の保証であるので、人間の世界に興味を失った小説家というのは言葉の矛盾にすぎません」（『志賀直哉論』）

中村はここで、「俗情」を排除した戦後の志賀直哉の「文化否定論」が、およそ小説家の振る舞いとかけ離れてしまったことを痛烈に批判し、「荷風が骨の髄まで小説家であると同じ意味で、志賀直哉はまさに根本の資性において小説家ではない」と語っているのだ。

改めて言うまでもなく、言文一致運動とは、俗なる日常世界に密着した「近代小説」の起動要請に基づく、文体変革（＝文体創造）運動であった。またそこから日本的に純化された「純文学」という概念にしても、必ずしも「俗情」を排除した真空・無菌状態にある文学を意味するわけではなかったはずだ。

だから概念規定を曖昧にしたまま、主人公の作中での行為なり思考に、無闇にこの言葉を当てはめてゆくのは無謀と言う他ない。否確かに敗戦後の混乱が収束するにつれて、「純文学」は著しく変質し、それとともに「俗情との結託」は、なし崩し的に進行したであろう。

大西巨人・野間宏という左翼両雄による、激しい論争が交わされた戦後間もない時期に、「巨大な政治権力に対する抵抗の系譜」（江藤淳）としてあったはずの戦後文学が、およそ別の軌道を描きはじめたことも疑いない。

国際共産主義運動の混迷からくる日本共産党の分裂騒動が、そこに少なからず関与していたのも事実で、仮にこの日共五十年問題がなければ、大西－野間論争もあれほど激しく、また感情的に屈折したものにはならなかっただろう。それだけに、革命を標榜する前衛政党の権威が失墜すれば、「俗情との結託」を告発する根拠（「文学と革命」という問題機構）そのものも失われるしかない。

脱－政治化の時代の指標でもある「俗情との結託」を、埴谷雄高は「戦後文学の党派性」という陳腐なイデオロギーによって隠蔽したかに見える。あるいは日本の戦後文学は、三島由紀夫と吉本隆明という、「俗情との結託」を物語的に生き、そして死んだ左右両極の反面教師をもっている。

あらゆる冒険的行為の不可能を、ポスト戦後（「戦争」と「革命」の理念が拡散する脱－政治化の時代）の終わりなき日常の開始として鮮やかに告知し、なおかつそれを拒否した『鏡子の家』の三島由紀夫は、その作品意図への無理解に絶望した挙げ句、虚弱な肉体の改造に始まる自己顕示的な「俗情との結託」に活路を求めた。

その過剰な自己演出のために、後戻りの出来なくなった反動として、三島は「人間天皇」と「戦後日本」を呪詛する『英霊の聲』の方に舵を切り、遂には「楯の会」というブリキの「私兵」を率いて蹶起、割腹自殺事件を引き起こすに至る。

一方の吉本隆明は六〇年代以降、これは真正「左翼」ではない、これは真の「前衛」政党ではないという「革命の否定神学」を振りかざしつつ、「戦後民主主義」神話の欺瞞性を暴き、若き観念左翼たちの革命幻想を煽り立てる無敵の商業左翼になった。その過激なパフォーマンスを一皮めくると、「人間宣言」によって現人神(あらひとがみ)神話を自己否定した昭和天皇への、三島由紀夫の叛逆と同一の精神構造が露呈する。聖なるものの転落にかかわる、戦中派の過剰防衛反応の両極端な現れとして。

三島亡き後、戦後思想の勝利者となった吉本は、八〇年代に入ると、サブカルチャーの批評的な後追いに方向転換を図る。そして六八年世代のバイブル『共同幻想論』の著者が、現代資本主義批判の観点を放棄し、あられもなく「俗情」と「結託」した結果として成ったのが、『マス・イメージ論』(一九八四年)という記念碑的な作品である。厳密にここで三島由紀夫が一九七〇年に演じた悲劇は、戦中派の過激な精神のリミットを印した喜劇(ファルス)に反転したのである。

しかもそれは、吉本自身の過去の言説の自己否定であり、御都合主義的な時代状況への迎合でしかなかった。一九六〇年前後の花田清輝との激しい論戦の折りに、「大衆のエネルギー」をアヴァンギャルド芸術の糧にしようとした論敵の「俗情との結託」を罵倒（「不許芸人入山門」、『異端と正系』）、芸術の大衆化に真っ向から異を唱えた吉本は、ここでベクトルの向きを鮮やかに反転させていたのである。オウム・サリン事件や原発問題に関して、さらに不可解な言説を残した吉本隆明の思想的退場の後には、さて何が残されているだろう。

いま私たちの周囲には、制作動機から「俗情」を差し引いたら、後に何も残らないような不毛で退屈な作品が溢れかえっている。巨人ならぬ、無数の小人たちによるライトノベルの蔓延。言うまでもなく私たちは、かつて大西巨人が一時的に敵対した同志・野間宏に差し向けた言葉によって、現代の作者を、同時代の文学を、批判することなど無意味な時代に生きている。

しかしかつて彼らが、「戦後文学の党派性」などといったスモール・ポリティクスを超えて、「文学と革命の基本問題」について真剣に論争していた事実を見逃すわけにはいかない。それは、「近代文学の終り」（柄谷行人）によって、文学が「永久革命の中にある社会の主体性（主観性）」（サルトル）に関わっていた〝偉大な時代〟が永遠に過ぎ去った今だからこそ、歴史的に再確認しておかなければならないことなのだ。

私は大西巨人の文学者としての虔ましい気高さを尊敬していた。しかし3・11以後、最後の戦後文学者・大西巨人の無謬神話も、予想だにしなかった形で崩れ去ってしまった。あろうことか彼は、震災と連動した福島原発事故を決定的な契機として、それまでの立場をかなぐり捨て、

「原発賛成」に転じたのである。以下、「原子力発電に思うこと」[5]と題されたエッセイの全文を引用する。

「このたびの東日本大震災で、結果として、私の知人たちがおおむね無事であったことは、ひとまず喜ばしい現象であった。それに引きつづき、福島第一原発における重大な事故が発生しており、原子力発電の是非が論じられているけれども、これについては、なお慎重な議論が必要であると私は思う。

これまで私は、原子力発電に反対するものであったが、このたびの天変を経験することによって、賛成の立場に転じた。即ち現在の私は、たとえば吉本隆明が従来原子力発電に賛成であったのと同じく——あるいはより強く——原子力発電に対して賛意を抱いているのである。福島第一原発の異変は、地震及び津波という天災によって招来せられた。仮にその関係が実は逆であり、今回の天災が原子力発電の結果として惹き起こされたものであることが証明せられたとするならば、私の反対の考えはなお一層強まるであろう」

さらに大西巨人は、意味不明に近い次のような言葉でこの短文を締めくくる。

「原子力発電が人類にもたらす災厄は、いっそ不可避的な結実である。その現実的な発生を目の当たりにしない限りは、人類は原子力発電の実相を知り得なかったであろう。人類は、原発事故という不可避的な事態を経ることによって、新たなる次元へと進み得るかもしれぬと私は考える。

言うまでもなく、それは多くの人々にとって現象的・物理的には極めて悲惨な状況となるであろう。しかしながら、その望ましからぬ未来のありようもまた、人類にとって必然の一局面たらざるを得ないと私は考えるのである」

私たちはここから、大西の発言の真意や、その形而上学的な背景をあれこれ穿鑿すべきではない。ここに認められるのは、いかにもこの作家らしく一定の格調だけは崩さない、しかし紛れもない「俗情との結託」への致命的な転落の痕跡である。「戦後文学」の理念は、大西のこの一文によって最終的に葬り去られたと言っても過言ではない。

今回の原発事故にはるかに先立つ七十年前の敗戦における「極めて悲惨な状況」を、運命ではなく、戦後に生き延びた人間が背負うべき理念上の十字架として引き受け、それを「永久革命の主体性」の根拠としたのが、可能性としての戦後文学ではなかっただろうか。

大西の語る「未来の他者」は、果たしてその「望ましからぬ未来」を、人類にとっての必然とするこの虔ましからざる態度を、容認してくれるであろうか。

第四章

柄谷行人と可能なるコミュニズム——世界共和国への途

1 柄谷行人とは誰か

東京大学経済学部卒業後、同大学院で英文学を修めた柄谷行人は、一九六〇年代末に夏目漱石論で群像新人文学賞（評論部門）を受賞。その後、『マルクスその可能性の中心』では、古典派経済学を超克するマルクス価値形態論（『資本論』）の独自性（資本制経済にあって人間は主体ではなく、貨幣こそ商品の創出した主権者のように振る舞うことの逆説）を、文芸批評の言葉で咀嚼し、小林秀雄いらいの日本近代批評に新地平を切り拓いた。

柄谷は文芸批評プロパーの作家論、作品論の枠を超え、構造主義以降の思想潮流にも対応、文学に止まらず七〇年代以降の思想動向に大きな影響を与え続けてきた。社会的実践では、湾岸戦争に際しては文学者の戦争反対署名を主導、福島原発事故の後には脱原発デモにも参加している(1)。『日本近代文学の起源』、近著『世界史の構造』など、英訳をはじめとする翻訳文献も多数を数え、その活動は「文学」から「哲学」の分野へと拡張、二〇〇四年に「近代文学の終り」を告知して後は、さらに活動の範囲を広げ、「現代思想」の退潮著しい中にあって、ポスト冷戦の思想家として海外での評価も高い。中国、台湾、韓国などアジアにとどまらず、柄谷の翻訳文献をめぐる評価は、欧米から中東トルコ、南米にまで波及している。

「可能なるコミュニズム」への指向を鮮明にする柄谷は『世界共和国へ――資本＝ネーション＝

国家を超えて』（二〇〇六年）では、カントの「永遠平和」の理念を元に、資本＝ネーション＝国家の歴史的超克の道筋を示した。現代を「新帝国主義」段階とするその歴史認識は、『世界史の構造』（二〇一〇年）、さらに『帝国の構造』（二〇一四年）に至る持続的な思考によってより鮮明になりつつある。

また、３・11ショックを挟んで、『世界史の構造』の後に『哲学の起源』、二つの柳田国男論（『柳田国男論』、『遊動論――柳田国男と山人』）を刊行、停滞を全く感じさせぬその旺盛な活動は、改めて彼が東西冷戦の終結と３・11以後を同時に射程に入れた思想家であることを強く印象づける。現下の歴史認識問題にもコミットする彼は、尖閣諸島問題が加熱化する以前から、歴史の反復周期説に基づき、二〇一四年が日清戦争から百二十年の節目に当たること、したがって現下の日中問題は、この時点に遡って捉え直すべきであると語っていた。

このパースペクティヴは、日清戦争の原因となった朝鮮半島問題も含む極東情勢を、ポツダム体制、サンフランシスコ条約以前の近代の起源に遡って再考することを促す。そのための条件とは、「帝国の構造」を「視差」的に理解することに他ならない。「世界共和国」（カント）への道を、粘り強く模索し続ける彼は、単線的な歴史の流れを括弧にくくったときに視えてくる「世界史の構造」を、そのような眼差しと語りによって、多様にかつ反復的に重ね描(が)きする。

例えばそれは、「世界史の哲学」によって、歴史的な過去―現在―未来を一望の下に透視することではない。柄谷行人の「視差(パララックス)」（カント）的なパースペクティヴによって照らし出されるのは、常に不透過な影や非対称性によって際立つ複数の対象であり、機能的な概念装置に還元できない「構造」なのである。

そもそも彼は、「夏目漱石論」の昔から、「私」の同一性とその危機の問題（『坑夫』）にいち早く注目してきた。この「私は私であるか」という、「私」の非連続性をめぐるイギリス経験論に基づく懐疑主義の哲学者ヒュームの問いを、カント的なアンチノミー（「倫理的な位相」と「存在論的な位相」）によって、あるいは「対象としての私」（「外側からみた他者としての「私」」）と、「対象化しえない「私」」（「内側からみた「私」」）の分裂を、「視差」的に対象化した哲学的批評家だったのだ。

こうした二重構造、非対称的に分裂した主体＝「私」の発見とは、とりもなおさずテキストの不透過な影を捉え、作品内部では解決できない「謎」を抱え込んだ漱石的な主人公と作者の関係を明晰に洗い出すことを意味していた。個々の意志を超えた諸関係の構造と、他方それには還元できない実存の位相を分裂的に抱え込む作者を、このアポリアから救い出すこと。この初期柄谷から一貫して認められる分析的な眼差しが、まさに「視差」的だったのである。例えばそれは、つねに主体が向かうべき終着点を、目的論的に把握した上で、すべてを事後的に結果から捉える、ヘーゲルの透過性を保証された弁証法を批判する、キルケゴール（マルクス、カント、フロイトに次いで柄谷の理論形成に大きな意味をもった哲学者）の主体の生成過程に踏み込んだ思考方法を彷彿とさせる。

数学基礎論から現象学、言語論にまで射程を広げた「言語・数・貨幣」（『内省と遡行』）といった非文学的テキストにおいても、柄谷は「解消しえない「不均衡」」という視点を手放さなかった。『トランスクリティーク――カントとマルクス』（二〇〇一年）の時点では、ヘーゲルの「主人と奴隷の弁証法」における二者の本質的対称性（ロマン主義的透過性）は、カントの「批判」を媒介に非対称性（不透過性）の方にやはり撃ち返されたのであり、資本制経済の揚棄をめぐる「主人と奴隷の弁証法」（資本家と労働者に擬せられる）は、「商品」―「貨幣」の非対称性の問題として捉え直されることになった。

ただ、理論的洗練の度合いは別にして、商品―貨幣に内在する本質的な危機（「労働力商品」というパラドックス）、あるいは揚棄しえない非対称的な関係があるからこそ、商品「交換」はその都度「命懸けの飛躍」（マルクス）としてあるという認識自体は、『マルクスその可能性の中心』（一九七八年）に遡ることも可能である。産業資本を自己再生的なシステム（賃金労働者は自らの生産物を消費者として買い戻す）として起動させる「労働力商品」は、それを本質的に限界づけるアポリア(2)でもあった。透明性に還元できない、資本制経済の自己矛盾を印した特異な「自然」＝「労働力商品」の本質への直覚は、すでにそこに明瞭な痕跡を残していたのである。

一九八九年を節目に、あるいは3・11を決定的な転換点として変成し続ける柄谷行人は、その都度思想的な台座を変更してきたわけでは些かもない。ただそこに、時代に正対する思想家のみに可能な、更新と飛躍（最も本質的な「態度変更」）が認められるだけである。

「生産様式」から「交換様式」への視点転換について言うなら、七〇年代以降ボードリヤールから吉本隆明までを巻き込んだ[3]、生産中心主義（革命思想的には生産点一局主義）から「消費」システムへの視点の移動などとはおよそ異なる「態度変更」だったと言うべきであろう。否、柄谷行人は一度として、生産中心主義的なマルクス主義経済学にかぶれたことさえなかっただろう。

先に触れた八〇年代前半の「言語・数・貨幣」でも柄谷は、「マルクスがもたらしたのは、生産（製作）によって歴史をみる視点なのではなく（それはむしろヘーゲルである）、差異化として歴史をみる視点だというべきである」と述べている。マルクス的な「視差」の発見である。かくして三十年後に私たちは、二十一世紀の思想として、「交換システム」と結びついた「帝国の構造」についての柄谷の原理的な考察を垣間見ることになるのである。

「帝国」は世界システムが、「交換様式B」（略奪と再分配）が支配的であるような段階にあり、「交換様式C」（商品交換）が支配的な世界＝経済の段階ではあり得ない。ところで、『帝国の構造』の第四章は「東アジアの帝国」であり、第七章は「亜周辺としての日本」となっている。非西欧圏からローマ帝国を捉え返したように、ヨーロッパ中心史観と一線を画す柄谷は、帝国とその周辺および亜周辺の関係を、アジアの古代帝国から改めて考察する。

例えば古代中国には、老子、孔子のような自ら範例を示しつつ、実践的に他者に道を諭す預言者がいた。彼らを含む春秋戦国時代の諸子百家は、その後「秦帝国」の原理とも言える「思想」の提供者となった。著者によれば、預言者は氏族社会の伝統的交換様式である互酬原理（「交換様式A」=贈与と返礼）の超克を促す普遍思想を、古代帝国にもたらしたのである。

私見では、東アジアにおける帝国の「亜周辺」にあって、原理的な思考を育む必然に乏しかった日本では、思想とは先進文明のキャッチアップのための方法であり、オリジナルと見える土俗宗教にさえ必ず外部の起源=「本地（ほんじ）」があった。さらにこの国には、帝国の「周辺」国家であった朝鮮が、科挙制度や儒教を中国から本格導入したような事態は起こらなかった。柄谷行人はそれらの制度を選択的に導入し得たことを、「亜周辺」に位置したことの結果であったと語る。そこから生まれたのが、律令制国家という、天皇を戴く亜「帝国」ではなかったか。

例えばそれは、「日出処の天子」が「日没処の天子」に親書を送るという倒錯的な自己認識の延長上にあったのだ。さて、日清戦争の勝利で清帝国滅亡の引き金を弾いた日本は、その後西欧近代の超越の野望を秘めた「帝国主義」に、破滅的に突き進むことになる。柄谷行人が『世界史の構造』以降、『帝国の構造』に至る過程で鮮やかに示したのは、資本―ネーション―国家のくびきを断つ、新たな「交換様式D」（「交換様式A」の高次元での回復であり、資本主義社会の後に来るような「未来社会の原理」）に基づいた「世界共和国」（カント）への展望である。おそらくそれは、一九八九年以降とも言うべき、ポスト冷戦期の普遍思想として、再検討されるべき重要な「預言」であろう。

柄谷行人がそうした次元とは別に、身近な「政治」を語る言葉の所有者でもあることは銘記されてよいことだ。例えば一九七〇年代に、連合赤軍事件を受け止めた柄谷は、マクベス論「意味という病」で〝憑かれた人々〟の病巣の根源に触れた。その一方で彼には、より直接的に政治を語る言葉の持ち合わせもあった。『柄谷行人　政治を語る』（二〇一二年、以下『政治を語る』）は、戦後史上最大の政治闘争「六〇年安保」の年に、十九歳の東大生だった柄谷行人の現在に至る思考の歩みを、時代を追ってたどれる構成になっている。

批評家としての位置取りで、柄谷に特徴的なのは、「日本」を背負わず、文学や思想を語るのに「近代」、「昭和」、「戦後」といった従来の思考の枠組みから、限りなく自由だったことだ。これは世代的な特権ではなく、普遍的な認識のスタイルがもたらす問題である。

その意味で柄谷行人は、「ポスト・モダン」という八〇年代的なパラダイムの内部で、一見ラディカルにテキストと戯れていた人々などより、はるかに実践的な批評家だったのだ。フランス現代思想が牽引した「ポスト・モダン」ブームは、東西冷戦下の時代における思想的なアパシーを背景に、テキストの斬新な読み替えによって、不動の世界を揺さぶることが可能であるかのような幻影を招き寄せた。

だが冷戦の終結以降、湾岸戦争、9・11テロ、イラク戦争とうち続く事態のなかで、急速にそのラディカリズムはリアリティを喪失する。そうした「現代思想」の息の根を止めるかのように柄谷は、「近代文学の終り」（二〇〇四年）では、サルトル的「永久革命」の理念の時効を告知している。『政治を語る』では、そこから改めて国家を問い直し、何より「国家は他の国家に対して存在する」という事実を強調する。

これは、自明の理などではない。むしろ、国家をその内部から論じてきた、戦後思想家やマルクス主義者による国家論の盲点を突いていたのだ。また、労働組合、宗教組織をはじめとする戦後日本の「中間勢力」の総保守化を招いた、九〇年代以降の「新自由主義」の台頭に対し、柄谷は対抗的な運動の展望を語ってもいる。

その独自な情勢判断は、時代が推移すれば、「もうその時の言葉ではやれない」（同）という危機感と、批評的なフットワークに常に支えられていた。ここに柄谷行人の「態度変更」の「現在」性があると言えよう。

2 震災後の思考転回

『「世界史の構造」を読む』（二〇一一年）で柄谷は、「世界同時革命」を志向する自著を、震災を挟んだ一年後の視点から読み直し、上書きしている。これは『世界史の構造』の内容が、震災後の状況と整合しないために行われた軌道修正ではない。完成度としては瑕瑾（かきん）のない『世界史の構造』は、「世界史の現在」との緊張関係によって、絶え間なく裁ち直され、その都度生成し続ける終わりなきテキストなのだ。

問題は、『世界共和国へ』（二〇〇六年）いらい何度も提示されてきた四つの交換様式（それらは唯物史観に基づく歴史の発展段階説とは異なり、各時代における支配的な「交換様式」の分類であり、社会構成体はこれらの交換様式の結合体としてある）、すなわちA＝「互酬」（贈与と返礼）、B＝「略奪と再分配」（支配と保護）、C＝「商品交換」（『資本論』が対象とした貨幣と商品）、D＝「X」となるが、問題は最後のD（＝X）の現前にかかわっている。

歴史的にそれは、キリスト教など「普遍宗教」を通して短期間現れたとされ、あるいは狩猟採集の「遊動性」社会にあった交換様式Aの「高次元での回復」（＝「未来社会の原理」）であることが示唆される。また、来るべき「世界共和国」（カント）のヴィジョンと重ねて語られてもきた。さらにはそこに、**NAM**（**New Associationist Movement**）の原理にもとづく、アソシエーションの新たな可能性（＝「可能なるコミュニズム」）が投影されてもいたのである。(4)

だがここでは改めて、「交換様式Dは想像的なものであり、実在するとしても短期間で局所的である」（『世界史の構造』梗概」）と述べられている。ただそれは、歴史的な一過性の問題ではなく、幾度も反復される。普遍宗教の始祖に還れという、千年王国や異端宗教の形をとって。一方で、交換様式Cの浸透により解体された共同体（「交換様式A」に基づく）は、互酬性に根ざす「ネーションとして想像的に回復」（「帝国主義と新自由主義」、同書所収）されるのだと。

「ネーション」は、ベネディクト・アンダーソン（『想像の共同体』）の言うように、一八世紀の啓蒙主義によって衰退した「宗教」の代補なのではなく、厳密には衰退した「共同体の代補」なのだと柄谷はここで語っている。

「その後、宗教は個人の宗教としては残りますが、共同体のこうした時間性を回復するものではありえない。ところが、それを想像的に回復するのがネーションなのです。したがって、「国民」とは、現にいる者たちだけでなく、過去と未来の成員を含むものです。ナショナリズムが過去と未来にこだわるのはそのためです。それは、先祖と子孫との間に互酬性を回復し、永遠の時間を想像させるものです。

このように、ネーションは、伝統的な共同体が壊れたあとに、それをカバーするかたちで成立する。交換様式Aの回復です」(『「世界史の構造」を読む』)

ところで、解体した共同体(「交換様式A」)のネーションとしての想像的回復は、現れとしては「抑圧されたものの回帰」(フロイト)なのだが、それは直ちに「交換様式D」の出現を意味しはしない。互酬性は、特定のネーション以外の他者を排除するものでしかないからだ。ただネーションは、国家と市場経済という異なる交換原理を想像的に綜合するのだ。「世界共和国」の実現が、世界同時革命を不可避とする必然がここにある。

改めて確認しておこう。「世界同時革命」の理論的根拠は、カント的な「永遠平和」が、一国単位では無意味であり、実現不可能であるからだが、『世界史の構造』では、国連の変革を必須の前提とする「世界共和国」(「カントは永遠平和への道筋を、世界国家ではなく、諸国家連邦に見出した」柄谷)の実現——それは決してたどり着けない未来を意味しはしない——が、国家の軍事的な主権の「放棄」よりもさらに積極的な、そしておそらく創造的な「贈与」によってこそ可能になることが明記されている。

「カントがいう意味での諸国家連邦はむろん、部族連合体とは異なる。前者の基盤には発達したグローバルな世界＝経済がある。すなわち、交換様式Cの一般化がある。だが、諸国家連邦とは、いわば、その上に交換様式Aを回復することである。われわれはこれまで、このことを一国単位で考えてきた。しかし、何度もいったように、それは一国だけでは実現できない。それは諸国家の関係のなかで実現されることによって、いいかえれば、新たな世界システムを創設することによってのみ実現される。それは旧来の世界システム、〝世界＝帝国〟や〝世界＝経済〟（近代世界システム）を越えるものである。[5] それが〝世界共和国〟にほかならない。それはいわば、〝ミニ世界システム〟を高次元で回復することである」（『世界史の構造』第4部第2章「世界共和国へ」）

ここから柄谷行人の思考は、交換様式D（遊動性社会の互酬性、贈与と返礼の交換様式Aの高次元での回復）の実現に向けて、より実践的な回路の模索をめぐってなされる。

「われわれは先に、互酬的な原理の高次元での回復を消費＝生産協同組合に見てきた。今や、それを諸国家間の関係のなかで見るべきである。諸国家連邦を新たな世界システムとして形成する原理は、贈与の互酬性である。これはこれまでの「海外援助」と似て非なるものだ。たとえば、このとき贈与されるのは、生産物よりもむしろ、生産のための技術知識（知的所有）である。さらに、相手を威嚇してきた兵器の自発的放棄も、贈与に数えられる。このような贈与は、先進国における資本と国家の基盤を放棄するものである」（同）

柄谷行人が、日本国憲法第九条を普遍的な理念として宣揚するのは、この局面においてである。では、「普遍宗教」を通してあらわれる「交換様式D」の問題は、そこにどうリンクしてくるのか。「震災後に読む『世界史の構造』」（『「世界史の構造」を読む』第一部）で、柄谷行人は次のような「補足」を行っている。

近代の「帝国主義」と区別された「帝国」への対抗原理でもあった「普遍宗教」は、やがて帝国の「国教」として取り込まれ、「確立されるとともに堕落する」。柄谷は帝国の「世界宗教」と「普遍宗教」を区別してきたのだが、後者にかかわる「交換様式D」は、あくまで「想像的なものであり、実在するとしても短期間で局所的である」ほかはないのだ。

ところでここに、ある転回がもたらされる。「帝国」とは異質な、「神の国」（アウグスティヌス）を媒介にして。ローマ帝国の滅亡後に立ち現れた「神の国」のヴィジョンとは、「いわばポリス連邦のようなもの」で、どうやらそれが、「世界共和国」をめぐる思考の重要な媒介項になるらしい。柄谷はそこでこう語っている。

「私の考えでは、このようなポリス連邦としての「国」の原型は、イオニアのタレスが構想した、ポリス連邦にあります。彼は帝国に対抗して、ポリスの連合体を形成しようとしたのですが、失敗に終り、その結果、イオニア諸都市は没落しました。その後に、アテネがペルシアとの戦争を通してその地位を高めて、デロス同盟の盟主となったけれども、それはポリス連邦とはほど遠い「帝国主義」的なものでした。その結果、スパルタを中心とした他のポリスの抵抗を受け、それがペロポネソス戦争になったのです」（「震災後に読む『世界史の構造』」）

するとヨーロッパの歴史的起源には、ギリシア―ローマの伝統があるという紋切り型が、何ものかを隠蔽していることは確からしく思われる。

「その後も、ギリシアの諸都市はポリス連邦を形成することができないまま、マケドニアのアレクサンダー大王による帝国に征服され、たんなる行政区域に転落してしまった。この帝国を受け継いだのがローマ帝国であり、そして、それを盗賊団として批判したのが、アウグスティヌスの『神の国』である。このように見ると、カントの「永遠平和」のための構想が、世界政府（帝国）ではなく諸国家連邦として考えられたことが、たんなる思いつきではないということ

とが納得できると思います」（同）

3「哲学の起源」としてのイオニア

言うまでもなく柄谷行人は、そのようにして抹殺されたイオニアの「ポリス連邦」に、「宗教という形態をとらずにあらわれる」交換様式Dの歴史的痕跡を探っているのである。そのヒントは、イオニアの「自然哲学」と、「イソノミア」と呼ばれる特異なポリスの原理にあった。その後に刊行された『哲学の起源』（二〇一二年）は、一口にこのイオニアの哲学と、無支配の交換様式Dに基づく「イソノミア」が、いかにギリシアの哲学と、ポリスのデモクラシーによって隠蔽され、圧殺されたかをめぐる新たな考察であった。

『世界史の構造』第2部第3章「世界帝国」には、その前哨とも言える、ギリシア人の植民したイオニアについての記述があり、自然哲学者タレスや歴史家ヘロドトスを生んだ、「イソノミア」（同等者支配＝無支配）の政治風土が素描されている。

『「世界史の構造」を読む』所収の「哲学の起源」では、さらに自由と平等とが相矛盾するデモクラシー（アテネでも近代民主主義でも）に対して、「各人が自由であるがゆえに平等である」イソノミアを焦点化し、ギリシア本土からの移民によって形成されたその「都市国家」（ポリス）の原理が、アテネ、スパルタのデモクラシーとの比較で具体的に語られている。

氏族社会の伝統を色濃く残した、後者の農民＝戦士的な文化では、移動性（自由）とそれがもたらす平等の与件が、歴史的に欠如していたのである。イソノミアの原理を育んだものは、移動性のある植民者の手によるポリスの政治風土で、ここにアジア全域の交通の結節点として、文字、通貨のほか、様々な文化が綜合的に花開いた。

例えばホメロス、ヘシオドスなど、ギリシアに固有とされる文化が、実はここで生まれたことを柄谷は強調する。それで思い起こされるのは、フランクフルト学派の両雄ホルクハイマー／アドルノが、亡命先のアメリカで書いた西欧文明批判『啓蒙の弁証法』である。彼らはそこで、イオニア人（ホメロス）が、「自らの上にもたらす宿命を描いてみせたという点において、古今のスパルタ人たちよりも予言者としては優れていることを示している」とし、詭計に富む仲介者（オデュッセウス）の語りを賞賛している。

彼らはまた、この「イオニアの叙事詩」を非難する「文化ファシスト」が、その記述の中にデモクラティックな臭いをかぎつけ、それを「船乗りや商人たちのものというレッテルを貼り付ける」と語る。この脱‐共同体的な移動性に支えられて、オデュッセウスは、[6]「理性と狡智が神話にフェイントをかけた」（ベンヤミン）、詭計性に富む仲介者となるのだ。

柄谷行人はまた、イオニアにおける「たえまない植民活動」が生んだイソノミアから、ハンナ・アレントを参照に、一八世紀アメリカの移民・植民者による「タウン」の形成、それら移動性のある独立自営農民によって形成された、「タウンシップ」の社会原理にも注目する。

問われているのは、独立革命後のデモクラシー(多数者の支配)以前にあったプロト・タイプ、交換様式Dの歴史的痕跡とその条件であった。しかし、「タウンシップ」もまた、フロンティアの消滅に象徴される植民者の定住化、移動性の喪失によって有名無実のものになってゆく。つまりそれもまた、「短期間で局所的である」しかない。

ところで、「哲学の起源」に関して、プラトンやアリストテレスの「哲学」が、後にキリスト教神学にとって不可欠なものとなり、その結果イオニアの自然哲学に由来する思想を長期間、封じ込めることになったことは、歴史的に実に意味深長である。ありていに言えば、西欧的なるものの起源の歴史的捏造がそこに認められるからだ。柄谷行人はそれが復活したのは、ルネサンス期、ジョルダーノ・ブルーノやスピノザを通してであると述べる。

だが西欧ルネサンス期とは一面、キリスト教神学とアリストテレス哲学の習合であるスコラ学を表の支配的な文化思潮として、その裏でプラトンの名において、古代ギリシアの神々が再生・復興した時代でもあった。ネオプラトニズムと呼ばれるこの思潮は、明らかに東方的、異教的要素を含んでいたのである。ならばイオニアの哲学は、そこに秘かな痕跡を残しつつ、改めてギリシアというヨーロッパの表文化の裏の裏に、封じ込められたことになりはしないか。

関曠野は『プラトンと資本主義』で、「イオニア科学の大胆な冒険の頂点に、やがてヘロドトスの歴史研究が現われ、イオニア科学が確立した個人と制度および慣習との自由な関係を総括し、その解放的なエトスの記念碑となるのである」(第4章「ソフィスト」)と述べ、続けて次のように語っている。

「イオニアで起きたこの史上空前の非神話化運動は、決して俗物根性や、疲れて懐疑的になったシニカルな精神によって遂行されたものではなかった。ギリシア人を呪術的自己愛から解放し、彼等の住む世界から神話的象徴主義の瘴気を最終的に吹き払い、後世の一切の科学の基礎を築かせたものは、ヘシオドスの詩が歌い上げた世界への敬虔だったのである」

『「世界史の構造」を読む』に戻ろう。3・11の直前に加えられた新基軸に、「アジールと災害ユートピア」の問題があった。普遍宗教や哲学というかたちをとらない、交換様式Dのバリエーションとして、柄谷は「アジール asylum」を取り上げる。それが、呪術（万物にアニマ＝精霊が宿るとするアニミズム）という互酬的交換と通底することを指摘しつつ、「アジールは、氏族社会が国家社会に転化した時点で、抑圧された交換様式A（遊動性＝平等性）が回帰したもの」だというのだ。アジールに入った者には、アニマ（精霊）が付くので誰も手が出せず、そこは治外法権的な避難所になるというわけである。

こうした抑圧された遊動性の回帰は、現実的な問題としては『災害ユートピア』（レベッカ・ソルニット）に則して語られた、災害時に特有な社会の動きや生き方としても現れる。災害がもたらすパニックの多くが、むしろ国家（の介入）[7]によって引き起こされるなかで、「突然、互いに遊動民のように、食べ物を分け合い、一緒に食べるようになる。そのとき、交換様式Dが出現する」というのだ。

ただ、日本に関してそうした「災害ユートピア」の立ち現れは、阪神淡路大震災（一九九五年）のときと、東日本大震災（二〇一一年）とでは決定的に何かが違うのだという。東京電力福島第一原発事故は、人々を結びつけるよりも切り離すものとしてあったと。まさにフクシマは、ボランティア・ネットワークによる「災害ユートピア」を現出する一方で、いわれなき風評被害を含め、ディストピアの悪夢を引き寄せるという二側面を見せたのである。

しかし、柄谷行人はそこから立ち上がってきた脱原発への闘争が、資本＝国家への対抗運動の引き金を引くことになり得ると希望を語る。震災後四年を経てなお、支援ネットワークの多局化とともに脱原発デモが持続している状況は、災害ユートピアが平時において維持されている何よりの証しであろう。

金曜夜の国会議事堂周辺へ、日比谷公園へ、代々木公園へ、東電ビルへ、「ソクラテスが広場に出たように柄谷行人はデモに行く」（大澤真幸）。私の知る限り、その振る舞いはおよそ著名な脱原発エリート（連帯のメッセージを読み上げ、デモ隊の輪に一時的に加わり、マスコミの写真撮影が終わると間もなく何処かに消え去る）とは別のものである。

4 新自由主義・帝国主義・環境理論

柄谷行人にあっての3・11以降の思考転回はまた、『世界史の構造』の余白への、「自然と人間の交換関係」についての意欲的な上書きを促すことになった。従来彼は一貫して、人間と人間の関係を捨象して、人間と自然の関係だけを見ることに反対してきた。それは、テクノロジー、資源、環境などの問題を、国家や資本と切り離して論じ、最終的に「人間の欲望の批判」、「近代文明批判」に向かうことになるからである。

「人間と自然」の関係を、「交換」の観点から見ずに「生産」の観点から見る限り、国家、ネーション、宗教などはイデオロギー的上部構造に還元され、テクノロジーの発展が、社会を変えていく原動力になるという非マルクス的な「唯物史観」を反復するだけだ。

「生産様式」ではなく、「商品交換」から始めた『資本論』のマルクスに倣うかのように、柄谷行人は『マルクスその可能性の中心』の昔から、階級闘争史観にも生産力理論にも毒されず、真っ直ぐに「貨幣と商品の非対称的な関係」に目を向けてきた。この非対称性は、突き詰めると「労働力商品という特異な商品」の奇怪さに行き着く。

柄谷行人が強い影響を受けた、マルクス主義経済学の泰斗・宇野弘蔵（一八九七～一九七七）が、『資本論』研究の中心テーマとして抽出したこの概念を、柄谷行人は改めて、産業資本主義が自然資源や環境のような一次的な自然だけでなく、「労働力商品」という特異な「自然」（資本が生産することができない「自然」）に基づいていること、それゆえにこそ限界をもつことを再説する。

特異な商品にして、特異な自然でもある「労働力商品」の謎は、だが従来のマルクス主義経済学（者）にとって、片面の謎でしかなかった。カール・ポランニーが言い当てた、「本来商品化できないのにフィクションとして商品化されているもの」のうち、労働力や貨幣には注目しても、「自然（土地）の商品化」という問題、あるいはそれがもたらす環境破壊の問題との関連を軽視してきたからだ。「具体的にそれは、自然と人間の関係をStoffwechsel（物質代謝）として見ることに繋がる。

であるならば、「特異な商品」であり、かつ同時に「特異な自然」の開発＝搾取（exploit）でもあった「労働力商品」化の二重性は、当然この「人間と自然との関係」から再度、視差的に抽出しなければならないだろう。柄谷は近代経済学に拮抗した宇野学派の中では、例外的に『エコノミーとエコロジー』の玉野井芳郎だけが、「物質代謝」という自然史過程を踏まえて、「生産と廃棄をふくんだ広義の経済学を考えようとした」と評価する。

その玉野井が出合ったのが、槌田敦のエントロピー（熱力学の第二法則）論だった。この出合いはある種運命的であったが、高木仁三郎とともに八〇年代反原発運動のイデオローグだった槌田の不幸は、玉野井をはじめ多くの経済学者、物理学者らとの協働にもかかわらず、反核―エコロジー―反原発へ向けたラディカルな問題提起が、九〇年代のバブル崩壊後の不況の嵐（脱‐政治的な反動）の中に埋没する結果になったことだ。

柄谷行人はそれを、「資本＝国家に対する対抗運動の総体的な敗北」と総括する。その背後には、グローバリゼーションと、原発推進のために多分に作為された「地球温暖化」論の隆盛があった。「二酸化炭素温暖化説において、いわば、環境論のグローバリゼーションが起こった」のである。

ところで柄谷は、玉野井・槌田の提唱した、「循環的（再生可能）な経済」（「広義の経済学」）の考え方が急速に衰微していったのは、自然科学のレベルだけを見ていたのでは理解できないと言う。それは水俣病など「公害」の社会問題化に伴う、高度成長後の近代批判の文脈に置き直して見る必要があると。新左翼運動の爆発的高揚、生産力主義的なマルクス主義の否定、初期マルクス再評価の気運なども、マルクスがやり残した、そして宇野派の見逃した、玉野井の「エコノミー＝エコロジー」の新視角と無縁ではなかった。

「自然と人間」は、最終節「帝国主義と新自由主義」に至って、現下の反原発運動を支える「現代批判」の様相を呈してくる。新自由主義が、自由主義の新版なのではなく、帝国主義の歴史的な新版なのだと語る彼は、その特徴を「ネーションの軛（くびき）」から、資本＝国家が解放されたという表現で捉える。こうして、帝国主義時代に風靡した、「社会的ダーウィニズム」が再登場（「自己責任」を強弁する新自由主義に基づく社会進化＝淘汰論）することになった道筋が明らかになる。

福島原発事故と足尾銅山鉱毒事件とのアナロジー（「歴史と反復」百二十年周期説に符合）から、

「福島原発事故と反原発運動が日本の社会を変えることになる」と近著を締めくくる柄谷行人は、「9・11原発やめろデモ」でのスピーチ（二〇一一年、東京新宿アルタ前広場）で次のように語っている。

「私は四月から反原発のデモに参加しています。この新宿駅前の集会にも、6・11のデモで来ています。

私はデモに行くようになってから、デモに関していろいろ質問を受けるようになりました。それらはほとんど否定的な疑問です。たとえば、「デモをして社会を変えられるのか」というような質問です。それに対して、私はこのように答えます。デモをすることによって社会を変えることは、確実にできる。なぜなら、デモをすることによって、日本の社会は、人がデモをする社会に変わるからです。

考えてみてください。今年の三月まで、日本には沖縄をのぞいて、ほとんどデモがなかった。それが現在、日本中でデモが行われるようになっています。その意味で、日本社会は、少しは変わったわけです。たとえば、福島原発事故のようなことがドイツやイタリアで起こればどうなるか。あるいは韓国で起こればどうなるか。巨大なデモが国中に起こるでしょう。それに比べれば、日本のデモは異様なほど小さい。しかし、それでも、デモが起こったということは救いです。

デモは主権者である国民にとっての権利です。デモができないなら、国民は主権者ではない、といってもいい」

これに続けて、柄谷行人はこう語る。彼自身、デモへの参加は一九六〇年の安保闘争以来だったのである。

「日本人は戦後、国民主権を得ました。しかし、それは敗戦によるものであり、事実上、占領軍によるものです。自分で得たのではなく、他人に与えられたものです。では、これを自分自身のものにするためにどうすればよいのか。デモをすること、です。

私が受けるもう一つの質問は、デモ以外にも手段があるのではないか、というものです。確かに、デモ以外にも手段があります。そもそも選挙がある。その他、さまざまな手段がある。しかし、デモが根本的です。デモがあるかぎり、その他の方法も有効である。デモがなければ、それらは機能しません。今までと同じことになる。（中略）だから、私はこう信じています。第一に、反原発運動は長く続くということ、です。第二に、それは原発にとどまらず、日本の社会を根本的に変える力になるだろう、ということです。

皆さん、ねばり強く戦い続けましょう」

5 柳田国男論の方へ

ところで、定住社会以前の「遊動性」の「自由」に注目する柄谷行人が、柳田国男のテキストを読み返し、『遊動論――柳田国男と山人』(二〇一四年)に行き着いたことは特筆すべき展開と言えよう。だがそれは、『世界史の構造』以後の一連の仕事と連動した、交換様式D(いまだ立ち現れざるものとしての「X」=「交換様式A」の高次元での回復)をめぐる考察の延長にある、いわば裏ヴァージョンの考察だったのである。

「山人論には二つの意味がある。第一に、それは先住民、異民族を意味する。第二に、それは、(法制局参事官時代の――引用者)柳田が(明治末期の宮崎県――引用者)椎葉村(『後狩詞記』)でその秘境に伝わる狩猟儀礼、山地焼き畑の生活を記録――引用者)に見たような遊動性・ユートピア性を意味する」

後者にかかわる焼畑農業について柄谷は、「柳田が称賛したのは、焼畑という農業技術ではなく、遊動性がもたらした社会形態なのだ」と語る。しかも柄谷は、孤立無援に近かった柳田のこうした民俗的アプローチが、「供養」のようなものではなかったかと語る。では、「山人」という名の「祖先」への「供養」がなぜ必要なのかと言えば、それが「常民」にとっての無縁な「他者」＝「異族」ではなく、「抑圧されたものの回帰」（フロイト）という形で、「常民」を歴史的に拘束するものだからである。

南方熊楠らの不興を買いさえした「山人論」を、いったん禁じ手にした柳田は、遊動的な狩猟採集民の「代補」を、最後には山中に生きている（と信じる）「狼」[8]に見るようにさえなったと柄谷は語る。熊楠から那智の山奥には、そうした「山人」などいくらでもいるとからかわれた（『南方熊楠選集別巻　柳田国男　南方熊楠往復書簡』参照）柳田にとって、必ずしもそれは、ロマンティックな表象ではなく、弥生系渡来人定住以前の日本の先住民の末裔と考えられたのであった。その先で柳田は、稲作農民の社会では痕跡しか残っておらず、「焼畑狩猟民の段階に存在したもの」としての「固有信仰」に活路を見出そうとしたのだ。柄谷行人は直接この視点から、日本の「敗戦」を見越して書かれた柳田国男の『先祖の話』を再読するのである。そこに、戦争の死者の「供養」の問題（非靖国的な御霊（みたま）の着地点）と、「祖霊と生者の相互信頼」の問題が重なる。

「柳田国男が推定する固有信仰は、簡単にいうと、つぎのようなものである。人は死ぬと御霊（みたま）になるのだが、死んで間もないときは、「荒みたま」である。すなわち、強い穢れをもつが、子孫の供養や祀りをうけて浄化されて、御霊となる。それは、初めは個別的であるが、一定の時間が経つと、一つの御霊に融けこむ。それが神（氏神）である。祖霊は、故郷の村里をのぞむ山の高みに昇って、子孫の家の繁盛を見守る。生と死の二つの世界の往来は自由である。祖霊は、盆や正月などにその家に招かれ共食し交流する存在となる。御霊が、現世に生まれ変わってくることもある」(『遊動論――柳田国男と山人』)

柳田の「固有信仰」と御霊の遊動性をこう要約する柄谷は、その特徴を第一に、祖霊は血縁関係の遠近などに拘束されず「平等」に扱われること、第二に、死後の世界と生の世界の間の往来が自由であることを上げる。

すなわちそれは、互酬的関係によって縛られない、「祖霊と生者の相互信頼」によるのだが、柄谷はこの敵対性、互酬性の要素のない、柳田の思い描く「多数の個別的な霊が一つに融合しながらもなお、個別のままであり、それぞれ個別の子孫と関係する」ような先祖信仰が、普遍宗教的にさえ見えるのは、「出自による組織化が出現する以前の遊動民社会に由来」するからだと述べる。したがって、柳田にとっての「固有信仰は遠い過去のものではなく、むしろ来るべき社会のものであった」と。

こうした柳田国男の再発見、可能性の中心においてテクストを読み返し、「未来の他者」としての彼を今ここに置き直して見せることもまた、柄谷的方法のトランスクリティカルな――トランスクリティークとは、「視差(パララックスヴュー)」の効果によって絶えずズレながら綜合へと向かうテキストのヘテロフォニックな生成運動のことである――適応であった。例えばそれは、『マルクスその可能性の中心』と同時並行的に書き継がれた七〇年代の論考、「柳田国男試論」(『柳田国男論』二〇一三年)の方法と根本において変わるところがない。ただ後者は、デカルト的な意味合いで、柳田に関する「方法叙説」の趣をもった省祭であるというだけだ(語り口は、まぎれもなく小林秀雄的だ)。

「『先祖の話』が昭和二十年四月、柳田のような人にとっては敗戦が必至とみえていた時期に起稿され、戦後の十月に出版されているのは興味深い。おそらく柳田は敗戦を予期してこの書物を書いたといってよい。したがって、ここで柳田のいう「家の永続」という問題が、ほかならぬ日本人の永続という問題をはらんでいること、あるいは「家の永続」に関する危機感が日本人の永続ということに関する危機感に裏打ちされていることは疑いないと思われる。

柳田は本書において持続するものを確認しようとしたのであって、それゆえに敗戦は彼にとって、断絶(ディスコンティニュイティ)(非連続)をもたらすものではなかった。逆にいえば、そういう非連続への危機意識が、柳田に持続するものを見出すべき衝迫を与えたといってもよい。つまり、国家や天皇という観念が破産しようとしている時期に、彼は「もの」を確認しようとしたのだ。どんな戦争イデオロギーも革命イデオロギーも、「宙にういた観念」にすぎない。そして、彼は「生きた、現実的なもの」を、先にのべた「孝行心」すなわち先祖信仰に見出すのである」(「柳田国男試論」)

「家の永続」への柳田の危機感は、明治末の『時代ト農政』でも表明されていた。彼はそこで、「家の自殺」には昔は社会的制裁があったことを示唆し、「生まれる子孫」（＝「未来の他者」）の事を考えれば、それは「他殺」（＝「家殺し」）に等しいと警告している。ここで柳田は、「田舎対都会の問題」という枠組みで、家を殺害した後の都市への流亡を、「果して戸主の自由になし得る行為」かと戒めていたのだ。戦争の死者たちの御霊の行方は、改めて柳田をして「家の永続」への不安を掻き立てたはずであった。以上は一九七〇年代半ばの柄谷の文章。次が四十年後の柳田論である。

「日本では「遠い親戚より近い他人」という考えが一般的である。それは、祖霊に関してもあてはまる。「近い他人」が先祖となりうるのだ。

したがって、柳田国男が『先祖の話』で、戦死した若者の養子となることで彼らを初祖にすることを提唱したのは、奇矯なことではなかった。もともと、次・三男が本家から分家して初祖となることはありふれていた。大事なのは、死者を祀る子孫がいることであって、それが養子であっても構わない。血のつながりのない人たちが、オヤ・コ、あるいは先祖・子孫となるのは、珍しいことではない。柳田自身、柳田家に入った養子として、祖霊を祀ったのである」
（『遊動論』）

また、柄谷行人は「柳田国男試論」の七〇年代の時点で、日本の敗戦を「神やぶれたまふ」（＝「神の敗北」）と捉えた、晩年に柳田と訣別する折口信夫との民俗宗教思想の決定的差異を問題にする。

柄谷によると折口が、神道の「世界宗教化」（「民族教より人類教へ」）に向かったのは、柳田のように「自然と人間」（『世界史の構造』を読む』に、同じタイトルの一章があったことを改めて想起しよう）という視点をもっていなかったためで、折口の「信仰」が元々「理論」だったからだというのだ。

これに対し柳田は、「戦争を一つの自然史としてみる位相から考えられていた」ので、彼にとっての「信仰」とは、「ひとびとがそれを意識しないにもかかわらず現にそのように生きている存在形態のことだった」（「柳田国男試論」）と。

この観点は、『遊動論』第四章「固有信仰」5「折口信夫と柳田国男」で、「普遍宗教」の問題を媒介に再度提示されるが、「自然史」あるいは「自然過程」という七〇年代の「試論」いらいの問題設定は、言うまでもなくマルクス的な「視差」に基づいていた。

「折口は、神道から、民族宗教的、先祖信仰的な面をとりされば、普遍宗教になると考えていた。

しかし、ここで疑問が幾つかある。第一に、普遍宗教であるためには、先祖信仰を否定しなければならないという考えに関してである。このような考えは一般的に存在するが、実は、そう簡単な話ではない。通常、先祖信仰は原始的宗教だと考えられているが、フォーテスは、先祖崇拝に呪術とは異なる宗教の本質を見出した（『祖先崇拝の論理』――引用者）」（『遊動論』）

柄谷はまたここで、ロバートソン・スミスの語る、宗教は、「崇拝する者たちと強固な親族関係の絆で結ばれている既知の神々に対する愛情をこめた崇敬から」始まったという説を紹介する。もはやそれは、「呪術や自然神信仰」から来るとは言えない。

ところで、柳田にとっての「先祖信仰」とは、つまり「もの」のことであるとはどういう意味だろう。柄谷行人はそれが、「言表されないし、意識もされないが、確実に人間の「存在」を深い層において支えている何かである」（「柳田国男試論」）と語る。同じく「もの」は、「客観的な対象物ではなく、illusion である」とも。

しかもそれは、「いわば「真面目な」幻想であって、人間の生あるいは社会を根底のところで支えているもの」（同）なのである。カント的に言うなら、それは理性にとってどうしても避けられない取り払うことのできぬ「仮象」、すなわち「超越論的仮象」と言い直すこともできよう。

「「先祖信仰」はむろん illusion であって、これを温存するかぎり、天皇制あるいは国家のイデオロギー的基盤となるということができないわけではない。しかし、柳田にとって、それは「真面目な illusion」であり、すなわちわれわれの存在を一つの持続性において根拠づける感覚にほかならなかった」（同）。

柳田自身が語る「神隠しに遭ひ易き気質」も、この「真面目な illusion」と無縁ではあり得なかった。重要なのはこの気質（資質）が、折口信夫のような何かに〝憑かれた人〟の神憑り的「理論」と厳密に区別されなければならないことである。

『故郷七十年』には、十四歳の子供時代の話として、旧家の土蔵に祠（ほこら）があって、死んだおばあさんを祀ってあると聞いていた柳田が、その祠の中がどうしても見たくてある日思い切って石の扉を開けると、握り拳くらいの大きな蠟石（ろうせき）の珠がおさまっていたという思い出を語っている。それを見て興奮状態に陥った彼は、しゃがんだまま空を見上げると昼間には見えないはずの星が見えたというのである。

それを「異常心理」と柳田は自己分析するが、ぼんやりした気分になっているその時に、突然高い空で、鵯（ひよどり）がピーッと鳴いて我に返ったという。「あの時に鵯が鳴かなかったら、私はあのまま気が変になっていたんじゃないかと思う」、と柳田は語る。

私は学生時代に、小林秀雄が東京・巣鴨の三百人劇場での講演でこの話を取り上げたのを直接聴いたことがある。『考えるヒント3』に収められた「信ずることと知ること」とほぼ同様の内容だったが、小林はそれを読んで感動し、柳田の感受性がその学問のうちで大きな役割を果たしていることを感じたと述べている。

これはいかにも、母親の死の直後に、今まで見た事もないような大きな螢を見て、「おつかさんは、今は螢になつてゐる」という考えから逃れる事が出来なくなった小林（ベルグソン論『感想』冒頭の挿話）に相応しい言葉だ。ただ見誤ってならないのは、柳田国男がただの幻視者（ヴィジョネール）などではなかったという事実である。柄谷行人の語る「真面目なillusion」には、「神隠しに遭ひ易き気質」の持ち主のオカルティックな学問の秘密ではなく、彼をして「文学」から内省の学としての民俗学に赴かせた、「存在喪失」（「柳田国男試論」）感が切り離し難くまといついていたことを見逃すことはできない。田山花袋や国木田独歩など、かつて柳田の近くにいた文学青年たちは、逆にその喪失感を埋めるために「自然主義文学」に向かったのである。

ところで、『遊動論』に見られるもう一つの柳田論のモチーフについて触れておく必要があろう。それは、「飢餓の民を救う「経世済民」という儒教的理念」に促されて柳田が、農商務省に入ることになり、さらに農政学から民俗学へと歩み出たことと密接に関わっている。自身が実際に見聞した一八八五年（明治十八）の経済不況下の飢饉は、柳田を「経世済民」の学へと向かわせる強く確かな動機になった。

「子供ごころに、こうした悲惨事が度々起るのではたまらないと思ったのが、学校を出るまで

「三倉」――義倉・社倉・常平倉(じょうへいそう)――の研究をやった動機である」(『故郷七十年』)

これを受けて柄谷行人は、「彼の農業政策は、農家が国家に依存せず、「協同自助」を図ることである。具体的にいえば、協同組合である」(『遊動論』)と語っている。

それが農業生産力を上げるための目的なら、明治国家も促進したが、柄谷が強調するのは、ロバート・オーウェンの活躍した十九世紀半ばに遡ると、協同組合は「産業資本主義に対抗する「協同自助」的な運動」であったという歴史的経緯である。ちなみに「コオペレーション」や「地方分権」などの概念は、柳田の『時代ト農政』(一九一〇年)によって初めて日本近代に導入されたのである。

「ただ、重要なのは、柳田がそれをたんに輸入するのではなく、同様の試みを日本や中国の近代以前の社会に見ようとしたことである。彼は大学卒業論文で、「三倉沿革」という題で、「三倉」、すなわち、義倉、社倉、常平倉の歴史と機能について論じた。これらは、元来中国で、飢饉に備えた救恤(きゅうじゅつ)策として生まれた方策である。常平倉は飢饉の際に、国家が買い上げて、穀物の価格を一定に保つようにするやり方である。義倉は、国家が飢饉に備えて貯穀するものであり、社倉は、それを公共団体が行うものである。この中で柳田が重視したのは、社倉である。社倉は、義倉や常平倉のように国家あるいは地方行政にもとづくものではなく、自治的な

相互扶助システムである。それは、協同組合・信用組合の原型である」(同)

このとき柄谷が、資本に対抗する現代の「協同組合(アソシエーション)」運動の先駆者として、あるいは過去からやって来る「未来の他者」として、柳田国男を想定していることは論を俟たない。同様にして彼は、「丸山眞男とアソシエーショニズム」についても語っていた。

そこでは丸山が、「時代閉塞の現状」の石川啄木に、私化するタイプとは異なる結社形成的な個人の可能性を見ていたことが評価されていた。原発事故以前、デモのないこの日本社会に切歯扼腕していた柄谷行人は、こう語るだろう。

「それ(私化した個人——引用者)に対して、自立化した個人のタイプは、「個人と国家の間にある自主的集団」、つまり協同組合・労働組合その他の種々のアソシエーションに属しているから、逆に、個人としても強いのである。結社形成的な個人はむしろ、結社の中で形成されるものだ。一方、私化した個人は、政治的には脆弱であるほかない」(「丸山眞男とアソシエーショニズム」、『思想』二〇〇六年八月号所収)

二〇〇〇年六月に結成されたNAM(New Assotiationist Movement)が、地域通貨導入問題などで躓き三年足らずで解散したことで、確かに柄谷行人は一敗地にまみれたのである。だが、「世界共和国」へ向けた実践的な模索は、その後もたゆみなく持続されている。彼はいま、冷戦後の実践的思想家として、コミュニズムという「真面目なillusion」の壁の向こうに、可能なるポスト資本主義の社会システム（交換様式「D」の現前）論を着々と構築しつつあるかに見える。

そのための無支配のアソシエーションとは、何よりも資本制ならびに国家機構に対抗する流動的な社会ユニットであり、普遍宗教を超えて「交換様式A」（贈与と返礼）を高次元で回復する遊動性を備えた、「未来の他者」の連合・結社（＝可能なるコミュニズム）でなければならない。その前方にある非暴力による「世界同時革命」という途方もない構想は、柄谷行人によって初めて語られた、理性が覆い隠すことの出来ぬ「現実的なillusion」なのである。

それが切実に現実的であるのは、資本―ネーション―国家のくびきを断つ「世界共和国」という指標が、革命的ロマンティシズムや政治的ヒロイズムとはおよそ無縁な、敗戦国の戦後が生んだ「小さきもの」の思想（柳田国男の『小さき者の声』に基づき、柄谷行人編・柳田国男著『「小さきもの」の思想』が二〇一四年に刊行された）だからである。「世界共和国」とは、「共通の祖国の不在」（レヴィナス）を自明の前提とする、小さき「異邦人」たちの無支配のアソシエーションのことなのである。

ここから私たちに、一つの問いが差し返される。世界（共和国）市民が、ただの「市民」ではあり得ぬ以上、そのために私たちは今ここで何をなすべきかという問いである。

それが途方もない問いであるのは、ブルジョア社会にあっての「私的所有権」、およびその

「所有意識」が、世界共和国の門を潜るための大いなる桎梏になるだろうことは自明だからである。[9]だからこそ、私的所有を止揚する「贈与」を高次元で回復した「交換様式D」（＝「X」）の実現（＝「世界同時革命」）は、私たち自身が、如何にして私たち自身にとっての「未来の他者」に成り得るかという、真の「人間復興」の可能性に向けて開かれた実践的な指標になり得るのである。

第五章

大澤真幸と上野千鶴子——「未来の他者」と「おひとりさま」

1 大澤真幸と3・11後の世界

日本のポスト・モダンに連動した現代思想ブームが去った九〇年代以降、最も活気ある学問が社会学だったことは誰も否定できまい。その理由は、社会学がフーコー、ドゥルーズ、デリダらの難解なポスト構造主義の思想・哲学に比べ、より実際的な、地に足の着いた学問だったからだ。別の言い方をすると、社会学ほど不況に強い知の形態はないのである。具体的な社会動向から映し出される時代の「実相」を、図式化して見せること。

私に言わせるなら、宮台真司から大塚英志まで、ポスト・モダン旋風の収まった後に有卦に入ったマス・ジャーナリズムのスターたちは、その本籍がアカデミズムであろうとサブカルチャー業界であろうと、成熟社会を生きる若者たちの生態分析からオタク論まで、等し並みに社会学の実学的ノウハウを、自家薬籠中のものにした新世代だったのである。

そうした中にあって、3・11を射程に収めた本格的社会学者の代表格は、何と言っても大澤真幸と上野千鶴子ということになろう。まずは、震災から一年足らずで、『夢よりも深い覚醒へ――3・11後の哲学』（岩波新書）を書き上げた大澤真幸である。それまで彼の社会学的分析のキーワードは、「第三者の審級」であった。だが、自他を律する「超越的な他者」を意味するこの概念は、すでに3・11以前の段階でその「撤退」が予告されていたのである。

『危険社会』の社会学者ウルリヒ・ベックらによる「リスク社会」（後期近代に特化された「危険社会（リスク・ソサイアティ）」）という問題提起に、いち早く反応した大澤はこう語る。

「その第三者の審級の「本質」に関しては、不確実で、原理的に未知であり、それゆえ空虚である。すなわち、人は、その第三者の審級が何者であるのか、何を欲する者なのか、何を意志しているのかということに関して、あらかじめ知ることはできない。だが、その第三者の審級の「実存」に関しては、確実であり、充実している。予定説の神は、何を考えているのかは分からないが、確実に存在しているのだ。諸個人が選択するということは、何を欲しているかは不確実だが、間違いなく存在している第三者の審級の意志や選択に、彼が——結果的に——貢献し、参加することを含意しているのである。

リスク社会の特徴は、以上のような状況を背景にしたときに浮上させることができる。リスク社会とは、「本質に関しては不確実だが、実存に関しては確実である」と言えるような第三者の審級を喪失することなのである。第三者の審級が、本質においてのみならず、実存に関して空虚化したとき、リスク社会がやってくる」（『不可能性の時代』）

それ以前に人間の行動規範を律していた、「神の見えざる手」（アダム・スミス）、「理性の狡知」（ヘーゲル）、「予定説の神」（カルヴァン派プロテスタント）といった「第三者の審級」が機能している状況は、「リスク社会」の到来とともに遠い過去のものになったというのである。大澤がこう述べたのは、３・11以前の段階（二〇〇八年）だった。

この四年後に震災、原発事故が生起する。米ソ冷戦下の「理想の時代」から、「現実」が「理想」ではなく「虚構」との対比でしか語れなくなる「虚構の時代」（ヴァーチャル・リアリティに耽溺するオタク文化の時代）を経て、大澤はオウム・サリン事件をターニング・ポイントに、さらに時代は「不可能性の時代」に突入したと前著で語っている。

だが、『夢よりも深い覚醒へ』で語られるのは、３・11を目の当たりにして、「それまで可能だと信じていたことが不可能であり、逆に不可能だとされていたことが可能であることについての直観」であり、そのような「現実」と「想像」の反転の仕方である。原発事故に関して、確かに私たちは「安全神話」の崩壊という、可能（原子力のコントロール）と不可能（メルトダウンに繋がる大規模原発事故）の劇的な反転に立ち合ったのである。

大澤は被曝国日本にとっての原子力「信仰」は、七〇年代以前の「理想」や「幸福」への鍵としてあった時代から、七〇年代以降はその危険は承知していながらも、原発建設を推進するという「アイロニカルな没入」（＝「わかっちゃいるけどやめられない」）の段階に変化していたと指摘する。否、むしろそうしたシニカルな態度が、原発事故を招き寄せたと言えないだろうか。同様の冷笑的な意識は、オウム信者の麻原彰晃への帰依やハルマゲドン（世界最終戦争）への執着にも現れていると彼は語る。ここでも、「アイロニカルな没入」という一部信者のシニカルな態度こそが、疑似ハルマゲドン（地下鉄サリン事件）を招き寄せた決定的要因だったと言えるのではないか。

つまり、「夢よりも深い覚醒」とは、３・11を契機に、「アイロニカルな没入」の悪夢からの目覚めでなければならないだろう。そこで大澤がこのところ度々言及している「未来の他者」の概念について、改めてここで検討してみよう。大澤はこう語る。

「未来の他者といかにして連帯できるのか？ 未来の他者をも考慮に入れた正義は可能なのか？ 以上の考察が含意している回答は、「それは可能だ」というものである。それは原理的には可能なはずだ。どうしてそんなことが言えるのか？

未来の他者は、ここに、現在に——否定的な形で——存在しているからである。たとえば、現在、われわれは、充足していると思っているとしよう。爛熟期のローマのように、享楽的な社会の中にいるとしよう。しかし、同時に、「現在のわれわれ」は、説明しがたい悲しみや憂鬱、言い換えれば、この閉塞から逃れたいという渇望をもっているだろう。

その悲しみや憂鬱、あるいは渇望こそが、未来の他者の現在への反響——未来の他者の方から初めて対自化できる心情——なのであり、もっと端的に言ってしまえば、未来の他者の現在における存在の仕方なのだ。もし、われわれが、その心情に応じて行動したならば、それは、結果的に未来の他者と連帯したことになるはずだ。なぜならば、その心情に応じた行動とは、未来の他者を救済する行動でもあるからだ」（『夢よりも深い覚醒へ』）

ならば私たちは、改めてその「未来の他者」を、「第三者の審級」として今ここに召喚すればよいのではないか。大澤はその前に、社会学者らしく慎重に保留条件を加えている。「未来の他者」は、「確かに存在しているが、意識はされていない。一般には、後から発見されるだけだ。いかにして、それを現在の内に発見し、具体的な行動へと繋げる」（同）ことができるかの工夫が必要だというのである。

そのための媒介項こそ、久しく死語と化しつつあった、「プロレタリアート」という名の「未来の他者」＝「可能なる革命の主体」だった。彼は、「未来の他者と結びつきうる、徹底した変革の担い手は、広い意味でのプロレタリアートしかない」（同）と明言している。問題はその結びの糸の結び目である。大澤はここで、マルクスがなぜプロレタリアートを、ヘーゲルも使っていた「身分Stand」ではなく、「階級Klasse」として呼び寄せていたかについて考察している。

「身分とは異なり、階級は、個人とその社会的な役割との間に必然的な繋がりがないこと、つまり両者の関係は偶然以上のものではないことを表現している。ある個人は、初めからある身分に属する者として生まれ、原則的には、一生、同じ身分にとどまっているので、個人と身分との繋がりは本来的なものである。貴族の子は、最初から最後まで貴族である。社会学では、これを帰属的性質と呼ぶ。それに対して、階級と個人との間には、このような本来的な繋がりはなく、両者の関係は、偶然的なものである。人は、ある階級になるのであり、その意味で階級は、獲得的性質である」(同、傍点引用者)

では「身分」と区別された、「ブルジョワジー」や「プロレタリアート」という「階級」の特性はどう定義されるのか。

「ブルジョワジーは、身分からの解放を表現する。そして、プロレタリアートは、ブルジョワジー以上に純粋な階級だということになるのではあるまいか。ブルジョワジーは、階級だが、しかし疑似身分的に機能する階級である。だから、ブルジョワジーは貴族を積極的に模倣する。その疑似身分性からも疎外されている階級が、プロレタリアートである。プロレタリアートは、職人や農民を模倣して労働者になるわけではない。階級は、身分を代理するものとして登場する。だから、疑似身分性を離脱しているということは、階級の自己否定を含んでいるということでもある。プロレタリアートは、純粋な階級であるがゆえに、階級の否定でもあるのだ。

そのプロレタリアートに、マルクスが救済機能を託したことは、あらためて解説する必要もあるまい」(同、傍点引用者)

実はここが、階級としての「プロレタリアート」という救済・解放の機能を託された歴史的表象の最大の難関(アポリア)だったのだ。「階級の自己否定」とはそもそも何のことだろう。最初にこの問題に躓いたのは、一九五〇年代半ばのフランスの哲学者M・メルロ＝ポンティだった。革命運動の理論的諸問題、とりわけプロレタリアートの意識について理論的に考察した、G・ルカーチの『歴史と階級意識』（一九二三年）に対する批判的検討で、彼はこう述べる。ルカーチのプロレタリアートは、不断の自己止揚（自己否定）によって階級闘争を最後まで闘いぬき、階級なき社会を生み出すときに初めて自己を完成するのだが、それはつまり階級社会においてはプロレタリアートが未だ完全なる形では存在せず、また階級社会以後（超・脱－階級社会）においてはもはやはっきりした「階級」として存在しないことになる。すると結局、プロレタリアートとは歴史的にはほとんど非現実的なものであり、哲学者＝マルクス主義者の思考の遠近法を支えるネガティヴな消失点としてしか意味をなさないことになるのではないかと（『弁証法の冒険』）。

だがこれは、プロレタリアートがブルジョワジーと同列にある「階級」などではないこと、つまり取り去ることのできない「超越論的仮象」（カント）という抽象的表象として、歴史的に回帰してくるところに本質があることを見逃したことによる錯認でしかない。大澤真幸は『夢よりも深い覚醒へ』のなかで、マルクスの『ヘーゲル法哲学批判序説』の次の有名な一節を引く。

「それでは、ドイツの解放の積極的な可能性はどこにあるのか。解答。それはラディカルな鎖につながれたひとつの階級の形成のうちにある。市民社会のどんな階級でもないような市民社会の一階級、あらゆるシュタント（身分Stand——引用者）の解消であるような一シュタント、その普遍的な苦悩のゆえに普遍的な性格をもち、なにか特殊な不正ではなくて不正そのものをこうむっているためにどんな特殊な権利をも要求しない一領域……ひとことでいえば、人間の完全な喪失であり、したがって、ただ人間を全面的に救済することによってのみ自分自身を達成することのできる領域……の形成のうちにあるのである。こうした解消をある特殊なシュタントとして体現したもの、それがプロレタリアートである」（傍点原文）

プロレタリアートは現実の「労働者階級（ワーキング・クラス）」とも異次元にある、消しがたい歴史的表象なのである。彼らはブルジョワジーとは異なる位相（同じ位相にあるのが現実の「労働者階級」）において、プロレタリア階級に「なる」（自己否定的に変成（へんじょう）する）のでなければならない。それを歴史的にネガティヴな表象と捉えると、メルロ＝ポンティの理解もあながち間違いとは言えないというだけだ。「階級なき社会」の実現のための闘争主体として召喚された「階級」＝超越論的仮象、この矛盾的表象がプロレタリアートだったのである。それを革命の主体として現実の労働者階級に等置すると、直ちに彼らを指導・組織する無謬の「前衛党」というグロテスクな実態を歴史的に捏造しなければならなくなる。

ボリシェヴィズムという、優れて二十世紀的な病理はそのようにして、二十世紀ロシアの風土に根づいたのである。ただ私たちは、「祖国を持たない」（『共産党宣言』）プロレタリアートという表象の横断的な結合を抜きにして、資本（制）およびそれと結びついたネーション（民族共同体）―国家の超克は不可能であるという現実を直視しなければならない。

2「未来の他者」とは誰か

「未来の他者」であり、「第三者の審級」という超越的な他者を繋ぐものこそ、今ここにありながら不可視の幻影のように歴史的な痕跡を消し、あるいは本質的に「剥奪」された存在、すなわちプロレタリアートという、高度に抽象的で、かつ動態的な歴史的表象（＝超越論的仮象）でなければならない。これは階級闘争史観の焼き直しではない。二十世紀後半に脱‐政治化された、「階級」の再‐政治化へ向けた二十一世紀の新たなプロジェクトなのである。大澤による先のマルクスからの引用文の続きは、次のようになっている。

「プロレタリアートは急に起ってきた産業の動きを通じてやっとドイツにとって生成し始めつつある。なぜならば自生的に生じた貧民ではなくて、人工的に造り出された貧民、機械的に社会の重みに抑えつけられた人間群ではなくて、社会の急激な解体、ことに中間層の解体から出

てくる人間群がプロレタリアートを形成するのだからである」（真下信一訳『ヘーゲル法哲学批判序論』、傍点原文）

現下の「格差社会」は、中間層の解体とともに、マルクスの語ったプロレタリアートという名の「人工的に造り出された貧民」（それを「プレカリアート」などと言い換えてはならない）を新たに生成させつつある。

そこから、プロレタリアートの蜂起に代わるマルチチュード（プロレタリアートの代理表象としての世界に遍在する脱‐階級的な「雑民」）の反乱という、祝祭的な物語を描き出したネグリ／ハートの構想（『〈帝国〉』ほか）は、実際に「アルカーイダ」によって、また「イスラム国」（ＩＳ）によって、最悪の形で現実のものとなった。冷戦の終結が導いた歴史の「現在」は、プロレタリアートを宙吊りにしたまま、紛れもなくそのような未曾有のテロリズムを露呈させたのである。

3・11以前に大澤はこうも語っていた。

「冷戦期に、われわれは、世界を破滅に追いやる最終戦争を恐怖した。しかし、それは、常に、それこそ不確実な可能性にとどまり続けた。最終戦争は、決して始まらなかったのである。

その後の一〇年間、つまり一九九〇年代のおよそ一〇年間、アメリカの政治学者、フランシス・フクヤマに導かれて、われわれは「歴史の終わり」に到着したのではないか、という幻想を抱くことになる。われわれが、今、気づいたことは、「歴史の終わり」が終わったということである。九・一一テロは、歴史の終わりが既に終わっていたことを知らせる警鐘であった。気がついたとき、われわれは、「テロへの戦争」にコミットしている。それは、原理的に終わらない戦争である。それは、究極的には、他者一般の排除へと指向しているからである。
始まらない最終戦争の代わりに得たものは、終わらない最終戦争だったのだ」（『逆説の民主主義——格闘する思想』）

ここにもまた、「戦争」をめぐる「アイロニカルな没入」が認められはしないか。正気を取り戻す手だては、おそらくただ一つしかない。「わかっているならさっさと止めろ！」——この目覚めである。それを私たちが、とりあえずアメリカに対して言い得るのは、戦争放棄の「平和憲法」を持った、否、アメリカによって持たされた敗戦国の国民としてである。日本がアメリカという非対称的（対等・互恵的ではない）なパートナーに貢献できるのは、実はこの直言以外にはないのである。

大澤の語る「不可能性の時代」とは、「虚構の時代」の後、戦後史の時代区分でいうと、オウム真理教が仕掛けた擬似的な「世界最終戦争（ハルマゲドン）」（地下鉄サリン事件は一九九五年）の後の時代の謂いでもあった。教祖への「アイロニカルな没入」（麻原彰晃のいかがわしさを知りながら教義にはまる）が引き寄せた悪夢は、カルト的な新興宗教組織による特異な現象ではなく、共通の時代風潮の突出した現象だった。

原子力への長年にわたる「アイロニカルな没入」（その危険を知りながら「安全神話」にしがみつく）が福島第一原発事故を招いた（擬似的な「世界の終わり」を告知）とするなら、そこからの覚醒は、核兵器に限定されぬ「反核」を大前提とする、「終わらない最終戦争」の放棄、「平和憲法」の国際レベルでの行使による「永遠平和」（カント）の実践的な追求以外にない。私たちは、それ以外には全世界的に多発する擬似的な「世界最終戦争（ハルマゲドン）」から逃れようがないのである。

冷戦終結後の「不可能性の時代」（大澤は「理想」やユートピアはもとより、「現実」すらも不可能になった時代を示唆していた）を、戦争の「不可能性」の一点に焦点化しなければならない必然がここにある。

それに関連して、大澤真幸の3・11についての次のような見解に私は注目する。彼は、「3・11には、あるいは原発問題には、詩的真実のようなものがある。われわれが3・11の出来事に圧倒的な衝撃を受けたのは、詩的真実の次元に触れるものが、津波にも、原発問題にもあったからである」（『夢よりも深い覚醒へ』）と述べる。

そして、3・11の（悪）夢を突き抜けるような仕方での「覚醒」について彼は、「夢よりも深い覚醒とは、3・11の出来事の詩的真実を記述し、説明することである」（同）と語る。それは、「日常的な現実において「可能なこと」を規定する座標軸を否定してしまうようなアスペクトが、3・11の出来事にはあった、という意味である」（同）と。これは先の引用にも関わる問題の部分だ。

「私が、3・11には詩的真実が宿っていると述べたときの「詩的真実」とは、バディウ（フランスの哲学者アラン・バディウ――引用者）の言う「出来事」のことである。3・11の大津波と原発事故を目の当たりにしたとき、われわれは、それまで可能だと信じていたことが不可能であり、逆に不可能だとされていたことが可能であることについての直観をもったのではないか。つまり、3・11の出来事には、可能性と不可能性とを弁別する座標軸、われわれの日常の生が当たり前のように受け入れてしまっている土台そのものを揺り動かすものがあったのだ」（『夢よりも深い覚醒へ』）

大澤はここから、「詩的真実（出来事）／日常的現実（存在）」という区別自体が、日常的現実（存在）に内在し、同様にして詩的言語と日常的言語という区別、言語を超えたものと言語という区別も、言語に内在していると語る。

「詩的真実は日常的現実と別のところにあるのではなく、日常的現実の中に、日常的現実を通じて姿を現すのである」（同）

では、3・11が含意する「詩的真実」とは、そもそも何を意味しているのか。大澤は一例として、テリー・イーグルトンの未邦訳文献「Sweet Violence」を参照にして9・11テロ、3・11の震災・原発事故のような「圧倒的な破局（カタストロフィ）」の二つの形態について次のように語っている。

「第一の悲劇においては、破局は、安全で安心しうる日常という「地」の上に、突如出現した「図」である。第二の悲劇は、日常的に現前している「地」そのものが、すでに破局である。9・11に関連させれば、今しがた述べたように、ニューヨークのツインタワーの崩壊が、前者の「図」に対応し、アフガニスタンの苦難が、後者の「地」に対応している。こうした基本構図を出発点として、さらに深く考察すると、9・11が衝撃的だったのは、二つの「図／地」が連続しているように、とりわけニューヨークの市民に、いわゆる「第一世界」の人々に、感じられたからではないだろうか。すなわち、ニューヨークの日常の上に出現した「図」としての悲劇は、第三世界の日常を支配している陰鬱な「地」としての悲劇が、さながら地下深くにあったマグマが地表に噴出するかのように、ニューヨークの日常の「地」を突き破って出現したものとして、経験されたのではないだろうか」（『夢よりも深い覚醒へ』）

私たちが、そこで未曾有の「詩的真実」の次元の開示に立ち合ってしまったのは、こうした「地」と「図」の秩序（例えば、ある風景を「図」として見ているときの「私」の意識は、「地」として背景に隠れている）を一挙に攪乱する、非日常的な出来事（「詩的真実」）の突発を目の当たりにしたからなのだ。言うまでもなくそれは、冷戦時代の朝鮮戦争でもヴェトナム戦争でも、あるいはソ連のアフガン侵攻でもあり得なかったポスト冷戦時代の新たな事態だったのである。「詩的真実」という表現自体、「不可能性の時代」の極限を象徴してはいないだろうか。何故なら、「詩的真実」とは、散文的な秩序／日常的現実に対する言語的な「革命」であるが、その「詩的言語」は、どこまでも言語に内在しているからだ。大澤真幸が「詩的真実」という比喩を用いるのは、「われわれが直面している状況がこれと同じ」、つまり、非日常的な出来事（「詩的真実」）が、「日常的現実の中に、日常的現実を通じて姿を現す」という極限形態を開示しているからである。

ところで私には、大澤真幸がこのところ、普天間基地や、北朝鮮、自衛隊等の政治的な問題に対して、社会学者にはあるまじき「詩的真実」を語り始めているように思われてならない。無論、私は彼をからかっているわけではない。だがどう見ても、その切迫した「記述」と「説明」は、尋常一様ではないのである。

例えば彼は、民主党政権（鳩山内閣）時代の普天間基地県外移設公約の破棄に関して、ウェブサイト上で「緊急発言　普天間基地圏外移設案」（無料ＰＤＦ版発行、朝日出版社）を提案している。これは誤植ではない。「県外」ではなく「圏外」、つまり普天間基地そのものを地上の「圏外」に廃棄してしまえばよいし、それは可能であるという、リアル・ポリティクスの次元では話題にもならなかった、「詩的真実」（「日常的現実」と別次元にあるのではない「出来事」＝「不意撃ち的な事件」）を語っていたのである。

大澤の基本認識は、普天間基地は沖縄の住民にとっても、日本人全般にとってもその「安全」に役立っているわけではなく、逆に（普天間に限らず）在日米軍基地こそ、極東情勢に鑑みて日本にとって最大のリスクになっているというものだ。具体的な主張を抜粋してみよう。

「問題は、アメリカ軍という、一国の主権が十分に及ばない他者が、公然と存在し、その他者に依存して生きているという屈辱にこそある。

さらに、その上で、沖縄住民には、この屈辱を日本政府が自分たちにだけ押し付けることからくる屈辱、つまり、自分たちが日本国内で明らかに軽視されていることからくるもう一段階の屈辱がある。つまり、沖縄にとっては、屈辱は二重化しているのである。アメリカに規準を置いたときの屈辱と、日本政府の観点を入れた屈辱、二重の意味で、沖縄県民の自尊心は踏みにじられている」

こうした沖縄にとっての屈辱の二重化は、基地問題に限定されはしない。それは日本近代の出発の時点での琉球処分（廃藩置県に際しては鹿児島県に隷属、その後改めての琉球藩、沖縄県設置を経て日本の版図に組み込んだ一連の政策）にまで遡るのである。

「沖縄の困難は、日本の困難、日本全体の困難である、という形で問題を普遍化しなくてはならない。プロレタリアートが資本主義社会全体の矛盾を体現していたように、沖縄は日本全体の矛盾を体現している、と考えなくてはならない。実際、そうではないか。先に述べたように、沖縄が基地を拒否しているのは、眼の前で、自国の主権の守備範囲から逃れている他者が傍若無人に振る舞っていること、しかも、その他者に自分たちが依存もしているという現実である。だが、これは、沖縄の困難ではなく、日本の困難である。これは、沖縄とアメリカの関係からくる困難ではなく、日本とアメリカの関係に由来する困難だ。つまり、沖縄の矛盾は、日本の矛盾なのだ。ただ、沖縄は、日本全体が抱えている矛盾を、先鋭に可視化しているだけだ。

したがって、ここから導きだすことができる結論は、明白だ。県外移設ではなく、圏外移設を訴えなくてはならない。基地を別の県に移設したところで、矛盾が、別の場所に転移しているだけで、全然、解決されてはいない。根本的な解決は、少なくとも根本的な解決のための一歩は、基地そのものの撤去以外にはありえない」

大澤はさらに、ここで言う「圏外移設」が、「国外移設」を意味するわけではなく、「消滅」だけしか「解決」はありえないと断っている。大澤の主張に論理的な破綻は全くない。問題はそんな夢のような話が、現実の日米安保体制のもとで果たして実現可能なのかというリアリティの問題である。だが、あえて大澤は「詩的真実」に（のみ）就こうとしているかに見える。彼は「圏外移設」のための実際の日米交渉について、どう考えているのだろうか。

周知のように普天間は米海兵隊の基地である。大澤は最終的に、基地反対運動をバックに、オバマ政権に「海兵隊」の都合と、「日本国民」の普遍的切望を天秤に掛けさせ、「圏外移設」を認めさせるように仕向けることは可能だと結論する。そして、普天間基地廃止を、日米関係のあらゆる矛盾解決の第一歩とすべきであると言うのである。

私見では大澤の「詩的真実」は、やや中途半端のきらいがある。つまり、日米関係の非対称性（アメリカは日本を守る義務があるが、その逆の義務はない）は、現在、集団的自衛権のなし崩し的「解釈」（安全保障法制による恣意的な変更）によって、極東レベルで著しく様相を異にしつつあるが、それは措くとしても、普天間に関する大澤の主張は、日本の主権回復のための日米安保体制の根本的見直しか、さもなくば沖縄独立というファクターを抜きには絵に描いた餅に終わるしかないからである。

ただ、ここに『逆説の民主主義』における彼の主張を重ねてみると、その「詩的真実」が、必ずしも現実離れした「不可能」な言説として切り捨てることができないことが分かってくる。つまり大澤真幸は、ことのほか真剣なのだ。

彼のここでの主張は、いまある民主主義の破壊という物騒なものだ。それは機能不全の制度の裁ち直しのためであり、より具体的には機能不全に陥っている「平和憲法」の再生行使の提言であり、それによる北朝鮮の「解放」、さらに自衛隊解散という目論見を含む、大がかりな価値転換・政治転回への誘（いざな）いである。

その奥の手が、「資本主義的な交換を骨抜きにするための「贈与」という提案」（同）だった。具体的にそれはどういうことか。

彼はここで憲法非改正により、自衛隊を「海外での直接的贈与を任務とする特殊な部隊」に変成解体させること、そのような「国益」を超えた世界への奉仕＝「贈与」によって、「平和憲法」を実のあるものに裁ち直すことを提唱する（序章で見た加藤典洋「戦後の起源へ――今、私が考えていること」での問題提起にも重なる。加藤はここで自衛隊を、「自衛組織」＝「災害救助部隊」と、国連事務総長に指揮権を委ねる国連平和維持活動にのみ参加する「国連待機軍」に再編することを提案している）。

朝鮮半島問題に関しては、大規模な経済援助（＝「贈与」）によって北を民主化に向かわせ、南北朝鮮の統一にともなう莫大なコストを日本が一部負担し、これを「戦後補償」としてもよいと語る。「平和憲法を実効的なものにするために」――この「詩的真実」に到達するために、おそらく彼は社会学者としての裃（かみしも）を脱ぎ捨てて、北朝鮮の民主化のために（「王様は裸だ」と告知するために）難民の引き受けさえも辞すべきではないと語る。

さて、日常的現実のただ中に描かれた彼の「詩的真実」＝「出来事」（「不意撃ち的な事件」）の追求は、どのようにして「不可能性の時代」の「現実」の壁を食い破ることができるだろう。それはただ、大澤真幸が想定する「未来の他者」の立ち現れ如何にかかっているだろう。

私は「資本主義の超克(ちょうこく)を指向して為すべきこと」とは、「商品交換の反措定としての「贈与」である」（『逆説の民主主義』）と明快に語り、そこから右のような「詩的真実」を語り起こす大澤真幸の今後の「実践」に注目せざるを得ない。なんとなれば、彼の数々の提案は、今のところ何一つ実現していないのだが、私自身、彼の具体的な提案に何一つ反対ではないからである。

ただ一つ気懸かりなのは大澤が、その「詩的真実」を担う「未来の他者」に、「中間層の解体から出てくる人間群」（マルクス）としての「プロレタリアート」の決定的な役割を改めて付与してはいないことである。普天間基地の「圏外移設」も、自衛隊の解散も、北朝鮮の解放も、そこに「プロレタリアート」の参入なくしては、「不意撃ち的な事件」は生起しようがない。

私たちは、「アイロニカルな没入」を打破するために、ソクラテス的な「産婆術」（それはアイロニーを解体するポジティヴな対話を意味したはずだ）を使って、この究極の「未来の他者」を、「可能なる革命[1]」の主体(エージェント)として今この場に生み落とさなければならないのである。おそらく大澤は、それが社会学的想像力の向こう側にある「詩的真実」であることに気づいているに違いない。

3 上野千鶴子の「おひとりさま」は「未来の他者」か？

泣く子も黙るフェミニズムの闘将・上野千鶴子が、声低く何事かを語り始めたのは、やはり3・11を経過した後のことであった。それ以前、『おひとりさまの老後』の「あとがき」で彼女は、例によって鼻息荒く、こう語っていた。

「不安とは、おそれの対象がなにか、よくわからないときに起きる感情だ。ひとつひとつ不安の原因をとりのぞいていけば、あれもこれも、自分で解決できることがらだとわかる。もしできなければ、最後の女の武器がある。「お願い、助けて」と言えばよい。／なに、男はどうすればいいか、ですって？／そんなこと、知ったこっちゃない。／せいぜい女に愛されるよう、かわいげのある男になることね」

こう挑発的に語る上野に、私はどうしてもまたかと思うしかなかった。無論、こんな居丈高な言説は3・11以降、禁じられることになるのだが、冗談にもせよ「お願い、助けて」が最後の女の武器だと言うなら、そういう虫のいい女たちが、一方で「おひとりさま」という名の「未来の他者」として「当事者主権」をこぞって主張し始めるなら、ケア・マネージメントは原理的に破綻するしかない。

私が上野千鶴子的な言説に与し得ないのは、他にも例えば従軍慰安婦問題で、「私はこの問題に体を張っています」などと息巻くそのパフォーマンスに、「女性的主体」の顕現による「女性的他者」の隠蔽という危険な罠を感じ取ってしまうからだ。私にはどうしても彼女のこうした感情過多の言説が、ジェンダーをめぐる社会的、「文化的不正」（リュス・イリガライ）を正すことにはならないと思えるのだ。そもそも、マルクス主義フェミニズムなどという仰々しい看板を掲げずとも、従軍慰安婦問題で地道に戦っている（上野千鶴子以上に真摯に）女性は大勢いるだろう。

だが、「大震災のあとの春に」と書き記された、『ケアの社会学――当事者主権の福祉社会へ』の「初版への序文(2)」で上野は、うって変わって実に静かな低い声で語り始める。この書物に感銘を受けたのは、そればかりでなく、私自身が介護初心者のまま、お役御免となったことに忸怩たる思いでいるからでもあるが、やはり私はそこに上野の社会学者としての成熟を見ないわけにはいかなかった。『ケアの社会学』は、高齢化社会にあっての「未来の他者」問題を考察するまたとない実践的な書物なのである。

「福祉は「補完主義の原理」で成りたってきたが、その際、「市場の失敗」を補完するのが国家であり、その「国家の失敗」を補完するのが「市民社会」であると考えられてきた。「家族の失敗」はそれより先に前提とされていたが、そこでいう「家族の失敗」とは、「失敗した家族」すなわち死別や離別で家族から見離されたひとびとだけを指していた。だからこそ福祉の対象は、孤老やシングルマザーなどに限定されてきた。逆に家族がそろっていさえすれば問題はないと見なされてきたのが、家族依存の「保守主義的福祉レジーム」だが、その家族がとっくに空洞化していることを、二〇一〇年にメディアを賑わした「消えた高齢者」事件（同年発覚した、戸籍上は存在しているが生死または実居住地の確認が取れない多数の高齢者のこと――引用者）はあきらかにした。近代家族論があきらかにしたのは、まともに見える家族そのものがケアという重荷を負った「積みすぎた方舟」［Fineman2004=2009］だったことである。歴史的に見れば「家族の失敗」は織りこみ済みだった、ただ政府と研究者がそれを認めなかっただけで」（「初版への序文」）

上野の「ケアの社会学」は、中西正司との共著『当事者主権』の理念に沿って鍛え上げられてきた。従来の福祉サービスが「当事者」自身のニーズではなく、その代行者としての家族や第三者であったものを、「当事者」のニーズを最優先するように考えること、これが「当事者主権」の基本理念である。介護保険制度が始まって十五年、介護の社会化要求に関して上野は、「障がい者」が当事者としてこの問題にコミットしたのに対し、介護世代が高齢者介護に取り組んできたことを指摘している（『ケアのカリスマたち――看取りを変えるプロフェッショナル』他参照）

私たちはここで、様々な「失敗」の意味を再考すべく促されているのである。「要介護者」という名の、常にすでに今ここにいる「未来の他者」に、「失敗」の付けをこれ以上回さないために。

上野千鶴子が声低く語るのは、次のような一節においてである。私は掛け値なしに、こういう社会学者の言葉に共感する。それは彼女の言葉もまた、大澤真幸とはおよそ別の語り口ではあるが、日常的現実に根ざした「出来事」の非日常的強度（大澤真幸が語る日常的現実に内在する「詩的真実」のリアリティ）を保っているからである。上野千鶴子は語る。

「「災害ユートピア」（レベッカ・ソルニット——引用者）ということばがある。「受難の共同体」は、わかちあいの理想を一瞬でも実現させる。行政も警察も機能しなくなったとき、日本ではホッブズのいう「万人の万人に対する闘争」、弱肉強食の野蛮状態は現象しなかった。

それを日本人の国民性に解消する必要はない。東北人の忍耐強さに還元しなくてもよい。前近代的な血縁・地縁社会が彼の地では生きているからだと推定しなくてもよい。民主主義と市民社会の成熟の証だと思えばよい。なぜなら市民社会とは、どんな条件下におかれた他者であれ、自分と同じ人格を持った個人として尊重するという想像力にもとづいているからである。受難はわたしだけではない、わたしは被災者ではないが他人事ではない、わたしにできることがあればできる範囲で助け合い、支えあおう、という市民意識が、地域と国境を越えて、これだけの規模とレベルで拡がったのだ」（同）

そう語れるのは、上野千鶴子もまた、「未来の他者」を恃んでいるからなのだ。

「そのなかで災害弱者に対するまなざしも育まれた。高齢者を高齢だからという理由で、助からなくてもよかった、とは誰も思っていない。避難所では医療ニーズだけでなく介護のニーズが求められた。医療関係者だけでなく、介護ワーカーにも出番が要請された。寝たきりや車椅子の人たちに、支援の手をさしのべる動きもあった。

わたしたちが到達した社会はこのようなものだ。

希望を持ってよい」(同)

その「希望」は、「未来の他者」との連帯を織り込んだ被災地、被災者との連帯の持続(震災は「要介護者」の概念を潜在的領域にまで拡張させ、ケアの本質的な社会構造を顕在化させた)によって、「詩的真実」となるだろう。一面それは、「市場」や「国家」の失敗の付けを、「未来の他者」に押し付けない、社会的な配慮(ケア)の実相を引き寄せることにもなろう。したがって、上野千鶴子を再ブレイクさせた「おひとりさま」という「未来の他者」との連帯には、ぜひ男性も加えて欲しいものである(何故、彼女は事ある毎に男を排除して、問題領域を無意味に限定しなければならないのだろう)。

「長生きすればするほど、みんな最後はひとりになる。／結婚したひとも、結婚しなかったひとも、最後はひとりになる。／女のひとは、そう覚悟しておいたほうがよい。／少子高齢社会のいま、女性にとって〝家族する〟期間は短縮している。配偶者がいても、平均寿命からすればほとんどの場合、夫のほうが先に逝く。子どもは、せいぜいひとりかふたり。彼らもいつかは家を出ていく。／だとすれば、女性の生き方も〝家族する〟のにふさわしいノウハウを身につけるばかりでなく、〝ひとりで暮らす〟ためのノウハウを準備しておいてもよいのではないか。だれでもいずれはひとりになるなら、早めにスタートするか、遅めにスタートするかだけのちがいだ。／そこで、シングルのキャリアであるわたし（たち）の出番だ。ひとり暮らしのノウハウならまかせてほしい。そして、ひとりになったあなたといっしょに「おひとりさまの老後」を楽しもう」（『おひとりさまの老後』、「はじめに」）

こんなことを言うために、ことさら男性を排除しなければならない理由が判然としない。が、ともかく私は、上野千鶴子に啓蒙され、孤立を恐れず「おひとりさま」という「未来の他者」との連帯求めて、何とか後期高齢の老後を楽しもうと考えるようになったのである。「老化とは中途障がい者になること」という上野の基本認識は、至極まっとうであろう。だが、ここに至る上野理論受容への道は、なだらかではなかったと言わねばならない。

私たちはここで、ポスト・モダンの波に一度は呑み込まれたフェミニズムというイデオロギー装置の脱イデオロギー化と、ポスト冷戦の一九九〇年代における再イデオロギー化の過程を振り返ってみる必要がある。

上野のマルクス主義フェミニズムという戦闘スタイルは、そうした時代の潮目を読み切った女性社会学者の知的意匠でもあったからだ。一九八〇年代に猖獗をきわめた、ポスト・モダン旋風終息後のアカデミズム左翼の最後の砦として、マルクス主義で理論武装したフェミニズムは、政治的な真空地帯を埋めるかのように再浮上してきた。

とりわけ、「ポスト・コロニアリズム」のパラダイムが、必然的に「ナショナリズムとジェンダー」といった手つかずの領域を押し開いたとき、上野流のマルクス主義フェミニズムが、あのイデオロギー崩壊の時代にあって、最強のイデオロギーとして機能したことは記憶に新しい。こうして九〇年代末には、従軍慰安婦問題にコミットしつつ、ナショナリズムとジェンダーの歴史性をめぐる左翼的再審の請求課題に、体を張っていると宣言した上野は、強面女性社会学者の名をほしいままにした。

4 ジェンダーという変数の導入

『ケアの社会学』の前哨をなす『家父長制と資本制――マルクス主義フェミニズムの地平』で、上野はこんなことを語っていた。

「不払い労働としての家事労働に従事する女性の地位は、長兄の家に寄食してタダ働きをしている非婚の次、三男の立場と、基本的には変わらない。しかし男性のうちわずかが、家族の内でこういう従属的な家内労働者の地位に置かれるのに対して、既婚女性の大半は家事労働者という不払い労働者になる。このしくみには、性という変数が、不可避的・構造的に作用している。／したがって、女性の抑圧には物質的な基礎がある。それは、家事労働という不払い労働の家長男性による領有と、したがって女性の労働からの自己疎外という事実である。家父長制は、この労働の性別原理によって利益を得ているから、既婚女性は、階級のちがいを超えて「女性階級 **women class**」を形成し利害を共にする、とデルフィ（クリスチーヌ・デルフィ）は言う。この「階級」規定は、女性＝家事労働者の、労働からの自己疎外という物質基盤を持っているから、疎外感の有無にかかわらず疎外の事実が存在する。むしろ、この労働疎外の認識を通じて階級形成をしていくことが、女性運動の目的となる」（傍点原文）

もとより、マルクス主義フェミニズムの立場からは、「女性階級」はプロレタリアートでなければならない。つまり、そのような「未来の他者」として階級的に自己産出する他に、「家父長制」に基づく（不払い）労働からの、またその「自己疎外」からの解放の手だて（階級闘争）はあり得ないのだ。

先の『ケアの社会学』第Ⅳ部「ケアの未来」で上野は、マルクスの最後の後継者と見なされる世界システム論のウォーラーステインの『資本主義経済論――階級・エスニシティの不平等、国際政治』は、階級に加えて、国籍や人種、民族といった「商品化されない労働力」を、変数としてグローバリゼーションの時代に即応して組み込んではいたが、そこにはなお「ジェンダー」が欠けていたと鋭く指摘する。

そして、世界システム論として、社会的な「周辺」としての「女性」という変数を持ち込んだのが、フェミニズム系の世界システム論者・マリア・ミースだと言うのだ。「ケアの値段」をめぐって、上野は『家父長制と資本制』から次の一節を自ら引用している。

「最後に、ありとあらゆる変数を問わず、労働の編成に内在する格差の問題が残る――それは、なぜ人間の生命を産み育て、その死をみとるという労働(再生産労働)が、その他のすべての労働の下位におかれるのか、という根源的な問題である。この問いが解かれるまでは、フェミニズムの課題は永遠に残るだろう」(『ケアの社会学』)

そして彼女は、「今から二〇年前に投げかけられたこの問いは、今日に至るまで解かれていない。それどころか、この二〇年のあいだにグローバリゼーションという新たな環境の変化を経験して」、「問いはさらに複雑さと深刻さを増した」（同）と結論づける。

ここに、「女性」問題に特化できない「家事」、「介護」労働問題のフェミニズムというフィルターを通した再-政治化の要点がある。とりわけ、ケアの本質的構造を顕在化させた震災後の状況にあって、私たちは上野の労作を通じ、「未来の他者」との連帯（協働＝共助）の新たな回路を、具体的に絞り込むことができるのではないか。

それは、マルクス主義フェミニズムをイデオロギー的に武装解除するものでは些かもない。むしろ女性という名の「プロレタリアート」を、資本制を超克する「未来の他者」として異領土に再組織（自己組織化）するための新機軸として、マルクス主義フェミニズムは裁ち直し（＝再-政治化）されなければならないのである。そのとき私たちは、「女性」という異文化と真に交感し得る共通の基盤を、新たに獲得するだろう。

さて、筆者が注目した上野千鶴子のもう一つの近作は、『ジェンダーで世界を読み解く』（未刊、『すばる』二〇一二年一月号、同年四月〜七月号）である。ここから私は、日本の「戦後思想」の死角を埋める上野的フェミニズム思想の意外な可能性に思い至った。

例えばこの連載の2「サイード『オリエンタリズム』を巡って」で、上野は「彼が「オリエント（東洋）」と「オクシデント（西洋）」について語る文章を、わたしはすべて「女」と「男」に入れ替えて読まずにはいられなかった」とし、オリエンタリズムをめぐるエドワード・W・サイードの言説が、「おどろくほどジェンダーについても当てはまる」と語っている。

アナロジーとパラフレーズによる地平の更新は、現代思想的テキスト・パフォーマンスの特徴でもあろうが、ここで私は、今日的視点から最良の「戦後思想」と思われる、竹内好の日本的オリエンタリズム批判の一連の言説を想起しないわけにはいかない。サイードに遥かに先駆けて竹内は語っていたのだ。ヨーロッパの歴史は、自己を自己たらしめる不断の自己更新の緊張の持続によって成立したと。そして、この緊張を支えているのは、「疑う我を疑いえない」というデカルト的な近代精神であったと。

一方、絶えず自己であろうとする動きを永久に反復し、そのなかでしか自己を確認できない更新に次ぐ更新の持続は、資本の運動にも擬せられるのであり、そこに西欧的資本主義の精神が形成された。したがって西欧が、進歩の観念の自己拡張の果てに、東洋という異物と遭遇し、改めてその差異により自己を確認したのは、歴史的必然でもあった。だが、西欧の空間的拡大による自己解放は、結果的に異質な原理に生きる東洋の抵抗を招き寄せずにはいない。

「抵抗を通じて、東洋は自己を近代化した。抵抗の歴史は近代化の歴史であり、抵抗をへない近代化の道はなかった。ヨオロッパは、東洋の抵抗を通じて、東洋を世界史に包括する過程において、自己の勝利を認めた。それは文化、あるいは民族、あるいは生産力の優位と観念された。東洋はおなじ過程において、自己の敗北を認めた。敗北は抵抗の結果である。抵抗によらない敗北はない。したがって、抵抗の持続は敗北感の持続である」（竹内好「中国の近代と日本

の近代――魯迅を手がかりとして」一九四八年）

そこに、「東洋が可能になるのは、ヨーロッパにおいてである」という歴史の逆説が働いていた。この認識はサイードの『オリエンタリズム』の認識を、遥かに先取りしていたと言える。さらに竹内によれば、「東洋を包括したことで世界史は完成に近づいたが、そのことが同時に、それに含まれた異質なものを媒介として、世界史そのものの矛盾を表面に出した」（同）のである。では、日本はどうであったか？ 近代日本には東洋（典型的には中国）の抵抗がなかった。そのことによって、日本は東洋ではなく、しかも自己保持の欲求のない日本は、ヨーロッパでもなく、「つまり日本は何ものでもない」。キャッチアップ型の近代化に過剰適応した日本は、脱亜の選択によって、擬似的なオリエンタリズムをアジアに対して行使することになる。その精神史的な起源と、アジア侵略の本質が竹内の考察によって初めて開示されたのである。

「戦後思想」は今日、こうした遡行的再発見によって、辛うじて命脈を保っていると言えるのだ。柄谷行人の歴史の反復説（百二十年周期説）によれば、「新帝国主義」段階に擬せられる世界史の現在にあって、日本を取り巻く情勢は日清戦争（一八九四年）前夜ということになる。

一方、脱冷戦のポスト・コロニアルな状況にあって、日本はロシア、中国、韓国と「固有の領土」をめぐって深刻に対峙しつつある。この期に及んで、『坂の上の雲』に酔いしれている国民大衆の〝民度〟に照らして、ナショナリズムを煽り立てることほど不毛な歴史的反復はない。

この機会に東洋―アジアを歴史的に考察するに際して、竹内好を再導入すること。3・11以降の思想形成に、とりあえず「何ものでもない」日本という本質を鏡に映し出して見ることは、このアポリアを突破するために不可避の歴史的な基礎作業になるだろう。さらには、中国、韓国との歴史認識問題に関しても。改めてそれを、ジェンダー論として読み替える上野千鶴子に聞くとしよう。そこで彼女はこう語っている。

「サイードはオリエンタリズムを理解するにあたって、以下の3つの限定条件をつけた。

第1に、オリエンタリズムを、言及対象を持たない単なる西洋人の妄想だと見なしてはならない。オリエンタリズムが表象するオリエントと現実のオリエントとの間に、符合があるかどうかを検証することに意味はない。むしろオリエンタリズムという言説編成のなかにある整合性や観念の集合こそが問われるべきなのだ。

第2に、オリエンタリズムは単なる言説ではなく、それ自体、強制力をともなう権力だということを忘れてはならない。「西洋（オクシデント）と東洋（オリエント）とのあいだの関係は、権力関係、支配関係、そしてさまざまな度合の複雑なヘゲモニー関係にほかならない」

第3に、オリエンタリズムとは単なる虚偽や神話だと考えてはならない。オリエンタリズムとは「オリエントを題材とするヨーロッパ製の空想物語」などではなく、オリエントとは何かを通じて、オクシデントとは何かを定義するための西洋の自意識の形成に関わる核心的な言説だからである。オリエンタリズムとは、「統治者としての西洋の至上性」を保証するものでなければならなかった」

先の竹内好の問題提起を想起しつつ、次の一節を咀嚼してみよう。

「「ヨーロッパ文化が、一種の代理物であり隠された自己でさえあるオリエントからみずからを疎外することによって、みずからの力とアイデンティティーとを獲得した」経緯からすれば、西洋はみずからを定義するために東洋を必要とした、というべきだろう」

上野はこうした方法を、サイードがフーコーの言説分析の方法から学んだと述べ、「知」が権力の作動する様式であることを喝破したフーコーを宣揚する。そこから、彼女は改めて、「オリエンタリズムをめぐる以上の言説の性格は、おどろくほどジェンダーについても当てはまる」と語り出すのである。

「第1に、女についての男の言説を、単なる「男の妄想」と却下すべきではない。女をめぐる表象が、現実の女と符合しないことを検証することに意味はない」

「第2に、ジェンダーは権力と支配の言語であることを忘れてはならない。ジェンダーは単に中立的な分析概念であるのではなく、それを通じて「状況の定義」が行われるヘゲモニックな言説実践の場なのだ」

「第3に、ジェンダーは女性を客体化することを通じて、男性を主体化するアイデンティティの構築の要でもある。男はみずからの「高貴さ」を確立するために、女という「劣った者」を必要とした。「男らしさ」「女らしさ」がいかに本質主義化された愚劣な妄想であろうとも、それが社会的に構築されたものであり、虚構だと指摘するだけでは十分ではない」

こうして上野は、単なるアナロジーを超えて、ポスト・コロニアル批評とフェミニズムの時代平行的な影響関係にまで言い及ぶ。そして、「敵の武器をとって闘う」抵抗の様式（能動的主体性agencyによって家父長制のグロテスクさを暴く）こそ、ポスト・コロニアルなフェミニズム批評実践の優れた方法だと結論づける。ここでも問題は、そうした能動的主体を、いかにして「プロレタリアート」という「未来の他者」に変成できるかというラディカル・フェミニズムにとっての思想的な隘路なのである。上野は語る。

「東洋は女性である。まなざされ、欲望される客体である。対するに西洋は男性、まなざす側、欲望の主体である。サイードはカール・マルクス（1818-1883）の『ルイ・ボナパルトのブリュメール18日』から、「彼ら（労働者――上野）は、自分で自分を代表することができず、だれかに代表してもらわなければならない」という一文を、『オリエンタリズム』の序説の始まりに引用している。労働者同様、オリエントも、そして女性も、みずからを「代表represent」することができない。なぜなら彼らには支配者の言語が使えないからだ」(「ジェンダーで世界を読み解く2――サイード『オリエンタリズム』を巡って」)

この意味でフェミニズムは、未だに「女性」という能動的主体による純エクリチュール的な課題を解決しているとは言い難い。尾崎翠研究などの実績があるリヴィア・モネに倣っていうなら、「男のように書く女のように書く男」でも「女のように書く男のように書く女」でもない、真に「女」性の能動性に裏打ちされた表現――「女性として語る言葉」を奪われた女性の――は、依然として「未来の他者」に委ねられていると言うべきなのである。

プロレタリアートが、「世界史的にのみ実存しうる」(廣松渉編訳『ドイツ・イデオロギー』)し、また、「「世界史的な」実存としてしか現前しえない」(同)以上、もし女性という能動的主体が世界史的な位相で、「支配者の言語」ではない言葉を持って歴史に参入するなら、それはフェミニズムの思想を最もラディカルに体現した、文化的性差(ジェンダー)を超えたプロレタリアートという名の「未来の他者」が、己を揚棄し、超-脱階級社会の扉を開く時なのではないだろうか。「女性」という異文化=異領土(単に「男性」にとってだけではなく、「女性」自身にとってもそうである「女性的他者」)を、資本主義的な開発=搾取の罠から解放するために、私たちはプロレタリアートというillusionの歴史的な回帰を、なお切実に必要としているのである。上野千鶴子の「おひとり様」という独我論の残滓のような表象は、すべからくプロレタリアートという名の「未来の他者」に変成しなければならない。

あとがき

タイトルについて、若干の説明を加えておきたい。本書で取り上げたのは、前半部では戦後思想・文学の「巨人」たちと呼ぶに相応しい死者たちであり、後半部では柄谷行人以下、その呼称自体がそぐわぬ現役の思想家たちである。

象徴的に言えば、一九七〇年代初頭の柄谷行人の登場は、思想や文学に特権的な価値と役割が与えられていた時代の終わりと重なっていた。『マルクスその可能性の中心』の初出は『群像』だが、それが文芸ジャーナリズム史上の「事件」だったのは、たんに文芸誌に本格的なマルクス論が掲載されたからではない。今にして思えば、それは戦後思想なり文学が〝偉大〟であり得た時代の終焉と、新しい時代の始まりを告知していたのである。

私は柄谷行人によるポスト一九六八年とも言うべき批評言語の更新と、中上健次の登場による戦後文学へのアタックを、同時代的な出来事として受け止めた最初の世代だった。

ところで、大西をはじめとする前世代の「巨人」たちは、好むと好まざるとに関わらず、どこかで特殊日本的な「戦後」を担い、またそのことで彼らの言説には、多かれ少なかれ何らかの偏向が加わっていたのである。一九六〇年代の半ば過ぎ、巨人たちの一人である吉本隆明は次のように語ったことがあった。

「文学者としての江藤淳は日本のボクサーに喩えてみると世界タイトルに挑戦すれば15回までやって僅少差で判定負けするとおもう。さてそういうわたしはどうだろう？　6回までに相手をたおせればよし、そうでなければおそらく大差で判定負けするだろう」（「一つの証言」）

ここでの世界タイトルへの挑戦者としての彼らのターゲットは、構造主義以前のフランスの哲学者ジャン＝ポール・サルトル以外にはなかった。時は流れ、吉本はミシェル・フーコーと日本で、江藤はフェリックス・ガタリとフランスで相まみえることになる。その不幸な出会いと、取り合わせのちぐはぐさの原因は、彼らの特殊日本的な巨人ぶりにあったと言うべきだろう。

柄谷行人がポール・ド・マンやフレデリック・ジェイムソンとの関係で、そのような行き違いはおそらく生じなかったはずだ。それを時代的な制約に帰することはできない。だが、後者の国際性を、単純にドメスティックな巨人たちの知性的な限界と対照しても意味はない。そこには、普遍性を拒否する彼らの無意識の欲動が微妙に作用していたような気がする。それだけが、私にとって日本の「戦後」についての残された謎であり、意味ある最後の問いだ。

廣松渉の弟子筋に当たる、熊野純彦訳のカール・レーヴィット（戦前、東北大学でも教鞭を取ったハイデガーの高弟）『共同存在の現象学』を一読すれば、柄谷行人がカントをいかに普遍的なレベルで読み込んでいるかが分かる。埴谷雄高はカントを、吉本隆明はマルクスやフロイトを、そして江藤淳はサルトルをそのようには咀嚼できなかったのである。今さら誰がそれを嗤うことができよう。

だからこそ私は、一度彼らを同列に論じてみたかった。柄谷行人以降、すなわち一九八〇年代以降、日本の思想・文学は、戦後的な段階をあっさり通り越してしまった。マルクス主義フェミニズムの闘士・上野千鶴子の処女作『セクシーギャルの大研究』は、脱 - 戦後的な次元で広告業界に受け入れられた。あるいは大澤真幸が、戦後文学の後に来る「内向の世代」の指向性を、内側から破って見せたのが柄谷行人だったと明快に語った（『戦後の思想空間』）とき、彼は戦後的なパラダイムを内破させた柄谷を語るべきポジションを、まさに戦後の思想空間の外に確保していたのである。

いま戦後七十年という区切りが、様々な場所で議論されているが、ここで論じた巨人たちとその後を担う知性を、同じ土俵に乗せて論じられる機会は、おそらく戦後八十年目にもその後も訪れはしないだろう。その思いを今、改めて強くする。

担当編集者の湯原法史氏には、『江藤淳――神話からの覚醒』、『戦後日本の論点――山本七平の見た日本』に続き三冊目の本を作っていただき感謝にたえない。思想や文学を論じる場所自体が時々刻々と減じられるこのご時世にあって、氏の存在は私のような、絶滅品種に近い在野の批評家にとって救い主のようなものである。

果たして私はこの名伯楽に導かれて、「巨人」たちの時代の死をよく見届けることが出来ただろうか。

註および参考文献

まえがきに代えて

（1）筆者が最初にこの言葉に接したのは、柄谷行人の『倫理21』（二〇〇〇年）における次の一節においてである。「われわれは、これまでと同じようなやり方で、経済成長を期待することはできない。そう遠くない将来において、大災害や食糧危機が起こることは予想できることです。だから、現在、先進国において、持続可能な循環的社会を提唱する人たちが増えています」。

柄谷はしかし、それは「先進国」に特化された問題などではないと言う。「先進国の人々がそう思ったところで、後進国の人々に経済成長をやめろというのは不当です。それに、大災害は、環境汚染に責任のない後進国にこそ最も露骨にあらわれるはずです。だから、われわれは彼らの「合意」を必要とします。さらにいえば、むしろ危機を体験するのは、まだ生まれてもいないような人たちです。生きている大人の「幸福」だけを考えるだけでは、またその間に「合意」があるだけでは、不充分なのです。倫理性は、まだ存在もしていないような未来の他者との関係においてもあります」。なお、小林敏明は近著『柄谷行人論――他者のゆくえ』で、翌年の『トランスクリティーク――カントとマルクス』に即して、「現在の公共的合意」を超えるような「未来の他者」を相手にした「普遍的な倫理」について考察している。

（2）周知のように、『源氏物語』後半の「雲隠（くもがくれ）」の巻はタイトルのみで、本文が一行もない（光源氏の死を暗示）。

序章

（1）その後の論考「戦後の起源へ――いま、私の考えていること」（『ｍｙｂ（みやび）』新装1号）で加藤典洋は、改めて吉本隆明について次のように語っている。「思想はたえずその時代のマジョリティを相手に、マジョリティの動向に抵抗しながらもなおつねにそれに寄り添いつつ動くところに、そのオーソドクシー（正統性）をもつ。そういう吉本隆明の考え方に、私は説得されるものを感じてきた」。それを踏まえて彼は、『敗戦後論』で提起した、戦後憲法の「選び直し」という自説の軌道修正を試みている。すなわち彼は憲法九条が、「原爆（核兵器）の存在」と「相補的に支え合って」いたのではないかという疑念に基づき、「核兵器の出現以前」に遡って、そこから「未来方向に眺望してみること」を再提起する。

（2）同時にこの年は、日本の利己的な経済進出へのアジア諸国からの反発が「暴動」（ジャカルタ）を誘発したことでも記憶される。また、「狂乱物価」が流行語になるとともに、水野の言に反して経済実質成長率が戦後初めてマイナス（〇・五％）を記録した年でもあった。原子力船「むつ」の放射能漏れが発見されたのも、同じく一九七四年である。

第一章

（1）「人間の意志はなるほど、撰択する自由をもっている。撰択のなかに、自由の意識がよみがえるのを感ずることができる。だが、この自由な撰択にかけられた人間の意志も、人間と人間との関係が強いる絶対性のまえでは、相対的なものにすぎない」（「マチウ書試論」、『藝術的抵抗と挫折』所収）。

「人間は、狡猾に秩序をぬってあるきながら、革命思想を信ずることもできるし、貧困と不合理な立法をまもることを強いられながら、革命思想を嫌悪することも出来る。自由な意志は撰択するからだ。しかし、人間の情況を決定するのは関係の絶対性だけである。ぼくたちは、この矛盾を断ちきろうとするときだけは、じぶんの発想の底をえぐり出してみる。そのとき、ぼくたちの孤独がある。孤独が自問する。革命とは何か。もし人間の生存における矛盾を断ちきれないならばだ」(同、傍点原文)。

(2) 吉本隆明の論争を通じた〝左翼狩り〟は、反原発派からエコロジストにまで及ぶが、脱戦後思想の論客との間では、『共同幻想論』への批判的論註、「幻想・構造・始源——吉本隆明『共同幻想論』をめぐって」(せりか書房版『人類学的思考』)を試みた山口昌男との論争もあった。

すでに「戦後思想」の範疇から逸脱した山口昌男の登場は、「政治と文学」的なパラダイムを支えた、政治的、芸術的「前衛」の機能不全後の知的攪乱、トリックスター的身振りによる知の活性化を狙ったものであった。六八年以降の脱政治化の時代に、例えば山口は新左翼的な文脈を切断したトロツキー論「革命のアルケオロジー」(『歴史・祝祭・神話』)などをものするのだが、紛れもなくそれは、蓮實重彦が『表層批評宣言』を引っさげて登場する八〇年代以前の、「前衛」なき時代の知の最前線にあった。吉本隆明はそうした山口の『道化の民俗学』にみられるジャーナリスティックな〝軽さ〟を突いて、「チンピラ文化人類学者」と罵った。

(3) 「末期の眼」はもともと、川端康成が狂死した画家・古賀春江の晩年をめぐるエッセイのタイトルで、芥川龍之介の「或旧友へ送る手記」の一節、「君は自然の美しいのを愛ししかも自殺しようとする僕の矛盾を笑うであろう。けれども自然の美しいのは、僕の末期の眼に映るからである」が出典。三島由紀夫は本文の収録された『川端康成全集』第十三巻月報(12)に、同名のタイトルのエッセイを寄稿、川端の文章に「透明かと思えば不透明な」、「不吉なものが漂っている」と喝破した。本巻発行の日付は昭和四十五年三月、三島の死の八カ月前である。

（4）一九六五年発表の本論の前提には、日本を敗戦に至らしめたポツダム宣言の受諾が、無条件降伏を意味するわけではないという福田の信念がある。福田は無条件降伏要求とは、日本国政府に対するものではなく、単に日本の軍隊に対するものであって、そこには日本軍の解体さえ明示されていない、こうした内容を伏せ、国民大衆に、それが無条件降伏であったかのごとき錯覚を与えてきたのは、「平和憲法」を謳歌強要してきた「進歩的知識人」の戦後責任として、改めて糾弾されるべきであるとした。この主張は一九七八年、江藤淳・本多秋五の間で交わされた「無条件降伏論争」において、そっくり江藤の論拠として巧妙に剽窃されている（江藤淳『忘れたことと忘れさせられたこと』、浜崎洋介『福田恆存　思想の〈かたち〉』参照）。

（5）玉野井芳郎・槌田敦の対談「エントロピーと開放定常系――広義の経済学・物理学の構築に向けて」（『現代の眼』七七年十一月号）、河宮信郎「エントロピーと熱力学的使用価値」（『科学』八二年No．3）、「槌田理論の〝客観的価値〟とは――理研当局の評価を批判する」（同No．5）、室田武・槌田敦「開放定常系と生命系――江戸時代の水土思想からみた現代エントロピー論」（鶴見和子、川田侃編『内発的発展論』所収）をも参照。

（6）大前研一は事故後、「原発はもう民間企業では継続できない」（「ビジネス・ブレークスルー757ch」スカイパーフェクTV！）と脱原発の方向性を示唆している。もっとも彼は、政府の原発再稼働に疑問を呈しつつ、小泉純一郎元首相の原発「即ゼロ」発言に対しては、「無責任」と批判している（「復興ニッポン」二〇一三年十一月二十八日十六時十分配信）。

第二章

（1）村上一郎の『北一輝論』を絶賛した三島由紀夫に対し、村上は三島の死後、「このひとにとって、天子をしたうこと、あたかもひとりの婦女子を恋うるがごとくであり、それは何も異常なことでなく、日ごろの生活のなかでのことであったのだ。しかも天子に向って手の焼けるような熱い熱い握りめしを差し上げ、天子がいらぬというなら、すぐさまその場を去らずに腹を切るというのが、三島の思い描く君臣の関係であった」（「末期の瞳」、『士気と感傷』所収）と心情溢れるオマージュを奉げた。もとより三島は、そのように純情可憐な〝天皇主義者〟などではなかった。

（2）藤井徳行「明治元年・所謂「東北朝廷」成立に関する一考察——輪王寺宮公現法親王をめぐって」（手塚豊編『近代日本史の新研究Ⅰ』北樹出版）

（3）財川外史「消された天皇——「東武皇帝」と幕末南北朝」（『ムー』二〇〇九年十月号参照）

第三章

（1）未定稿（『埴谷雄高全集　第三巻』）の直筆原稿（写真版）は、『同全集別巻『資料集』』参照。

（2）大西巨人『神聖喜劇』第三部（「運命の章」第一「神神の罠」）には、五高文科から陸士へ転進した「村上少尉」の「履歴における若干の異色」に事寄せて、「昭和十年（一九三五年）前後の数年間は、戦争の準備および実行と「左翼」の一般的退潮との時代であったとともに、一面では青春世代の思考・行動に多様な「異色」が発生した（そしてそのある部分は普遍化せられ風俗化せられさえした）というような時代であった」という「私」（東堂太郎）の感慨とともに、『精神の氷点』の主人公の入隊前の犯行として語られた、次のような事件が紹介されているので、長文になるがあえて註記する。

「……北九州のある都市で会社勤めをしていた一人の中流下層階級青年知識人は、召集令状を受け取ってから数日間、夜な夜な金槌一挺を隠し持って目的物を物色しつつ市内を徘徊しつづけた。「目的物」？ 一九三〇年代ＲＫＯ社製作怪奇冒険映画『奇巌城』の一登場人物が'I hunt the most dangerous game.'（「余は最も危険なる獲物を狩猟す。」）と宣言したとき、彼の'game'（「目的物」）は鳥でも獣でもなくて人間であったが、青年知識人も同様の主張を心に秘めて夜夜のさまよいを繰り返したのではなかったか。ついに彼は、入隊期日の前前日、深夜の市立公園内で、それまで彼の見も知らなかった中年男一人をなぐり殺した。／その翌日昼下がり、彼の入隊先を目指して省線停車場に至った青年知識人は、まさに列車に乗り込もうとして、逮捕せられた。各新聞は、当初この殺人事件発生を大大的に取り扱ったにもかかわらず、犯人逮捕に関する非常に簡単不明瞭な記事を掲げたのみで、以後完全に沈黙してしまった。これは、警察官庁の記事掲載禁止命令が発せられた結果であった。――そのころ新聞社には、戦争の長期化・困難化につれて、政治面に関しても社会面に関しても、ますます多くの記事掲載禁止が通達せられて来ていた。たとえば残忍巧妙な死体の処理を伴った殺人事件。たとえば地方民情視察中であった何宮某親王の宿舎窓ガラスを何者かが暗夜に投石して破壊した事件。これらが報道せられることは国家（国民精神）総動員体制の建設に都合がよくなかったのである。――青年知識人の経歴、思想傾向、生活行状、殺人用意および実行情況、犯行理由、逮捕後動静その他は、何一つ公表せられることなく闇から闇へ葬られた。ところで、私は、私の社の警察方面担当記者から一つ二つの消息を聞くことができた。／大学卒業後一年三カ月の青年知識人は、年来独自の無政府主義的虚無思想を抱懐してきて、召集令状を受け取るとまもなく、一つの奇怪な観念に取り憑かれ、その観念の（倫理的な）要請を主観的・客観的困難に打ち克って実践したのである。彼は、彼が肯定しない今次戦争すなわち無意義な集団的殺人行為へ国家権力から強制せられて参加する以前に、彼にとって恩怨共にない他者の生命を彼個人の意志と行動とによってまず破壊し去らねばならない、もし彼が彼の主体的決定の下に殺人者となり得たならば、彼の参戦ならびに戦死の準備はようやく完了し得るであろう、――彼の脳内に出現して彼を支配した観念の内実は、およそそういうふうであった。青年知識人は逮捕せられてのち毅然として物静かであり、医師たちは彼の上に精神病の存在を認めず、司直は彼を異類の確信犯人と目した。／警察方面担当記者の入手した簡略な情報が青年知識人の精神、思想、行動原因をどの程度まで的確に物語っていたか、それは不確実であったけれども、私がそれを信じて青年知識人にたいする由由しい親近感を所有したのは、事実である。――それは、ドイツ軍パリ占領直後の出来事であった。」（傍点原文、引用は一九八二年初版の文春文庫に拠る）

なお、『神聖喜劇』の主人公・東堂太郎は自らを、「一九四〇年代の若者、一個独自の虚無主義者」（第一部「絶海の章」第二「風」）と自己規定している。

（3）第一楽章「白日の序曲」（初稿『近代文学』一九四八年十二月号）／第二楽章「伝説の黄金」（初稿『新日本文学』一九五四年一月号「黄金伝説」）／第三楽章「犠牲の座標」（初稿『新日本文学』一九五三年四月号「たたかいの犠牲」）。以上三楽章の改稿を『社会評論』（一九八六年一月号～一九八八年一月号）に連載／第四楽章「閉幕の思想　あるいは情死行」（初出『群像』一九八七年八月号「娃重島情死行／あるいは閉幕の思想」）。『地獄変相奏鳴曲』附録参照。

なお、『地獄篇三部作』（二〇〇七年）冒頭の「この小説（『地獄篇三部作』）の、やや長い「前書き」」では、そもそも「白日の序曲」は『地獄篇三部作』の第二部「無限地獄」そのものにほかならず、「約六十年ぶりに本来の場所を占有し得た」ことにより、「私は、『地獄変相奏鳴曲』を解体し」、「三篇を各独立の小説とする」と告げられている。

（4）大西の石川淳『黄金伝説』批判については、拙稿「「無頼派」の戦中・戦後――石川淳の〝政治小説〟を中心に」（『文學界』二〇一一年七月号）を参照。

（5）『季刊メタポゾン』二〇一一年夏第三号、編集人・鈴木康之、発行人・大西赤人、（株）メタポゾン発行。大西の死後『日本人論争　大西巨人回想』に再録。ちなみにこの問題の一文は、それ以前に『小説トリッパー』への掲載が見送られるという経緯があった（「大西巨人氏に聞く――『神聖喜劇』をめぐって」参照、『二松學舍大学人文論叢』第八十八輯）。掲載見合わせについては、「巨人の文章が予定よりも極めて短く、同企画における他の執筆者に比してあまりに特例的になるなどの理由」（『メタポゾン』同号註）と説明されている。要するに『小説トリッパー』の編集部が内容的に予期し得なかった大西文は、結果的に付き返されたのである。

第四章

（1）柄谷行人の東電福島第一原発事故後の最初の発言は、以下のウェブに載った（もともとアメリカの新聞に依頼された）英文原稿で、後に『現代思想』二〇一一年五月号に日本語原文「地震と日本」が掲載された。http://www.counterpunch.org/karatani03242011.html その文末で柄谷はこう語っている。「今度の地震がなければ、日本人は「大国」を目指して空しいあがきをしただろうが、もはやそんなことを考えられないし、考えるべきでもない。地震がもたらしたのは、日本の破滅ではなく、新生である。おそらく、人は廃墟の上でしか、新たな道に踏みこむ勇気を得られないのだ」。

（2）柄谷に影響を与えた戦後日本の代表的なマルクス主義経済学者・宇野弘蔵は、このアポリアについて次のように語っている。「……元来、資本の生産過程は、一般にいかなる社会にも絶対的に欠くことのできない労働＝生産過程を、資本という特殊の流通形態をもって実現するものであって、最初からいわば無理があるのである。本来、単なる生産物でもなく、商品として生産されたものでもない労働力を商品とすることによって、その無理が通っているのである」（『経済原論』合本改版）。

（3）ボードリヤール『生産の鏡』、吉本隆明『超資本主義』参照。なお、吉本は超資本主義＝消費資本主義段階に達した日本では、「潜在的な革命権が、消費という決定的な切り札を握った民衆へ移動したということの反映」（「日本における革命の可能性」、『わが「転向」』所収）と語っている。もとよりそれは、「いざとなれば国民が自由に政府をリコールできる」環境が実際に整ったことを意味するわけではない。吉本はただ、無根拠に中流幻想に浸るバブル崩壊直前の「国民」の潜勢力を、買い被っていただけである。現にある国民大衆の存在形態とその動向を疑わない限りにおいて、彼は語の厳密な意味での反‐革命的な思想家だったのである。

（4）マルクス（『フランスの内乱』）に基づく「アソシエーション」の運動論的な意味について、柄谷行人は次のように述べている。「私は一〇代のころから、「党」を目指すようなマルクス主義者の運動が嫌だったし、かといって、マルクスを斥けるようなタイプの美的アナーキストも嫌でした。そのどちらでもないようなものを考えていた。いいかえると、マルクス主義とアナーキズムを綜合するようなことを考えていました」（インタビュー「NAMを語る　第三回　NAMの中で出会った問題」、『社会運動』416号、二〇一五年一月）

（5）こうした問題設定で柄谷行人がまず批判的に参照したのは、I・ウォーラーステイン（『近代世界システム――農業資本主義と「ヨーロッパ世界経済」の成立』ほか）であろう。その理論的な骨子を概括する。ウォーラーステインによると、世界システムは「世界＝帝国」（貢納）と「世界＝経済」（交換）という二つの形態に分類され、歴史的に後者は前者に移行、分散的世界＝経済から局所的世界＝帝国（中国、エジプト、ローマ）に向かった。また彼によると、十五世紀末から成立する近代のヨーロッパ世界＝経済（資本主義の起源である「長い十六世紀」）は、世界＝帝国化することなく、世界経済のまま止まっている（前者のような巨大な官僚機構を支える必要がない）。つまり、経済的一体性を保ちつつ、政治権力の統合がなされなかったのである。

一方彼は、世界経済を、「中核」（西欧諸国）・「半辺境」（地中海地方）・「辺境」（東欧・新世界）と分類した。ちなみにソヴィエト・ロシア時代のマルクス主義者ウィットフォーゲルは、『オリエンタル・デスポティズム』（東洋的専制主義）で、文明を中心・周辺・亜周辺の三重構造で考えており、その影響は拭い難い。

なお、ブローデルおよびウォーラーステインの近代世界経済／世界システム論批判でもあるアンドレ・グンダー・フランク（『リオリエント――アジア時代のグローバル・エコノミー』）は、近世の世界経済、すなわち銀を基軸通貨とする「グローバル・エコノミー」について、銀の最終到着地としての中国が一大貿易黒字大国（ヨーロッパ－中東－インド－東南アジア－中国の西回りに絹や香料のような物産が循環し、逆に通貨としての銀は東回りに循環）であったのは歴然たる事実で、十九世紀のはじめまで、世界経済がヨーロッパを中心にしていたなどというのは事実無根にすぎないとする。

さらには、「資本主義（的発展）」が、ヨーロッパないしは西洋によってもたらされたなどということも全くなかったのだと。「ヨーロッパは、まずアジアという列車の席をひとつ買い、後には、列車全体を買い占めた」。そして、マルクスの「資本主義理論」の全体は、「アジア的生産様式という仮定のお伽話の上に立つヨーロッパ中心主義にしか支えられていないことによって」、無効であると彼は語る。

『世界共和国へ』での柄谷行人はそれを受け、「アジア的」という概念を、世界史の発展段階における停滞の象徴（ヘーゲル『歴史哲学講義』の世界史の時代区分では、歴史のはじまりをなす東洋＝歴史の幼年期。マルクス『資本主義的生産に先行する諸形態』では、原始的氏族社会と古典古代的奴隷制社会を媒介するのがアジア的段階）と見るのは誤りで、「アジア的な社会構成体」を国家のレベルで見ると、いかにその官僚制や常備軍、情報通信技術を含む統治システムが、高度な段階に達していたかを強調、ウィットフォーゲルの言うアジア的な「水力型（的）社会」とは、大規模な治水灌漑に基づく生産様式に限定されるものではなく、官僚的支配体制を基盤とした「文明」のことであり、ヨーロッパの中世以降の絶対主義国家が、そうした東洋的専制主義の官僚制に追いついただけとしている。

なお、剰余価値が、空間的差異化（商人資本）と時間的差異化（産業資本）によって生ずるという柄谷行人の一九七〇年代の論考（『マルクスその可能性の中心』）は、その後、世界システム論、四タイプの「交換様式」の考察（『世界共和国へ』以後）を通じ、資本＝ネーション＝国家の関係を歴史的に問う理論に再－構成された。

（6）「オデュッセウスは神話とメルヘンをへだてる閾の上に立っている。理性と狡智が神話にフェイントをかけたので、神話の暴力はもはや無敵の力ではなくなる。メルヘンはその暴力に対する勝利の伝承である」（ヴァルター・ベンヤミン「フランツ・カフカ」、川村二郎訳）

（7）その「介入」には、情報コントロール＝意図的な遮断も含まれる。市野川容孝は、『災害ユートピア』で語られる「エリートパニック」（リー・クラーク）について次のように説明する。「本当のことを伝えたら、無知な一般人はパニックに陥るに違いないという思い込みにもとづいて、一般人を子ども扱いし、すべては私たちエリートがコントロールすればよいと考えて、結果的にもっと深刻な事態を引き起こすエリートパニックは、一般人から心配（ケア）する能力を収奪する結果、生じるものでもあるだろう」（「ケアのもうひとつの社会学」、『atプラス』08、二〇一一年五月）。

市野川はさらに、〝原発安全神話〟によって、「自分たち自身が把持すべきケアをすでに喪失していた」中で起こった、震災と津波による福島原発の危機的状況そのものが、「エリートパニックの一つだと言えるかもしれない」と述べ、エリートが「まだ安全だ」と言い、一般人が「本当は危ない」と思うことで生ずる「他者への暴力」を警戒する。

（8）『遠野物語』における「狼」（御犬）についての記述は、36〜42まで七カ所ある。

（9）マルクスの『資本論』第一巻の終わりでは、「資本制的生産様式から発生する資本家的な私的所有」の「否定の否定」としての「個体的所有の再建」の道筋が示されている。「資本制的生産様式から発生する資本制的取得様式は、したがって資本制的な私的所有は、自分の労働を基礎とする個人的な私的所有の第一の否定である。だが資本制的生産は、一自然過程の必然性をもって、それ自身の否定を生みだす。これは否定の否定である。この否定は、私的所有を再建するわけではないが、しかも、資本主義時代に達成されたもの――すなわち協業や、土地・および労働そのものによって生産された生産手段・の共有――を基礎とする個人的所有を生みだす」（長谷部文雄訳『資本論⑷』第一巻第二十四章第七節「資本制的蓄積の歴史的傾向」、傍点原文、青木書店）。

平田清明はそれを「私的所有の再建」と区別して、「個体的所有の再建」（『市民社会とマルクス主義』）と呼び、その必須の前提として、「自由人の連合体（生産と交通の再結合）」について言及している。なお、「個体的所有」の実現に関して、柄谷行人は最新の論文「Ｄの研究「第1回」宗教と社会主義」（『ａｔプラス』23、二〇一五年二月）で、ルソーの『社会契約論』（「各個人が自分自身の地所にたいしてもつ権利は、つねに、共同体が土地全体にたいしてもっている権利に従属する」）に即して次のように言及している。「私有権は、本来国家が所有する土地を使用する権利であり、ゆえに、税金を払う義務が伴う。だが、ルソーがここでめざしたのは、逆に、私有財産を廃棄すること、そして共同所有の下での個体的所有を実現すること、である」。さらに同「第2回」（『ａｔプラス』24、二〇一五年五月）では、「私的所有」と「個人的所有」についてのマルクスの考察について具体的に言及している。

第五章

（1）近年における大澤真幸の直接、「革命」をテーマにした論考には、「可能なる革命」（『ａｔプラス』07、二〇一一年二月）から連載中。「社会変革の日本的原理」（講演記録、『神奈川大学評論』第七八号、二〇一四年七月）、「日本的革命の論理――革命の比較社会学に向けて」前編、中編（『小説トリッパー』二〇一四年冬季号、同二〇一五年春期号）などがある。後二者は、主に山本七平を参照に、北条泰時による御成敗式目の制定を焦点化した近代以前に遡行しての歴史的考察。

（2）初出は、『ケアの社会学』刊行に寄せて」と副題された、「ケア――共助の思想と実践」（『ａｔプラス』08、二〇一一年五月）。ちなみに本稿は、二〇〇五年から二〇〇九年にかけて計十五回、同誌に連載され、大震災後に右「初版への序文」に当たる論文が書き加えられ単行本化された。

高澤秀次（たかざわ・しゅうじ）
一九五二年北海道室蘭市生まれ。早稲田大学第一文学部卒。文芸評論家。著書に『文学者たちの大逆事件と韓国併合』（平凡社新書）、『吉本隆明１９４５――２００７』（インスクリプト）、『戦後日本の論点――山本七平の見た日本』（ちくま新書）、『江藤淳―神話からの覚醒』（筑摩書房）、『評伝中上健次』（集英社）、『中上健次事典』（恒文社21）、『昭和精神の透視図』（現代書館）、『旗焼く島の物語――沖縄読谷村のフォークロア』（社会評論社）、『辺界の異俗――対馬近代史詩』（現代書館）、『ヒットメーカーの寿命――阿久悠に見る可能性と限界』（東洋経済新報社）。共著に『スクリーンのなかの他者』（「日本映画は生きている」第4巻「差別の映画的表象」収録、岩波書店）。監修に『別冊太陽　中上健次』（平凡社）。編著に『中上健次と読む「いのちとかたち」』（河出書房新社）、『中上健次［未収録］対論集成』（作品社）など。

筑摩選書 0117

戦後思想の「巨人」たち　「未来の他者」はどこにいるか

二〇一五年七月一五日　初版第一刷発行

著　者　高澤秀次
発行者　熊沢敏之
発行所　株式会社筑摩書房
東京都台東区蔵前二-五-三　郵便番号　一一一-八七五五
振替　〇〇一六〇-八-四一二三
装幀者　神田昇和
印刷 製本　中央精版印刷株式会社

乱丁・落丁本の場合は左記宛にご送付ください。
送料小社負担でお取り替えいたします。
ご注文、お問い合わせも左記へお願いいたします。
筑摩書房サービスセンター
さいたま市北区櫛引町二-六〇四　〒三三一-八五〇七　電話　〇四八-六五一-〇〇五三
©Takazawa Shuji 2015 Printed in Japan ISBN978-4-480-01624-9 C0395

筑摩選書 0011

現代思想のコミュニケーション的転回

高田明典

現代思想は「四つの転回」でわかる！「モノ」から「コミュニケーション」へ、「わたし」から「みんな」へと至った現代思想の達成と使い方を提示する。

筑摩選書 0028

日米「核密約」の全貌

太田昌克

日米核密約……。長らくその真相は闇に包まれてきた。それはなぜ、いかにして取り結ばれたのか。日米双方の関係者百人以上に取材し、その全貌を明らかにする。

筑摩選書 0030

公共哲学からの応答
3・11の衝撃の後で

山脇直司

3・11の出来事は、善き公正な社会を追求する公共哲学という学問にも様々な問いを突きつけることとなった。その問題群に応えながら、今後の議論への途を開く。

筑摩選書 0034

反原発の思想史
冷戦からフクシマへ

絓 秀実

中ソ論争から「68年」やエコロジー、サブカルチャーを経てフクシマへ。複雑に交差する反核運動や「原子力の平和利用」などの論点から、3・11が顕在化させた現代史を描く。

筑摩選書 0047

災害弱者と情報弱者
3・11後、何が見過ごされたのか

田中幹人　標葉隆馬
丸山紀一朗

東日本大震災・原発事故をめぐる膨大な情報を精緻に解析、その偏りと格差、不平等を生み出す社会構造を明らかにし、災害と情報に対する新しい視座を提示する。

筑摩選書 0050

敗戦と戦後のあいだで
遅れて帰りし者たち

五十嵐惠邦

戦争体験をかかえて戦後を生きるとはどういうことか。五味川純平、石原吉郎、横井庄一、小野田寛郎、中村輝夫……。彼らの足跡から戦後日本社会の条件を考察する。

筑摩選書 0059

放射能問題に立ち向かう哲学

一ノ瀬正樹

放射能問題は人間本性を照らし出す。本書では、理性を脅かし信念対立に陥りがちな問題を哲学的思考法で問い詰め、混沌とした事態を収拾するための糸口を模索する。

筑摩選書 0060

近代という教養
文学が背負った課題

石原千秋

日本の文学にとって近代とは何だったのか？ 文学が背負わされた重い課題を捉えなおし、現在にも生きる「教養」の源泉を、時代との格闘の跡にたどる。

筑摩選書 0067

ヨーロッパ文明の正体
何が資本主義を駆動させたか

下田淳

なぜヨーロッパが資本主義システムを駆動させ、暴走させるに至ったのか。その歴史的必然と条件とは何か。近代を方向づけたヨーロッパ文明なるものの根幹に迫る。

筑摩選書 0068

「魂」の思想史
近代の異端者とともに

酒井健

合理主義や功利主義に彩られた近代。時代の趨勢に反し、魂の声に魅き込まれた人々がいる。彼らの思索の跡は我々に何を語るのか。生の息吹に溢れる異色の思想史。

筑摩選書 0070

社会心理学講義
〈閉ざされた社会〉と〈開かれた社会〉

小坂井敏晶

社会心理学とはどのような学問なのか。本書では、社会を支える「同一性と変化」の原理を軸にこの学の発想と意義を伝える。人間理解への示唆に満ちた渾身の講義。

筑摩選書 0072

愛国・革命・民主
日本史から世界を考える

三谷博

近代世界に類を見ない大革命、明治維新はどうして可能だったのか。その歴史的経験から、時空を超える普遍的英知を探り、それを補助線に世界の「いま」を理解する。

筑摩選書 0076

民主主義のつくり方

宇野重規

民主主義への不信が募る現代日本。より身近で使い勝手のよいものへと転換するには何が必要なのか。〈プラグマティズム〉型民主主義に可能性を見出す希望の書！

筑摩選書 0098

日本の思想とは何か
現存の倫理学

佐藤正英

日本に伝承されてきた言葉に根差した理知により、今・ここに現存している己れのよりよい究極の生のための地平を拓く。該博な知に裏打ちされた、著者渾身の論考。

筑摩選書 0106

現象学という思考
〈自明なもの〉の知へ

田口茂

日常における〈自明なもの〉を精査し、我々の経験の構造を浮き彫りにする営為——現象学。その尽きせぬ魅力と射程を粘り強い思考とともに伝える新しい入門書。

筑摩選書 0109

法哲学講義

森村進

法哲学とは、法と法学の諸問題を根本的・原理的レベルから考察する学問である。多領域と交錯するこの学を、第一人者が法概念論を中心に解説。全法学徒必読の書。

筑摩選書 0111

柄谷行人論
〈他者〉のゆくえ

小林敏明

犀利な文芸批評から始まり、やがて共同体間の「交換」を問うに至った思想家・柄谷行人。その中心にあるものは何か。今はじめて思想の全貌が解き明かされる。

筑摩選書 0113

極限の事態と人間の生の意味

岩田靖夫

東日本大震災の過酷な体験を元に、ヨブ記やカント、ハイデガーやレヴィナスの思想を再考し、「認識のかなた」としての「人間の生」を問い直した遺稿集。